Monster's Ball

Von Reisen durch Ebenen der Zeit,
von Erinnerungen, Begegnungen und Schwarzen Feen

Für Tiffany

Die Zeitebenen, sie sind oft derart verflochten und gedreht,
dann existiert kein Gestern, kein Heute, kein Morgen,
alles scheint ein Ganzes. Zeit? Zeit ist eine Illusion.

Shawn Ayahuasca Vega

Monster´s Ball

**Von Reisen durch Ebenen der Zeit,
von Erinnerungen, Begegnungen und Schwarzen Feen**

Bibliografische Information der Deutschen Nationalbibliothek:
Die Deutsche Nationalbibliothek verzeichnet diese Publikation in der Deutschen Nationalbibliografie;
detaillierte bibliografische Daten sind im Internet über http://dnb.dnb.de abrufbar.

© 2016, November - überarbeitete Auflage Shawn A. Vega
Cover & Photos Autor
Herstellung und Verlag: BoD – Books on Demand, Norderstedt
ISBN: 978-3-8370-7049-1

Inhalt

Monster´s Ball, *Part 1*
8
Welten
10
Aufbruch
23
Monster´s Ball, *Part 2*
38
Transit
41
Flussufer
56
Monster`s Ball, *Part 3*
60
Besuch
63
Andalucia
81
Krieger
82
Monster´s Ball, *Part 4*
105
Eden
107
Hitze
118
Monster´s Ball, *Part 5*
136
Träume
139
Collateral
150
Elysium
161
Monster´s Ball, *Part 6*
163
Fotos
166
Anmerkungen, Quellen
174

Denkst du wirklich, du kannst Himmel von Hölle unterscheiden?
Blaue Weiten von Schmerz?
Ein grünes Feld von eiskalten Stahl?
Ein ehrliches Lächeln von einem gleichgültigen?
Glaubst du wirklich dass du unterscheiden kannst?
Denn, waren sie nicht stets bemüht
deine Helden gegen Geister zu tauschen?
Heiße Luft für eine kühle Brise.
Schwachen Trost für ein Wechselgeld.
Und hast du je einen Statistenpart im Krieg
gegen eine Hauptrolle in einem Käfig eingetauscht?
Wir sind nur verlorene Seelen,
die in einem Goldfischglas treiben,
Jahr für Jahr über den gleichen Boden laufen
und stets die gleichen Ängste finden.
Und dann, eines Tages, stellen wir fest dass Jahre vergangen sind.
Also rennen wir nun in stiller Verzweiflung der Sonne hinterher um sie einzuholen.
Doch sie sinkt, um nach ihrer Runde wieder hinter uns aufzugehen.
Die Sonne ist dieselbe, irgendwie, doch wir sind älter, kurzatmiger
und einen Tag näher dem Tod.
Jedes Jahr erscheint kürzer, niemals finden wir die Zeit.
Pläne, die scheiterten, aus denen nichts wurde
oder ein nur halbvoll gekritzeltes Blatt.

Roger Waters

Monster's Ball, *Part 1*

Könnt ihr innehalten, den Augenblick von Zeit befreien? Seid ihr offen, hinter der Sinne Illusionen zu blicken, über den Horizont des Sichtbaren hinaus? Dann atmet ruhig und formt die Hände vor dem Antlitz zu einer fragilen Schale. Spürt ihr den warmen Hauch? Seht ihr, wie das Glitzern im Halo sich zu einer Galaxie ordnet? Nur leise, leise. Und unter dem Lichtband wird eine Sphäre klarer...

Seht!

Dort...

Es hatte eine Schlacht getobt, wieder einmal, und wie stets in tiefer Nacht, im Schutz ihrer Dunkelheit.

Auf einem Sternenmeer reisend, streift der Mond sein Licht über Bäume und Unterholz am Waldesrand und taucht den Schauplatz in kaltes Stahlblau. Die Wiese verbirgt das Geheimnis unter einem friedlich im Windhauch wogenden und diffus schimmernden Schleier aus Nebel, zu seiner Mitte hin leuchtender, als würde er der umliegenden Landschaft unnötiges Licht absaugen und im Zentrum bündeln wie ein Crazy Diamond.

Ganz nahe, ausgewichen in schwarze Schatten dichter Tannen und darum bedacht diesen Schutz nicht zu verlassen, als ob das schwache Hell sie töten könnte, sie, die Unbesiegbaren, dort hatten sich beide zuerst gegenüber gestanden und genau gemustert, um Schwächen und Stärken des anderen zu finden. Und dann waren sie aufeinander losgegangen, mit jener unerbittlichen, aggressiven Gewalt, wie sie jede ihrer Schlachten austrugen. Ihr Adersaft rann dampfend am zuckenden Fleisch hinab, spritzte zuerst in zähen Tropfen auf das weiche Moos, um darauf im Tanz der Leiber als Regen das frische Grün zu bluten.

Später, als der Atem knapp wurde, ließen sie voneinander ab und schritten mit gebeugten Körpern, langsam und lautlos, rückwärts auf Abstand, wenig nur, aber tiefer in des Unlichtes finsterer Tarnung. Dort lehnen sie keuchend an den toten Bäumen mit den kahlen, knorrigen Ästen, beobachten den Gegner misstrauisch mit den gelben Augen, rot von Blut unterlaufen, und lecken ihre tränenden Wunden.

In die Stille hinein fragt das schuppige Monster: „Glaubst wirklich dran, ihn fangen und zerren zu können, auf deine Seite, hä? Willst mich besiegen, nee, mehr, vernichten wohl." Erhitzter Atem steigt mit den Worten auf in der Kühle der Nacht.

„Hab ihn noch nicht aufgegbn.", kommt es knapp von der Schwarzen Fee zurück und der fahle Schein des blassen, blauen Flammenhaares zeichnet ihre sehnige Knochengestalt und das Ungesicht mit den tiefliegenden, funkelnden Augen im Dämmerlicht.

„Ähhh! Unterscheiden uns kaum, wir zwei. Ein jeder bietet die helle Seite als Zuflucht ihm. Sind beide Gaukler.", erwiderte das Monster mit den Klauen, dem schmalen, langen Kopf und dem säbelzahnigen Maul.

„Nee, Wesentliches wie ne tiefe Schlucht uns trennt. Ich zeich Licht und dessn Schattentanz im Hier und Jetzt, du allein Schatten und nen winzichn Funkn am End. Du und ich? Is nich viel gemeinsam, nee."

„Geschwätz! Was du zauberst, Illusionen sinds, mit Schmerzen, aneinander gereiht wie schwarze Perlen auf ner Schnur und großzügig in den Gaben, bevor er sich überrumpelt am Ende in Schrecken verliert. Ich bring *das Licht* nach langer Odyssee durch die Finsternis deiner boshaftigen Scheinwelt.", das Monster stellt die Beine breiter und krümmte leicht den Rücken. Mit der Bewegung gleitet ein Mondstrahl auf den Körper und entflammt ein Funkeln auf den Schuppen.

„Dein Pfad isn Tunnel, dein Angebot auf Hoffnung für Erlösung wenich mehr als das Strahln von ner Kerze drin. Aber wahr, sein Verlöschn is unser beider Wolln, ja, *aber* jeder mit eigner Kunst, eignem Taktieren. Sind so aufm Wech Gegner und dereinst am Ziel vereint.", antwortete die Schwarze Fee, senkt den breiten Kopf tiefer, hebt drohend den knochigen Schwanz und zuckt mit dem mächtigen Dorn.

„Wohl wahr, zwei Seelen in einem Herz. Unsere Körper, verschmelzen werden sie tun, am Ende und dann verwehn, zusammen mit ihm. Bleiben einander aber vertraut verbunden schon auf seiner Lebensreise, im ewig ewigen Kampf."

Und nun fallen beide erneut übereinander her, beginnen sich weiter zu zerfleischen, so wie immer, wie stets in verlorenen Nächten. Das Monster packt die Schwarze Fee, schlägt die Krallen in deren Leib und die Reißzähne in den dürren Hals. Die Schwarze Fee umschlingt das Monster, schlitzt mit spitzen Fingern dessen Rücken und bohrt ihren Schwanz wie ein Skorpion in den Schuppenkörper.

Obgleich so verschieden, gehören sie doch zusammen und wie ein Leib sehen sie nun auch aus. Im kühlen Tann, im Schatten des Mondlichtes, verschmelzen sie beim Ringen und Verstümmeln stöhnend zu einem Dämon der Nacht und die Hitze der schweißnassen nackten Körper vermengt mit jener des Atems zu einer wirbelnden Wolke, steigt als Spirale zwischen den Wipfeln der Bäume auf und verliert sich im Sternenmeer. Blut verlässt zerfetzte Adern in den Wunden, fließt in schwarzen Bächen durch weiches Moos, vereint sich wieder träge zwischen Steinen, faulendem Holz und schleimenden Schnecken und strömt gerinnend in die Senke im Wiesengrund. Dort, verborgen und behütet von dem wallenden Nebel, verfärbt es in dessen trübem Weiß und zeugt einen purpurnen See.

Es ist wie in jeder Nacht, wenn die Schlacht der Unbesiegbaren tobt.

Und sie sterben nur wenn er es will.

Euch geht es nicht um unser Wohl, das lässt euch völlig kalt
und hinter eurem Lächeln steckt die Fratze der Gewalt.
Das Recht, dass ihr euch angemaßt heißt nicht Gerechtigkeit.
Gesetze panzern eure Welt, doch nicht für alle Zeit.
Noch täuscht ihr viele, doch ihr seid von einigen durchschaut
und irgendwann da kommt der Tag wo euch kein Mensch mehr traut.
Ihr haltet uns in Finsternis, doch wir entzünden Licht.
Ihr habt die Macht - noch habt ihr sie,
Unsere Liebe habt ihr nicht.
Georg Danzer

Welten

Draußen tanzen große wollene Bäusche der verblühenden uralten Weide, die sich in ihrer Mächtigkeit wie ein eigenes Universum in der Landschaft und von anderen Bäume abhebt, über die Wiesen. Wie Schneeflocken bedecken sie kleine Tannen und Sträucher, wirbeln sanft in Nischen, dort wo sich leichter Morgenwind verfängt, bilden Kreisel oder luftige Wolkengebilde. Die Sonne scheint, es wird endlich wärmer. Mit Verzögerung ist der Frühling über das Land am Meer gekommen, aber die Natur weiß im Kreislauf der Jahreszeiten damit umzugehen, hat eilig nach den ersten hellen Tagen frisches Grün über die Welt gezaubert.

Er ist spät aufgestanden, wie so oft, wenn keine Ruhe in die Gedanken kommen wollte. Schwer zu besiegen, diese Filme im Kopf. Endlich eingeschlafen, spulen sie erneut ab, wecken am Tag mühevoll verdrängte Erinnerungen, verwandeln sich gerne in Albträume, komponieren nie bewältigten Schmerz zu verstörenden Clips, rufen herbei die Dämonen der Vergangenheit, treiben mit einem Horrortrip in finsterste Abgründe der Seele und sind mit diesen Tricks erfolgreich im Besiegen der Ruhe. Der Schlaf bringt keine Erholung, er zerstört das Licht des neuen Tages bereits im Ansatz und wirkt nach, bis weit über das Erwachen. Sonnenschein und Natur bieten ihre Wunder dar und damit Linderung für die Seele, wenn man dafür offen ist.

Viele Veränderungen waren in den vergangenen Jahren über ihn hereingebrochen. Tiefklaffende Wunden, Schnitte, wie von rostigen Messern und stumpfen Sägen in die Seele gerissen, weder vernarbt, noch überhaupt heilbar. Und nach dem Ende eng verbundener Leben, dem Aufgebenmüssen seiner Berufung, dem Abschied von seinen Pfleglingen, dem Bruch mit dem geliebten und gelebten Traum so und nicht anders das

Hiersein zu akzeptieren, den verrinnenden Freundschaften und gescheiteren Beziehungen, entsteht die Frage nach einem Sinn. Er ist nicht der einzige Mensch auf dieser Welt, welcher Derartiges erleben musste, aber, jeder trägt es anders und er gehört zu denen, die es nie vergessen, nie mit einer dicken Schicht aus Ablenkung und Verdrängung begraben. Alles ist anders, mit den Geschehnissen wandelte sich die Welt und die Sichtweise auf sie. Die Gedanken gehen in eine neue Richtung. Was einmal war wird nie mehr so sein.

Die Jahre der Jugend liegen irgendwo, fern im Strudel der Vergangenheit, und er ist in der Phase, in welcher andere längst ihre Erfüllung in schmalzigen Musicals, simplen Filmen, in trauter Zwistigkeit oder beim Töpfern und Gärtnern gefunden haben, in welcher Banken und Behörden glauben an baldigen Ruhestand - *welch Zyniker erfand eigentlich dies Pseudonym für ein Abstellgleis?* - erinnern zu müssen. Als ob ihn das auch nur im Geringsten interessieren würde. Ausgerechnet Banken, Versicherungen und Paragrafenanbeter fühlen sich berechtigt, auf den beginnenden Schlussakkord des Lebens hinzuweisen - mit dem toten Lächeln laienhafter Freundlichkeit und dumpfen Standardtexten, auf das die Marionette die Hinterlist und das eigentliche Ziel nicht bemerke. Er lässt sich nicht die Richtung zeigen, hat die Fäden längst gekappt, tanzt nicht mit im bunten Reigen Selbstbetrug. Er erfüllt nicht was sie von ihm erwarten, ignoriert sie, ist keine Handpuppe in Menschengestalt mit einer Hand im Arsch, welche den Takt vorgibt. Zuviel erlebt hat er auf der Wanderung, als dass er Respekt haben könnte vor Wichtigtuern, egal auf wessen Stuhl sie zu thronen glauben, oder vor Beamten und Politikern, die in Eigennutz und Überheblichkeit längst erfolgreich vergessen haben, für wen sie eigentlich tätig sind und wer ihren Job über Gebühr bezahlt. Scheiß auf den Urinstinkt von Gerechtigkeit, wenn doch die Krone von Gottes Schöpfung Gier, Geld und Gesetze erfand. Bei einem Zweigebein, welches überzeugt ist, in der Maskerade seines Anzuges Seriosität auszustrahlen und in der Kaste höher zu stehen, da denkt er stets an den Weißclown im Zirkus - obgleich dieser einer ehrlichen Zunft angehört - und kann, mit dem Bild vor Augen, Lächeln und Bemerkungen selten unterdrücken. Warum nur überlassen wir jenen bereitwillig die Hoheit über Moral, die selbst keine kennen?

FarleyMo
Auf einer fremden Ebene der Zeit, in einer Welt mit anderer Sicht auf das Universum, unfassbar die Dimensionen, so fern, kollabierte nach den Feuergarben, Verwüstungen und Verseuchungen das Leben. Eis schmolz, Meere fluteten das Land und formten aus Gebirgen weit verstreute Inselgruppen. Für die Natur war diese Katastrophe nur eine von vielen vorherigen, sie ließ sich nicht besiegen, erschuf sich neu, wuchert wild und blüht auf. Die wenigen Überlebenden des riesigen Staates, durch Zufall entkommen und herausgerissen aus den gewohnten Bequemlichkeiten, abgenabelt von jeglicher Technologie, kämpften in der postapokalyptischen Morgendämmerung um reines Überleben. Herabgestuft auf den Anfang ihrer Evolution zwang die Umwelt zum Erler-

nen einfachster Fähigkeiten, welche ihnen die Vergangenheit nie abgefordete.

Gefangen im alltäglichen Kampf verloren Generationen ihre Geschichte und Erkenntnisse. Die Metropolen waren ausgelöscht und die Ruinen verschlang die Allianz aus Urwald, Meer und Zeit. Unzählige Sonnenwenden nach dem Untergang ist die Erinnerung daran nur noch eine Legende, welche an den Lagerfeuern erzählt und immer farbiger ausgeschmückt wird. Die kleine Ansiedlung besteht aus ein paar windschiefen Hütten an einem breiten Strand, dessen Ufer in unergründliche Meerestiefe abfallen. Ihre Bewohner leben von schlichten Gärten, dem Wald und dem Fischfang. Das Meer ist übervoll an Leben, nach dem Ende der Ausbeutung entfaltete es sich frei. Doch alles Dasein wurde von den Höllenfeuern gebrandmarkt und reichte die Veränderungen mit den Genen nicht allein in der eigenen Generationenkette weiter, sondern auch an andere Mitleben. Es ist Aufgabe der Natur, in dem Chaos für Ordnung zu sorgen. Sie wird einen Weg finden, irgendwann, nach Auslese und Experimenten. Das erkannten auch die Bewohner des Dorfes und sie sind gewöhnt an Fehlgeburten, Missbildungen, Krankheiten und einen frühen Tod. *War es je anders?*

In einer Hütte aus Felssteinen und Baumstämmen, nahe am Kliff, sitzt FarleyMo an einem grob gezimmerten Tisch mit Blick auf das Meer. Im Raum lagern in Regalen und gestapelten Körben *seine* Schätze. Die Gemeinschaft belächelt ihn deshalb, nutzt doch das Zeug weder zum Überleben, noch zum Tauschen. Aber, sie alle lauschen gerne seinen Wundererzählungen von der Vormalszeit, über welche der Alte mehr weiß, als irgendwer auf den drei Eilanden der bekannten Welt. Verstehen jedoch können sie dessen Spleen nicht. Was nützt es, mehr und mehr vom Vormals zu erfragen? Die mageren Antworten füllen keinen Bauch. Trotzdem achten sie ihn und bringen Funde der versunkenen Zeit in sein Haus. Vor allem die Kinder sind es, welche, obgleich wegen der Gefahren verboten, immer wieder in den geheimnisvollen Resten der von den Vorvorderen geschaffenen Bauten am anderen Ende der Insel spielen, dabei manchmal seltsame Dinge auskramen und stolz zum Alten tragen. Stets schilt er wegen ihrer Tat und legt ihnen doch etwas aus dem Garten in die Schmutzhände und wenn die Kinder ausdauernd betteln, als Beigabe eine Geschichte von der Damalszeit in die Ohren.

Heute liegt ein kleiner Stapel Papier, eher ein Schatten seines Selbst, bearbeitet von Epochen und Umständen, vergilbt und brüchig wie ausgeglühte Pflanzenreste in der Asche, vor FarleyMo. Erst gestern entdeckte er ihn in einem Behälter aus Wundermaterial. Das Papier überstand die Unbilden aller Geschehen ungewöhnlich gut. Der alte Mann besitzt viele Behältnisse, deren Inhalt nur Gebrösel oder eine pampige Masse war. Behutsam pustet er unrettbare Reste beiseite und pinselt dabei mit einem Büschel Tierhaare weiter. Wie erhofft, werden die einzelnen Lagen zur Mitte beständiger und er kann große Fragmente retten. Das erste Blatt trägt nur Zahlen, vielleicht als Hilfe für eine Sortierung, doch die nächsten zeichnen eine Art Gespräch auf.

Wind streift vom Meer ruhig auf das Land und durch das luftige Haus. Das erfrischt angenehm, denn es ist wieder heiß und schwül. Der Alte trocknet die feuchten Hände, schiebt die Kostbarkeiten näher zum Fenster und beginnt zu entziffern.

◆ ◆ ◆

...

Als Bewerter im Wirken für die Lenker haben wir den Auftrag, deine Sicht auf die Maschine und ihren Einfluss auf die Gemeinen Konsumenten zu erfragen und für die Vollstrecker und Bewahrer zukünftiger Generationen zu archivieren. Die Lenker können sich Abweichler und Rebellen nicht erklären. Vielleicht legst du den anderen beteiligten Bewertern und mir deine Sicht des Überlebens jenseits der Maschine und ohne ihre Sorgsamkeit dar? Wir haben diese Zusammenkunft mühsam bei den Bestrafern erbitten müssen und dein Entgegenkommen auf unsere Fragen ist für das gesprochene Urteil über dich belanglos. Du weißt, deine Finalisierung ist bestätigt, man streitet nur über das Danach deines Körpers. Hartliner wünschen ein schnelles Recyceln, die Pathologicer fordern die Zerkleinerung mit Endplastination, ihr besonderes Interesse gilt natürlich deinem Gehirn.

Der Körper ist nur das Boot auf der Lebensreise und über die Seele haben sie keine Macht. Sollen sie streiten.

Wir sehen, du bist bereit zu einem Gespräch. Das freut uns, standest du doch derlei Kommunikation eher abweisend gegenüber.

Vor unendlichen Sonnenumläufen, zu Anbeginn der Evolution, geschah bei unseren Urahnen etwas Wunderbares: sie lernten zu sprechen. Und sie erfanden Sprachen um sich auszudrücken, sie wollten sich mitteilen und unterhalten, farbiger als nur mit Mimik. Heute wird viel geredet, nichts gesagt und man versteht einander nicht mehr.

Was denkst du, weshalb ist das so?

Das naturgegebene Gefühl für Gut und Böse, für Recht und Unrecht, wird im Bewusstsein gelöscht und die Illusion Sicherheit fördert passives Verhalten. Belangloses, vorgeführt von den Medien der Maschine, wird breit getreten und tot geredet. Für Wichtiges, Tiefgründiges, da fehlt Zeit, da fehlt Interesse. Das Denken, das *Nachdenken* entschlummert im kuscheligen Nest Wohlstand. Und dieser ist höher, als andere Gemeinschaften und Generationen je genießen konnten und können…

Wohlstand und Sicherheit sind wichtige Errungenschaften der Maschine.

Sollte man nicht fragen, woher der Wohlstand stammt? Die ausgeworfenen Angelhaken, bestückt mit dem Happen Konsumrausch für alle, ob Groß und Klein, ist erfolgreich im Produzieren von gierigen Konsumenten. Die pausenlose Rundumbeschallung erzielt Wirkung. Man kann ohne schlechtes Gewissen geilen Geiz zelebrieren, ohne Scham alles billigst mit Wertscheinen erwerben, völlig gleich auf wessen Elend, Leid und Folter produziert wurde. Das sind eben die Verlierer, die Knechte der modernen Gesellschaft, auf deren Leichenbergen die Konsumenten, gleich welcher Geschlechtervariante, stolz das eigene Glashaus errichten. Und während sie dort nach verrichtetem Tageswerk im Laufrad und ewig gleichen Rhythmus auf der Stelle strampeln, grübeln sie nach, über das, was noch gebraucht wird zum unerreichten Glück. Dann findet sich schnell, dass was sie haben, ist ihnen zu wenig. Sie brauchen mehr und davon viel, ganz viel. Bescheidenheit? Verzicht? Bei den Gedanken krümmt sich das schwächliche Rückgrat vor Lachen. Wozu? Und warum ich? Es gibt keine Grenzen, kein Genug. Als Teil vom Ganzen wird ein Konsumidiot niemals satt.

Doch das sind Entscheidungen jedes Einzel! Es kann anders handeln. Oder willst du behaupten, die Maschine trägt dafür die Verantwortung?

Gier ist die Triebfeder im Herdenleben, sie schmiert die Zahnräder der Maschine und wird bereits dem Nachwuchs anerzogen. Schnell verfliegt einmal in jungen Jahren pubertär herausgeschrieener Protest gegen empfundenes Unrecht. Plötzlich will es auch ein dickes Stück materieller Glückseligkeit, egal welch anderes Leben dafür missbraucht oder gemordet wird. Und es ist so einfach, die eigenen Hände werden nicht einmal von Blut besudelt… Alles liegt perfekt sauber und steril in den Tempeln der Monopolisten. Bald sind die genormt Geformten dem Egoismus zugeneigt. Was schert eigenes Geschwätz von gestern? Jetzt hat der Nachwuchs auch ein Status-Mobil, eine Wohneinheitlichkeit und mehr, da rutscht anderer Leben Leid irgendwo in den Gehirnwindungen ins Nichts. Beim Löschen von Bedenken helfen die hypnotisierenden Farben der Ablenkungsgewerke und die süßen Wunderpillen der sinnlosesten Begehrlichkeiten für ein von der Maschine durchorganisiertes Wandeln.

…

◆ ◆ ◆

Die Hitze plagt Körper und Konzentration. FarleyMo unterbricht das Lesen und schaut durch das offene Fenster hinaus auf das Meer. In der Ferne sind die Konturen eines Nachbareilandes zu erkennen, nur mühsam und gefahrvoll mit einem Floß erreichbar. Fast träge enden heute lange, flache Wellen am Strand. Links verdeckt ein breiter Mangrovenwald die Küste bis zum Kap. Dort, am Horizont, zeichnen sich kantige Reste von Bauten ab. Sie ragen nur knapp aus dem Wasser und das Baumwurzelgeflecht scheint ein Versinken verhindern zu wollen. Auf Trockenland liegt, verborgen unter Hügeln und dichtem Dschungel, ein wahres Labyrinth. Es gibt Zugänge in das unterirdische Geheimnis, doch die unüberschaubaren Gänge und Räume sind geborsten, Tropfsteine wuchern und Stufen verlieren sich in gefluteten Schächten. Niemand traut sich tief in die Totwelt. Welch ein Unterschied zum blauen Meer und der Wärme der Sonne, denkt er, spürt kommende Schläfrigkeit und schließt kurz die Augen.

…Gleichmäßig zertreten schwere Kampfstiefel die Stille. Die Laute verteilen sich in unendlichen Fluren und zeugen pulsierenden Widerhall. Von zwei gepanzerten Vollstreckern, unmöglich auszumachen, ob Leben oder Materie, wird ein Mann durch sparsam beleuchtete Gänge des Labyrinthes eskortiert, seine Hände sind in massiven Schellen fixiert. Vor einer Wand stoppen sie kurz, dann gleitet eine Tür lautlos beiseite. Der geöffnete Raum ist klein, fensterlos, sein rostiges Braun matt von einer Lichtquelle erhellt. An einem schlichten Tisch sitzen reglos drei Männer in enganliegenden Mänteln in glänzendem Schwarz mit einem Symbol am Ärmel, einer trägt zusätzlich ein silbernes Dreieck am Oberarm. Ihre blassen Gesichter sind unter den Kapuzen deutlich erkennbar, sie zeigen keine Mimik, nur die Augen wenden sich den Eintretenden zu. Ruhig beobachten sie, wie der Gefangene ihnen gegenüber auf den Stuhl gedrängt wird und seine Handschellen mit einem kurzen Klicken an den Armlehnen gesichert werden. Mit einem Schließen der Augen signalisiert der Mann in der Mitte den

Vollstreckern den Raum zu verlassen, die Tür gleitet hinten ihnen zu. Ein Uniformierter stellt einen Gegenstand auf den Tisch und berührt ihn kurz, ein anderer öffnet eine Mappe...

Old Farley schreckt hoch. Er atmet tief durch. Du wirst alt, sagt er sich, nickst schon mitten am Tage ein. Doch dieser kurze, verwirrende Traum...? Nachdenklich reibt er Augen und Stirn, beugt sich über das Blatt und liest weiter.

◆ ◆ ◆

...

So einfach ist es nicht. Oft verhandeln Lenker, Bewerter und Bestrafer über Änderungen bei den Programmierungen. Gewöhnlich erdulden Gemeine Konsumenten die Updates und die Masse ist der Maschine treu ergeben, auch wenn sie gerne unablässig mäkelt. Bis auf geringe Ausnahmen drängt jedes Einzel vorwärts, mit Völle im Bauch, Kälte im Herzen, Leere im Kopf und blind auf einem Auge - ganz wie gewünscht. Es ist so leicht durchschaubar... In einer deiner früheren Aussagen in Gegenwart eines Archivar sagtest du, die Maschine sorgt mit einem Trommelfeuer der Manipulation durch Politik und Medien dafür, dass das Denken des Konsumenten in die gewünschte Richtung drängt, in die vorbereitete Allee mit den Theaterkulissen. Warum lauscht die Masse unbeirrt den Verkündungen und glaubt daran?

Es ist bequem nicht nachzudenken, nicht wägen zu müssen, was könnte richtig sein. Von klein an unter Dauerbeschallung von Verkündungen, sind sie überzeugt von deren Wahrheit, haben vergessen, dass aus einem anderen Blickwinkel gesehen, die Wahrheit eine andere sein kann, dass *alles* einen Gegenpol besitzt. So entstand ein Dasein aus Schein und Betrug und die Masse der Grauen Konsumenten bildet die Basis für die Existenz der Maschine. Sie alle hätten es jederzeit in der Hand die Situation zu ändern, denn sie, die unzähligen Gleichgültigen, die Egoisten, die Mitläufer, all jene, die wegsehen, wenn Unrecht und Gewalt an ihresgleichen, an Mitgeschöpfen und an der Natur verbrochen wird, sie selbst fetten Zahnräder, Wellen und Gelenke mit ranzigem Öl und halten die Maschine am Laufen. Sie allein heben Maschinisten nebst treuer Lakaien auf das Podest von Selbstgefallen und Gier und lassen die Götzen ungestraft agieren.

Lenker und Bewerter sind bestrebt Gutes zu verteilen. Denkst du, alle Gemeinen Konsumenten sind einfältig und jedes Einzel weiß nicht was es tut?

Diese riesige Maschine, die *alles und jeden* kontrollieren will, sie ist emsig bemüht mit einem engmaschigen Netzt auch den geringsten Abweichler zu Keschern, ihm eine Nummer einzubrennen und das Gesicht zu nehmen. Sie hat ein krankes Hirn und duldet niemanden, der nicht nach ihrem Willen funktioniert. Und wirklich, nicht nur erfindungsreich, auch erfolgreich ist sie mit den Methoden, so plump sie auch daher stolpern, mit zwielichtigen Sprechblasen von Gerechtigkeit und Gleichheit und mit dem gebetsmühlenartigen Wiederholen von Phrasen, wie die Welt zu sehen ist. Stets gepaart mit der Erinnerung daran, dass sie und nur sie, die Maschine, das Gewaltmonopol besitzt und dies auch gerne von bereitwilligen Vollstreckern, schwer bewaffnet, gepanzert und vermummt, vorführen lässt. Die Masse zuckt mit den schwachen Schultern.

Unsere Welt folgt den Gesetzen der Natur... Bei allen Mitgeschöpfen ist stets einer der Lenker...

Manche führen, manche folgen. Das hat sich bewährt und nur die Maschine treibt die Entwicklungen der Moderne voran…

Wo wird sie enden? Die Maschinisten greifen in die Natur aller Daseinsformen ein, erheben sich über die Evolution, spielen Schöpfer, manipulieren Erbanlagen und behaupten alles unter Kontrolle zu haben. Aber die Natur lässt sich nicht beherrschen, sie findet Wege, um abzustrafen. Sie existierte Unendlichkeiten ohne uns, sie hat die längeren Erfahrungen im Umgang mit Bedrohungen. Nach den Implosionen von Gesellschaftsexperimenten und dem Zerfall von Staaten und Mauern, wurde eine sterile Umwelt mit Pseudodemokratie geschaffen. Abhängig von gezeugten Wundern, wandeln die Konsumenten durch unterjochte Natur. Die Gene konnten bei dem Tempo nicht mithalten, die Ermahnungen mit vielfältigsten Erkrankungen, als Erinnerung an die Vernunft, bleiben unbeachtet. Fühlen und Denken sind vorausgeeilt. Die Masse lebt in wuchernden Gemeinschaften, mutiert zu Egoisten und ist sogar für die eigene Species gesichtslos und beliebig austauschbar. Die Chance, ein Dasein in Würde zu führen, wurde verspielt. In der scheinbar heilen Welt funktionieren Konsumenten wie ein Uhrwerk und hinterfragen nichts. Und sie duldeten, dass sich einige zu Lenkern aufschwangen und die riesige Maschine errichteten. Nur wenige Abweichler, gleichermaßen gefürchtet von Gemeinen Konsumenten und Lenkern und verfolgt von Betrafern, widersetzen sich bedingungslosen Gehorsam. Die Gesellschaft nähert sich dem Zenit und steht vor dem Big Crunch.

Aber jedes Einzel, es kann wählen und hat sich doch für die Maschine entschieden. Eben weil sie das Dasein erleichtert und von Zweifeln befreit.

Ja, sie glauben frei zu sein. Verklagen und denunzieren gerne, wegen falschen Parkens eines Status-Mobiles, wegen eines das Vorschriftsmaß überschreitenden Pflanzenlebens und ähnlicher Verbrechen, ziehen aus Eigennutz bedenkenlos andere über den Tisch und haben Mitgeschöpfen gegenüber jedes Gefühl von Respekt und Achtung verloren. Und dabei pochen sie wortreich übereifrig auf den Schutz ihrer Daten…

…mit Punktekarten diverser Monopolisten in der Tasche, deren eigentlichem Sinn es nicht versteht. Oder, viel besser: der daseinswichtigen Symbiose mit dem stets neuesten Communicator und der Verbreitung seines Angesichtes nebst wichtiger Unwichtigkeiten an alle Klick-Befreundeten. Das Programm ist erfolgreich, Bewahrer und Bestrafer sind voll des Lobes, weil der Maschine nichts verborgen bleibt.

Die Dimensionen zu verstehen verweigert der Konsument, es ist ihm gleich. Die Maschine hat ihre eigenen Kreaturen ausgespien und mit Genomik…

◆ ◆ ◆

Die Tür öffnet sich knarrend, der Leser unterbricht die Lektüre und blickt über die Schulter. Seine Frau Enola tritt mit einem Gast ein. FarleyMo kennt den Mann vom letzten Tauschhandel mit den anderen Inseln, die Welt ist klein und übersichtlich. Der Fremdländer grüßt freundlich und das Paar sieht sein Erstaunen und die Neugier zu den gesammelten Relikten.

Jener bemerkt die Blicke. "Ja, darum geht es. Deshalb erbat ich ein Reden. Als Unterweiser auf unserem Trockenland bemühe ich mich, den Kindern gesammelte Erfahrungen des Jetzt zu lehren, auch die Schrift und das Umgehen mit Zahlen. Aber weiter möchte ich gehen, über die Vorvorderen erzählen, von der Zeit, weit, weit vor dem Untergang. Dort liegen doch unsere Wurzeln, dort ist doch aller Ursprung? Sind wir Nachkommen der Allwissenden? Nur du bist weise in den Geheimnissen des Vormals."

FarleyMo mustert interessiert den Gast, beide sind gleich alt. „Sei dir gewiss, die Vorvorderen waren unsere Ahnen. Viele aus meiner Familie suchten interessiert nach dem Geschehen vor unserem Sein. Ich lernte das Lesen der alten Zeichen von meinem Vater, dieser von seinem und dieser von seinem, eine lange Folge... Alle beschäftigten sich mit den Funden der Vormalszeit. Ich führe es weiter, besitze aber mehr Rätsel als Antworten...Wissend? Ja, wissend waren sie wohl, doch viel mehr unvernünftig."

„Es fällt schwer, dies zu glauben. Ich sehe die Überbleibsel ihrer Häuser, habe mich mehrfach verlaufen in den feuchten Gewölben. Die Mauern sind stark, mächtiges Bauen müssen sie getragen haben. Dinge, so seltsam wie jene in deinem Haus habe ich erblickt. Wenn die Vorvorderen solche Mächte besaßen, wieso konnten sie sich nicht wehren, duldeten den Zerfall des Paradieses?"

„Sie schufen eine Welt nach ihrem Sinn, erlangten Wissen, welches wir nicht verstehen. Aber sie selbst sorgten für den Untergang, sie selbst."

Der Fremdländer blickt erschrocken auf: "Du meinst die Vorvorderen haben die Welt ausgelöscht? Nicht die Kräfte der Natur? Aber warum sollten sie das getan haben?"

„Sie hatten sich die Natur unterworfen, konnten Kranksein so aufhalten und heilen, das sie ein vieles älter wurden als wir. Wenn unser Herz im Pochen verstummt, da hatten die Vorvorderen die Mitte des Lebens noch vor sich. Und sie kannten keine zu früh oder tot geborenen Kinder, keine Missbildungen, kein Siechtum und inneres Verfaulen. Ich glaub auch nicht, das die schauerlichen Wesen im Wasser von allein entstanden. Nein, auch ihre Vormaligen wurden verseucht. Das haben sie uns hinterlassen, mit ihrem ewigen Hunger. Nie konnten sie genug bekommen, die Gier zerfraß ihr Denken, Gier nach Macht und Reichsein. Sie wurden nie satt und sie spielten mit Kräften, die sie zu beherrschen meinten. Sie, sie lösten das Untergehen aus."

„Du fandest all dies Unglaubliche bei deinem Suchen?"

„Viele ihrer Zeichen habe ich gelesen und daraus ein Aufzeichnen des Gewesen begonnen. Lücken gibt es, ja. So viele wie Sterne am Dunkelhimmel. Aber manches ist klar. Um ihr Leben im Paradies zu führen, waren die Vorvorderen nicht kleinlich, berauschten sich auf Schaden anderer Leben, auch ihresgleichen Leben, untereinander oder in Ländern weit entfernt auf der Welt. Denn Trockenland, es war vormals unendlich größer. Eine ihrer Lebensnotwendigkeit, sie nennen es Energie, brach aus, verseuchte und erhitzte die Welt. Die trug damals auch ein wahrhaftes Wunder: Ein Trocken aus Bergen von erstarrtem Wasser. Das belebte und flutete bewohntes Trockenland. Wohl auch böse Kämpfe gab es, Metzeleien untereinander, um Macht und Überleben. Alles zusammen löschte das Vorvergangene aus."

„Warum haben sie sich gemetzelt? War nicht genug Paradies da für alle?"

Old Farley kratzt sich am Kopf: „Paradies? Ich weiß nicht. Ja, wäre wohl genug gewesen, für sicheres Dasein. Doch sie wollten nicht zufrieden sein. Tauschten und teilten ungerne und wenn, dann bloß für Macht als Gegenstück."

„Unsere Wurzeln selbst, so sagst du, sie haben uns kurzes Sein und Krankheitunheil hinterlassen? Warum taten sie es, warum trugen sie Hass auf das Voraus im Herzen?"

„Sie haben es nicht gemacht, um dich oder mich zu strafen, sie haben nicht nachgedacht. Was nach ihnen kommt, war ihnen egal. Ich meine, sie werden lamentiert haben, als die Natur sich gegen sie wendete und sie nichts Heilendes fanden. Da segelten sie nun in den Himmel, bis weit hinter die Sterne…"

„Die Geschichten habe ich auch gehört, so sind sie wahr?"

„Ja, sie flogen zu anderen Welten da oben. Die Vorvorderen sprechen von anderen Sternen, von Reisen dorthin. Sie erzählen von Parallelwelten, die gleichzeitig neben unsere im Sein sind. Und das es nur ein Weniges von Unbeschreiblichem ist, was wir am Dunkelhimmel sehen. Da sind Welten, belebt wir unsere. Mir verwirren die Niederzeichnungen darüber stets den Kopf. Ich frage mich, wenn sie Können hatten, um zu den Sternen zu reisen, warum nutzten sie es nicht auch dort, wo ihre Wurzeln waren?"

„Ist es wahr, mit den Sternenflügen, wie glücklich mussten sie doch sein!"

„Ich glaube, ihnen fehlte die Gabe zum Glücklichsein. Die Leben waren ungleich. Ungleich an Farbe, ungleich an Besitz und ungleich an Wissen. Aber Leben, die anders denken, haben es nie leicht. Siehe, auch über mich zerreißt ihr euch die Mäuler. Wir aber leben frei. Vormals wollten die Mächtigsten nicht, das die Unteren viel denken. Und die dagegen aufbegehrten, die haben sie gemetzelt. Gerade entziffere ich ein solches Niederschreiben. Es ist unvollständig, endet durch den Zerfall der Blätter, aber es bestätigt dies. Allein die Gier trieb sie in das Weltverderben."

„So sind wir sicher, ganz sicher Kinder von Überlebenden des Unterganges?"

„Das sind wir. Ja. Es können nur wenige Leben der Auslöschung entflohen sein. Und es ist wohl mehr Unheil geschehen nach der Katastrophe, ein Weitersterben, neue Gemetzel um Überbleibsel und fremde Kranksein. Doch von da an gibt es keine Zeichen mehr, der Anfang schlummert im Tiefdunkel. Irgendwie fand aber das Leben einen Weg bis zu uns. Wer aber vermag zu sagen, wohin er weiter führt? Ich glaube, irgendwann in der Zeitferne enden auch unsere Nachkommen wieder im Nichts und alles beginnt von vorn. Kommen und Vergehen. Ein ewiges Treiben im Kreis."

Der Besucher schüttelt den Kopf und zuckt die Schultern, ist überfordert vom Gehörten. Er weiß, die gesamte Rückreise wird ihn das Gehörte nicht loslassen. Enola hat die ganze Zeit geschwiegen und gebannt gelauscht, obgleich sie die Worte ihres Mannes so gut kennt. Und oft genug findet sie sich im Traum in einer riesigen Stadt und nach dem Erwachen martert sie den Kopf, woher die Fantasie ihr diese klaren Bilder zeichnet. Die Stimme des Fremdländers unterbricht ihre Gedanken. Ob er FarleyMo und seine Frau auf seinem Eiland wird begrüßen können, damit dort alle mehr vom Vormals erfahren können, möchte er mit einer Verbeugung wissen, zum nächsten vollen Mond würden sie ihnen ein Floß senden, für gute Essen, gute Schlafstätten und sichere Heimbringung sorgen. Er bekommt seine erhoffte Zusage, die Drei verabschieden sich und nachdem Enola mit dem Besucher den Raum verlassen hat, widmet sich der Alte wieder dem Niederschreiben.

◆ ◆ ◆

...und Verkündungen auf Gier konditioniert. Unrecht empfinden sie nur, wenn sich bei einer Reise in entfernte Gebiete üble Krankheiten in den eigenen Leib schlichen, das Ziel nicht exakt den synchronisierten Werten entspricht, wenn fremde Natur mit unangemessenem Klima aufwartet und mit Wasserleben das Meer kontaminiert. Das ist unakzeptabel und es widerspricht der Erwartung, dass mit einem Reiseticket auch die Garantie für Unversehrtheit des eigenen Organismus erworben wurde.

Das ist ein Kuriosum, welches den Maschinisten immer häufiger Kopfzerbrechen bereitet... Es gibt sich auch ungehalten, wenn Ungenauigkeiten bei den Zeiteinheiten entstehen, Unpünktlichkeiten mag das Einzel nicht. Da gerät die Welt aus dem Gleichgewicht, da stehen die Scharen ausnahmsweise gerade und klappern mit den weißgebleichten Zähnen, da klagen sie emsig.

Die Evolution kehrt sich um, die Maschine regelt und der Verstand bildet sich zurück. Es gibt keine naturgegebene Garantie für Gesundheit und langes Leben. Das Dasein ist von Geburt an ein Risiko, eine Abenteuertour mit ungewissen Ausgang und keine der *wunderbaren* Versicherungen wird dies verhindern! Den Abweichlern ist unerklärlich, wie der Gemeine Konsument vergessen konnte, das mit jedem Produkt jemand Werte sammeln will, das Lenker, Wertscheindepots, Versicherungen, Krankheitenverwalter und Konsummonopolisten nur solange seine Freunde sind, wie sie Gewinn absaugen können und das Recht, wenn auch von der Maschine in Paragraphen gestaffelt, nicht Recht sein muss und Auslegungssache oder abhängig von Kaste und Besitz bleibt. Mit weit aufgerissenen Augen, ob all der psychedelischen Farbenpracht glänzender Seifenblasen in den beidseitig gelegenen Pappmachepalästen und im Gleichschritt dem Ebenbild hinterher, hat jedoch längst leise der letzte Akt der Geleiteten eingesetzt, der Moment, an dem der Geist für immer in der Dunkelheit des Deliriums versinkt. Dann ist es vollbracht. Spätestens jetzt ist der Graue Konsument ein Schräubchen im Räderwerk der Maschine, hat damit endgültig die Freiheit verloren, aber das Recht gewonnen, auf andere herabzusehen, auf andere Dasein, andere Sichtweisen jenseits der Maschine.

Ihr Rebellen werdet es nie verstehen...

Ich bin kein Rebell. Ich bin ein Abweichler, der für sich allein steht und sich Ideale und Freiheit nicht nehmen lässt. Ich gehöre keiner Armee an.

Für die Bestrafer ist es unbedeutend, ob einzeln oder gemeinsam. Gedanken sind nicht frei. Darum betreibt die Maschine auch großen Aufwand für eine Kontrolle über die freie Zeit jedes Einzel.

Das Ergebnis ist beklemmend. Lenker und Maschinisten bieten die allgegenwärtige Droge Ablenkung und mit den genormten Produkten einer aufgeblähten Unterhaltungsindustrie hinreichend Varianten, um den schwierigen Weg des Denkens entspannt zu verlassen. Wunder werden am Fließband hergestellt. Die Masse lebt, um zu roboten und die größte Aufregung sind die bunten bewegten Bilder, überall verteilt in ihrer

Wohnstatt. Stumpfsinnige Action, belanglose Geschichten, naivster Fantasieklamauk, grottenüble Billigstserien, in denen ungelenke Dublikanten durch die Szenerie stümpern oder Einfaltspinsel und prollige Freaks vorgeführt werden. Peinliche Spieleshows, stets gleiches Gerede mit stets gleichen Selbstdarstellern, Zusammengehörigkeitsfeste schunkelnder Konsumentengruppen unter frei erhältlichem Drogeneinfluss und Gesangseinlagen von typengleichen Grinsemasken mit genormten Melodien und Texten. Die Liste ist endlos: Spaßmacher zum Fremdschämen, ausgelaugte Castingshows mit Bewertergötzen aus der Reste-Puppenkiste muffigen Entertainments und zur Bloßstellung und Selbstauflösung bereite Kandidaten. Profillose Möchtegernstars vom Karussell der Austauschbaren mit grenzwertigen Eigenschaften auf allen Kanälen. Und weil die Maschine die Grauen Konsumenten von Essenfertigung befreien könnte, beziehen sie doch allzu gerne den in schummrigen Laboren produzierten Mix aus synthetischen und unbekannten Stoffen, erinnern unzählige Essenbereitungsshows mit drolligen Hologrammen an dies Mühsal vergangener Epochen.

Ich gebe zu...Selbst mir ist Vieles unerträglich und das Flackern eines Feuerscheites interessanter. Jedoch kann jedes Einzel entscheiden, wie weit es sich löschen lassen will. Die Maschine bietet nur an und ist bemüht auch die Lücken zu füllen, wo für bewegte Bilder keine Zeit ist. Dort bringt sie reine Wohlklänge in die Lebensbereiche, mit abwechslungsreichen Akustiken.

Der triste Alltag wird überkübelt mit Dauerschleifen einfallslosen Gesanges, mühelos aus einem Automaten gezogen, von Notenmördern, die sich in Unwissenheit der urtümlichen Wortbedeutung aus versunkener Zeiten oder in Eigenverblendung Rocker nennen und schlicht auf der Ebene des billigen Einheitsliedes mittröten. Der Dauerton einer Vollstrecker-Sirene ist melodiöser und weniger nervend. Virtuose Beherrscher von Noten und Worten wurden zu einem Nischendasein verbannt, von Maschine und Konsumenten gleichermaßen argwöhnisch beobachtet. Denn, auf Belanglosigkeit trainiert, weiß die Masse nicht mehr, dass Ruhe zwischen den Noten die Melodie formt, dass Worte erfunden wurden, um etwas auszudrücken und das mit jederzeitiger Abrufbarkeit über modernste Techniken die Qualität der Musik auf die geringste Klangebene herabgestuft und um den ursprünglichen Sound beraubt wurde. Doch übersättigt und technikhörig degenerierte das Empfinden dafür.

Es kommt der Maschine auch keinesfalls auf Kunst an. Um belanglos in die Ohren rieselnde Ablenkung geht es, Fahrstuhlmusik, das erfüllt den Konsumenten. Für Mehrinteressenten ist das Neuigkeitencenter zuständig. Neuigkeiten zu jeder Zeit, aus allen Winkeln der Welten.

Neuigkeiten, klar. Ausgesucht und vorentschieden. Auf seriös ausstaffierte Animationen präsentieren gleichlautende Informationen und mit Propheten und Weisen aus dem Prunksaal mit der Glaskugel wird Dargestelltes untermauert, um endgültig zu erklären, was die wirkliche Wahrheit ist. Mit Informationen über Ereignisse um Reinblüter und Andersbeschaffer, mit gewissenlosen Detailaufnahmen von Blutströmen als Geschehensbeweis, mit wilden Spekulationen und ungesicherten Informationen im anreißerischen Slang manipulieren die Verkünder aller Ablenkungs-Kanäle ihre Existenzberechtigungen. Neuigkeiten jederzeit, da ist man hektisch auf der Jagd nach stetig Neuem, hechelt dem Sensationellen hinterher, allein um den Konsumenten im Massagesessel einen wohligen Grusel über den Nacken zu jagen. Als ob manches Gerede und Maskengesicht dafür nicht ausreichen würden. Die Ware Wahrheit. Ein bodenloser Morast mit üblen Geruch, aber bunt schillernd und wenn nicht live, so doch in perfekter Bildqualität und jederzeit allerorten abrufbar. Unter derartiger Berieselung beginnt die Metamorphose. Der Konsument hat den Köder Orientierungshilfe gefressen, hat gelernt was Wirklichkeit ist und wie er sein Dasein ausrichten muss. So sprießt langsam wieder das Fell unter den Markenklamotten und der aufrechte Gang fällt schwerer und schwerer. Damit... se tz t die...R ück...w.....

◆ ◆ ◆

Weitere Worte sind nicht entzifferbar, die Blätter lösen sich auf. FarleyMo blickt wieder auf das Meer. Die Wellen sind wilder, tragen Schaumkronen und er versinkt in Gedanken, bis die Sonne das Meer berührt und Enola ihn mit einem Kuss zum Essen holt.

Auf einer Ebene der Zeit, in einem vertrautem Universum, in einer Welt mit Sicht auf die Sterne der Milchstraße, unfassbar die Dimensionen, so fern, entsteht eine Maschine und von Anbeginn präsentiert sie unverhohlen ihr lachendes Fratzengesicht. Viele, sehr viele, unzählige kalte Winter nach der Morgendämmerung.

Der Nachbarshund streift durch die Wiese, weißer Flausch in frischem Grün. Er wirbelt die filigranen Samenbäusche auf. Sicher kontrolliert er, ob sich zu nächtlicher Zeit wieder freche Rehe in sein Territorium geschlichen hatten, wohl wissend dass der kleine Gutsherr dann im weichen Bett seiner Zweibeiner tief im Traumland auf Jagd geht. Der Hund wuselt weiter, überprüft seinen Grenzzaun auf einen erfolgten Durchbruch.

Lächelnd hat er die unerwartet aufgetauchte Fellnase durch das Fenster beobachtet und wird natürlich an Tiffany erinnert. Aber er ist noch zu sehr in vorigen Gedanken verfangen und muss lächeln, über seinen Vergleich mit dem Zirkusclown und fragt sich, warum ausgerechnet er anders empfindet, anders über das Leben denkt. Er versteht den von Zeitgenossen eingeschlagenen Weg in die totale Abhängigkeit, in die freiwillig gewählte Schizophrenie und Gefangenschaft einfach nicht.

Warum sterben die meisten lange vor ihrem Tod? Warum verfangen sie sich auf Bahnen, die in ewigen Kreisen um die Schwerkraft der Gewohnheit ziehen? Warum drehen so viele wie eine Eistänzerin ihre Pirouetten um sich selbst? Warum tanzen sie im Reigen zu vorgegebener Musik in vorgegebener Richtung?

In endloser Reihe stellen sie sich als von Geburt an vorgeformte Produkte irgendwann willenlos auf die blitzblanken Förderbänder, lamentieren dabei über den Stress des Lebens und beäugen misstrauisch und missmutig Verweigerer der vorgegebenen Ordnung wie gefährliche Exoten in cleanen Hochsicherheitstrakten eines Zoos. So mancher mag sie auch dorthin verwünschen, diese Aliens. Sicher hinter Mauern und Gittern verwahrt, wo mit großen Schlüsselbunden rasselnde Schließer sie befriedigt grinsend durch Gucklöcher und Panzerglas kontrollieren. Wäre nicht eben neu die Reaktion, auch heute hier und dort gut gepflegter Brauch, basierend auf Ideen aus grauer Zeit vor unserer Zeit.

Die Abtrünnigen in ihrem Reservat jedoch schauen entspannt der Menge zu, wie sie auf dem Band vorbeirollt, in schmierige Auffangtrichter purzelt und in den schleimigen Eingeweiden der Maschine durchgewalkt wird. Ohne je zu hinterfragen, ist die Mehrzahl mit geschlossenen Lichtern und ohne Zwang in die Falle getappt, hält sich selbst für individuell und ist trotz Faschingskostümierung Modetrend und Zeitgeist, nur die gewünschte ruhiggestellte graue Masse, die nach Windungen und Spiralen als Einheitsbrei aus dem Fleischwolf quillt. *Welcome to the machine.*

Science Fiction Szenarien mit geklonten Hominiden aus Tanks sind dagegen so aufregend, wie frisch gestrichener Farbe beim Trocknen zuzusehen.

Zugegeben, es ist schwer bei all den Regeln und Gesetzen ein Leben zu führen, das man selbst noch akzeptieren kann. Mit Oberflächlichkeiten und Konsumwahn aber wird er sich nicht verschwenden und damit verleben. Er war stets Außenseiter, soweit er zurück schaut in verwehte Jahre und er lebt gut damit. Auch, weil wunderbare Farben, strahlend wie Leuchtfeuer, im übermächtigen Grau existieren. Weil er gelegentlich Exoten, von denen die Einheitsfarbe abperlt wie Regentropfen eines Tropengewitters von einem Lotosblatt, auf ihren Wanderungen begegnet. Weil seine eigene Bahn manchmal jene von Aliens kreuzt, die auch von außen auf Förderband und Maschine blicken.

Früh schlug er einen anderen Pfad als den ausgetretenen Wechsel ein. Unter der Tarnkappe freundlich inhaltsleerer Worte, mit lächerlichen Brosamen und unbedeutenden Zugeständnissen umschlichen sie auch ihn, die Seelenfischer, stets bemüht seine Helden auszutauschen. Auch er musste unterscheiden lernen, Himmel von Hölle, blaue Weiten von Schmerz, eine warme Sommerwiese von eiskalten Stahl, ein ehrliches Lächeln von einem gleichgültigen.

Aber, es gibt keinen Pakt zwischen ihm und der Maschine. Und wie seine Helden, wird er sich einem verbrecherischen Missbrauch niemals beugen.

Notiz

Das Grundübel unserer Demokratie liegt daran, dass sie keine ist. Das Volk, nomineller Herr und Souverän, hat in Wirklichkeit nichts zu sagen…Jeder Deutsche hat die Freiheit, Gesetzen zu gehorchen, denen er niemals zugestimmt hat; er darf die Erhabenheit des Grundgesetzes bewundern, dessen Geltung er nie legitimiert hat; er ist frei, Politiker zu huldigen, die kein Bürger je gewählt hat, und sie üppig zu versorgen – mit Steuergeldern, über deren Verwendung er niemals befragt wurde.

aus „Die Deutschlandakte", Verfassungsrechtler Prof. von Arnim

Das Leben ist der Himmel, das Leben ist die Hölle.
Du baust dein Glück auf Sand - dann kommt die Welle.
An jedem deiner Tage kann der Wind sich drehen.
Woran wirst du dich erinnern?
Woran willst du dich erinnern?
Und dann schaust du zurück auf das was wirklich bleibt.
Wir haben nicht unendlich viel Zeit, sag mir was wirklich bleibt.
Und dann schaust du zurück auf die Schatten und das Glück
Mal fühlst du dich als Fremder am schönsten Ort der Welt.
Mal bist du einfach glücklich wenn nur der Regen fällt.
Die Zeit nimmt weiter ihren Lauf, sie zieht dich runter, zieht dich rauf.
Aber, woran willst du dich erinnern?
Was hat uns hierher gebracht?
Was hat uns zu uns gemacht?
Was ist das was wirklich bleibt?
Ich will mich an dich erinnern.
Und dann schau ich zurück.
Zurück, auf die Schatten und das Glück
Erzähl mir was wirklich bleibt.
Christina Stürmer

Aufbruch

Mit all diesen Gedanken im Kopf, mit den Rückblenden, den Zweifeln, dem Wissen um ungerechtes Handeln und falsche Entscheidungen, den Nächten, in welchen ein Schaf nach dem anderen in einen bodenlosen Schlund neben seinem Bett stürzte, und der Sicht auf die Endlichkeit des Weges, sieht er dem Tanz der Weidensamen zu. Der Blick streifte über die Wiese, hin zu dem Storchennest an ihrem Rande. Vor einigen Tagen kamen sie aus Afrika, um wie jedes Jahr ihre Jungen in dem alten, mächtigen Horst aufzuziehen. Emsig bastelt das Paar an dem meterhohen Rad aus Reisig, fügt geschickt Zweige ein, beseitigt die Schäden der Winterstürme und bereitet es für die Eiablage vor. Die Menschen in den nahen kleinen Häusern warten stets auf die treuen Sommergäste und das imposante Flugbild, wenn die Störche im Tiefflug über die Dächer auf die umliegenden Wiesen schweben, ist ein vertrauter Anblick.

In der Hand eine Tasse Kaffee, verlässt er den alten Caravan, das letzte Überbleibsel des vergangenen Lebens und übervoll mit Erinnerungen an eine einst wunderbare Zeit. So lange ist es nicht her, da standen auf dieser kleinen Lichtung, von drei Seiten dicht von Bäumen und Sträuchern begrenzt, der Tierwagen und das Sommergehege der Krokodile. Sein Weg führt ihn zur freien Seite, zur sandigen Zufahrt auf das Gelände und weiter in Richtung Storchen-Sommerlager. Wie immer öffnet sich ein sorgsam gehütetes Fach und ein Film beginnt im Kopf zu laufen, so klar, so deutlich, dass er das Jetzt aus den Augen verliert.

Es war der erste Feiertag des Weihnachtsfestes in jenem langen Eiswinter 2010, welcher das Land am Meer unter hohen Schnee verbarg. Und es waren die Minuten am Ende der Lebensreise seiner einzigartigen Kameradin, seiner treuen Weggefährtin in zwanzig Jahren. Tiffany, das kleine Westie-Mädchen, lag, seit sie am Heiligen Abend im Schnee umgefallen war, in einem ruhigen und tiefen Schlaf. Selbst er, der es nicht wahr haben wollte, begriff, dass ihr gemeinsamer Weg sich gabelte, das sie am Scheideweg und vor dem Abschied standen und das Tiffany in jenen Zustand versunken war, welcher irgendwo einsam zwischen Dämmern und Tiefschlaf verborgen liegt und voller Erinnerungen und Träume ist. Kurz vor Mitternacht hatte er die Kleine damals vorsichtig angehoben, mühsam, weil das Köpfchen zu schwer für sie geworden war und er es stützen musste. Er wickelte das geliebte Wesen mit ihrem aufgebenden, schlaff gewordenen Körper in eine warme Decke ein, so das nur eben die geschlossenen Augen und das Schnäuzchen hervorlugten und nahm das Bündelchen auf den Arm, eng an die Brust gedrückt und zusätzlich von seiner Winterjacke umfangen. So traten sie vor die Tür, zu ihrem allerletzten Ausflug, in die friedliche Schneelandschaft, in die klare, eisige Stille der Winternacht. Die Kleine nahm den Wechsel wahr, hob das Näschen und schnupperte die frische Luft, ihre Augen öffnete sie nicht mehr, wie die Male davor. Dann stapfen sie durch den hohen Schnee vorbei am Tierwagen, auf ihrer Wiese entlang, durch Büsche und unter Bäumen, zur Zufahrt, an der Pferdekoppel vorbei bis zum leeren Storchennest. Der schwarze Nachthimmel war verschwenderisch mit einem Ozean von Sternen übersät und es schwebten einzelne dicke, glitzernde Schneeflocken herab. Der Schnee knirschte unter den Schritten und nur wenn er stehen blieb, dann war die Stille wieder zurück, mit ihrer ganzen Magie. Nur wenige Minuten später, zurück im warmen Caravan, in seinen Armen, öffnete sich für Tiffany eine Tür und als diese sich hinter ihr schloss, war er allein in dieser Welt. Nie vergisst er die Bilder, sie sind da, pünktlich, von allein, er muss sie nicht abrufen. So wie jetzt im Frühjahr, wo es grünt und die Störche am Nest werkeln.

Damals war es auch der Anfang vom Ende für ihn, die Entscheidung der Aufgabe der Reptiliengruppe, der Trennung vom bisherigen Leben und allem Überflüssigen. Das nun noch Wichtige verpackt in zwei Reisetaschen. Und zu dem Erstaunen anderer, die ihn schon ewig kennen, änderte er wie zur Bestätigung, dass es das alte Leben nicht mehr gibt, das ein Kapitel für immer geschlossen wird, sein Äußeres. Die weit über die Schultern getragenen Haare gekappt bis auf einen schwarzen Irokesen, die komplette Kleidung schwarz. Aussehen und Outfit setzen ein klares Zeichen für Distanz, er legt ebenso wenig Wert auf Smalltalk wie auf Gespräche mit Leuten, die ihn sowieso nicht verstehen.

Er trinkt vom Kaffee, der kalt geworden ist, weil er sich wieder einmal in Gedanken verlor. Die Sonne wärmt und betörender Blütenduft schwebt in der Luft. In dem Augenblick ist es da. Das Gefühl tief in der Brust, welches den Atem ankurbelt, das Herz schneller schlagen lässt, den ganzen Körper in Aufregung versetzt und zu einem Schmerz wird. Fernweh. Viele Jahre war er gereist, seine Berufung trieb ihn auf Tourneen quer durch Europa. Erst mit einer Gruppe Elefanten, später mit Tiffany und seinen Großreptilien. Und dieser Drang, dann wenn es wärmer wird, auf Reise zu gehen, ist nicht vergangen. Zu lange an einem Ort hat ihm nie gefallen, er hat keine Wurzel geschlagen. Wenn auch das Dasein sich gravierend änderte und an ständiges Unterwegssein nicht mehr zu denken ist, so nennt er auch den Ort unter dem Storchennest nicht sein Zuhause. Wo es zu finden ist, weiß er nicht, verschwendet daran kaum Gedanken. Zuhause ist der Caravan, gleich wo dieser steht. Dort ist er geborgen, dort leben die Erinnerungen an eine wunderbare Zeit. Er hat sich konsequent gegen einen Neuanfang entschieden, er driftet mit der Zeit.

Ein Storch breitet seine Flügel aus und erhebt sich vom Nest. Ruhig ziehen ihn sanfte Winde in die Höhe, bis er am blauen Himmel ganz klein geworden ist und dort segelt er mit wenigen Bewegungen der Schwingen fort aus dem Sichtfeld des Zweibeiners mit der halbvollen Kaffeetasse. Durch dessen Kopf springt jetzt ein Gedanke: Reisen. Er wird noch einmal auf eine lange Reise gehen, mit Zielen, welche in die Vergangenheit, als auch in ihm unbekannte Gebiete führen. Der Kleinbus hat ihn schon mehrfach durch Europa gebracht, bis auf die Kanaren und quer durch die Pyrenäen. Viel zu überlegen gibt es nicht mehr, der Entschluss ist gefasst. Er blickt zum Auto. Pechschwarz, wie auch anders, vom Dach bis zu den Rädern, parkt es unter der mächtigen Weide. Eingerichtet als rollende Unterkunft auf Zeit, schlicht, aber mit allem was wichtig ist und ohne unnützes Zubehör. Für ihn muss eine Reise ein Abenteuer bleiben, kein feistes Schwelgen in Bequemlichkeiten, es wird genug reduziert bei einer Tour durch das Europa der Gegenwart. Diesel gibt es überall, Wasser auch und Supermärkte. Was an Vorbereitung ist nötig? Am Nachmittag füllt er Trinkwasser auf und räumt die wenigen Dinge ein, welche er braucht. Morgen soll es losgehen. Nichts hält ihn hier. Was ihm etwas bedeutet, er trägt es bei sich. Er plant nicht, nur die Richtung ist klar und einige Orte. Der Weg ist das Ziel, doch bis Tarifa soll er ihn führen.

Am Vormittag verschließt er den Caravan, steigt in den Bus, fährt von der Wiese und biegt ab auf die kleine Dorfstraße. Ein Blick zurück, auf den von Sträuchern gesäumten Weg. Sein berädertes Zuhause bleibt verborgen, aber das Storchenpaar steht in der Sommerresidenz. Den Nachwuchs der Saison wird er nicht erleben. Bei seiner Rückkehr, irgendwann zum Ende des Sommers, ist die Federbeinfamilie auf ihrer Reise in das afrikanische Winterlager. Langsam und idyllisch beginnt die Fahrt, wenige Häuser, viel Natur. Die schmale Teerpiste, mit Ausweichbuchten bei Gegenverkehr, geschickt angelegt an Stellen ohne Sicht, schlängelt sich zwischen sanften Hügeln hindurch. Beidseitig Acker, bevorzugt mit den zwei nationalen Monokulturpflanzen überschwemmt, Raps oder Mais. Mais oder Raps, soweit das Auge reicht. Andere Feldfrüchte scheinen ausgestorben. Falsche Propheten, Subventionen und Gier gestalten das Land. Acker bis an die Straße und an den Waldrand, egal ob unbewirtschaftete Flächen dazwischen einmal üblich waren, in dem Bewusstsein, das sie wichtiger Lebensraum für viele Pflanzen sind, Heimat unzähliger Insekten und Rückzugmöglichkeit für Kleintiere während der Erntezeit. Jetzt zählt jeder Quadratmeter und bringt Bares, wurde dafür umgepflügt und mit intensiver Düngung dem angrenzenden Acker einverleibt. Lebensraum, Artenvielfalt? Ein mickriges Gegenangebot.

Schnell rückt dichter Wald näher und damit ein Sandweg, an welchem der Teer strandet. Es ist eine schöne Landschaft. Unzählige Hügel, Wälder mit verborgenen Bächen, Teichen und Seen. Ganz nahe liegt das Durchbruchtal eines Flusses, welcher sich einst tief durch die Endmoränenlandschaft fräste, wildromantisch mit starker Strömung in Richtung Norden fließt und in die Ostsee mündet. Die Gegend empfanden schon Menschen vor Jahrtausenden als angenehm, überall haben sie Spuren hinterlassen. Großsteingräber, Burgwälle, eine Slawenburg an einem versteckt liegenden See und die fast unbekannten, in Kreisen angeordneten senkrecht stehenden Monolithe, Steintänze, Kultstätten im tiefen Forst aus einer Zeit vor viereinhalbtausend Jahren. Oft ist er den Weg gegangen, in den nahen Wald, entlang einsamer Weihern, in die Ruhe und Magie dieser mächtigen Steine und der Gedanke an einem Ort zu sein, welcher vor langer Zeit Menschen etwas bedeutete, beflügelte immer wieder seine Gedanken.

Vorbei an winzigen Ansiedlungen, dort gelegen, wo man kaum menschliches Wohnen ahnen würde - an einem Bach, Hügel und Feuchtwiesen im Blick, und mit dem Rücken an den dichten Wald gelehnt oder auf einer Lichtung mitten in ihm. Wie durch eine Parallelwelt schlängelt sich die schmale asphaltierte Lebensader, in der Dämmerung gern von vierbeinigen Einheimischen gequert. Enge Kurven, ein Brücke aus Planken über eine Niederung, dann ein holprig zu bewältigendes Gleis, rostbraun auf Holzschwellen und jenseits der Buckelpiste mannshoch von der Natur in Besitz genommen, danach, auf der uralten Straße aus Kopfsteinen, mehr Hüpfen als Fahren bis zur Auffahrt auf die Bundesstraße. Diese, für schnelleren Verkehr gestylt, führt zur Autobahn und weiterhin durch Wald, über Hügel, auf Dämmen zwischen Seen entlang. Dort, wo Wald sich lichtet, wandelt sie zu einer Allee. Für vielen Zeitgenossen ein Übel, neigen doch Autos dazu mit diesen lebenden, alten Straßenbegrenzungen in Konflikt zu geraten. Ja, die Zeit, die man nie hat und die für Unersättliche bekanntlich in Geld berechnet wird und dazu die vielen PS, die man notgedrungen nutzen muss, wenn sie schon mal unter der Haube aufgezäumt wurden. Arge Hindernisse, die uneinsichtige Natur und eigener Stumpfsinn.

Bald erreicht er die Autobahn, Landschaft und manches Auto hetzen an ihm vorbei. Ballungsgebiete mit Straßen, übervoll an identischen Häusern, Carports neben kurzgetrimmten Minirasen, nicht unähnlich der Schläfrigkeit landwirtschaftlicher Monokultur, nur ebenweniger Grün und weniger Horizont, quellen über den breiten Blechlawinenkanal hinaus. Jener schien den wuchernden Moloch nur kurz getrotzt zu haben, erst stemmten sich Häuser gegen die gewaltige Lärmschutzmauer, dann setzte die genormte Einheitlichkeit zum Sprung über das Hindernis an, verbreitete ihren Samen wie Unkraut. Angekommen auf der anderen Seite, erste Betonschachteln eng an die dort nicht weniger monumentale Kanalmauer gepresst, kriecht das öde Adergeflecht der Metropole weiter, süchtig auf das Verschlingen neue Wiesen und Felder.

Die erste Station naht, nur wenige Minuten bis zu Abfahrt ins Artland. Als er die Tour fahren musste, im Winter 2010, wenige Tage vor Silvester, war selbst die Autobahn nur dürftig beräumt von dem vielen Schnee. Es schneite ununterbrochen und er konnte den Termin nicht halten. Es war das letzte Mal, das seine Tiffany ihn als Beifahrer begleitete, für immer eingeschlafen in ihrem Körbchen neben ihm. Doch man wartete auf ihn, wusste von seiner langen Fahrt und nahm sich viel Zeit. Jetzt fährt er ab, es ist nicht mehr weit nach Badbergen. Wie immer schlägt das Herz schneller, dann sieht er schon die Pyramide im Rosengarten, sein Ziel. Der Weg durch die Felder, damals war jener noch schmaler, eingeengt von beidseitigen Gebirgszügen aus Schnee, und voraus leuchteten Lichtpunkte wie Irrlichter in einem märchenhaften Landschaftsgarten und entzündeten ein Funkeln und Glitzern auf dem kalten Weiß. Es war wie das Spiegelbild des Sternenhimmels auf Erden. Tief verschneit lag das wunderschöne Gebäudeensemble einsam in der winterlichen Landschaft, die Auffahrt von gelblichen Lichtkegeln der alten Laternen erhellt. Dicke Schneeflocken schwebten herab. Er brachte seine geliebte Weggefährtin zur endgültigen Abschiednahme, der Rosengarten Badbergen ist ein Kleintierkrematorium mit angeschlossenen Friedpark. Stunden später, nach der liebevoll gestalteten Zeremonie, fuhr er mit Tiffanys Asche zurück zur Wiese mit dem Storchennest. Einige Jahre behielt er die tiefblaue, mit goldenen Sternen geschmückte, kleine Urne bei sich zuhause, dann beschloss er nach langem, langem Überlegen, die Asche im Rosengarten beizusetzen. Er ist allein, würde er fortgehen, so wie es gute Bekannte in seinem Alter längst getan haben, dann würde niemanden diese Urne etwas bedeuten. So ist es besser, Tiffany findet ihre Ruhe im herrlichen Rosengarten und ihre Asche wird nicht gefühlskalt entsorgt. Mit dem Gedanken konnte er nicht leben, so ist sie vor zwei Jahren aus der kupfernen Urne in ein vergängliches hölzernes Kästchen umgebettet worden, um wieder einzugehen, in den ewigen Kreislauf der Natur. Er hat ihr ein kleines Grab ausgewählt, am Fuße der alles überragenden Rosenpyramide, am obersten Ringweg der Südseite, inmitten bunter Blumenpracht. Und Tiffany hat einen Erinnerungsstein bekommen, mit ihrem Bild, ihrem Namen und ihren Daten und den Worten: Abenteuerin, Weltenbummlerin, Copilotin, einzigartige Weggefährtin. Von Frühsommer bis Herbst blüht ein Meer von Rosen und Lavendel um ihr Grab, im Winter schmücken immergrüne Gewächse und im Frühjahr entfalten Schneeglöckchen, Krokusse und Tulpen ihre Farbenpracht. Stets, wenn er diesen wunderschönen Ort besucht, fühlt er sich grenzenlos, alles andere seiner Welt ist ganz weit fort, fällt in die Bedeutungslosigkeit. Er liebt die Wege im Rosengarten, die Ruhe zwischen all den blühenden Blumen, Büschen und Bäumen. Hier scheint es den Frieden wirklich zu geben.

Er ist sehr gerne hier, an diesem magischen Ort.

So steht er auch heute am Grab. Jemand hat einen kleinen Rosenstrauß am Stein abgelegt. Die Blüten sind verwelkt, er räumt den Gruß fort. Wie immer kommt er mit anderen Besuchern ins Gespräch. Auch sie haben ihre Vierbeiner besucht, da trägt man Gemeinsamkeiten, hat zu erzählen und die Zeit eilt. Doch er bleibt stets einige Tage, kennt einen ruhigen Platz zum Übernachten.

Landwirtschaft prägt das Umland, aber ganz nahe liegt ein Ort schrecklichen Geschehens. Heute nur mit viel Fantasie vorstellbar in der Gegend der weiten, flachen Felder und die Autobahn gleich um die Ecke, gab es hier einmal dichten Wald, Moore und sumpfige Niederungen und das Reisen erforderte Mut und Kraft.

Publius Quinctilius Varus

Urplötzlich waren die Angriffe erfolgt, gleichzeitig und an mehreren Abschnitten. Aus dem dichten Unterholz des sanften Höhenzuges stürzten sich zu allem entschlossene Krieger auf den ahnungslosen Tausendfüßler. Sie schlugen blutige Wunden in dessen Flanke und verschwanden so schnell, wie sie zuvor erschienen. Der Wurm wand sich, kroch schneller vorwärts, um ein Ende des schmalen Weges zu finden und wurde immer wieder heftig attackiert. Nach Stunden endlich offenes Gelände, ideale Verteidigungsposition. Aber der Gegner weiß von eigener Schwäche und zieht sich umgehend zurück.

So endet an diesem Tag der Marsch und für die Nacht wird ein schwer befestigtes Lager errichtet. Und, es fängt zu regnen an. Die Legionäre fluchen. Als ob die nadelstichartigen Überfälle nicht schon genug angerichtet hätten, mit den für die Armee des Imperium unfassbar hohen Verlusten an Kameraden. Jetzt auch noch der gehasste kalte Regen. Dabei ordnete, zu ihrer Freude, der Befehlshaber in diesem Jahr recht früh den Rückmarsch an, um nicht den feuchten und dunklen Herbst in dem so und so schon finsteren Land der schier endlosen Wälder verbringen zu müssen. Vor wenigen Tagen, als die morgendlichen Nebel in den Flussauen beständiger wurden, hatten sie ihr Sommerlager an der Visurgis *(Weser)* aufgegeben und sind auf dem Marsch in das angenehmere Winterquartier weiter im Westen, froh darüber, dem Herz des finsteren Germania Magna den Rücken zu kehren. Und jetzt wollten sie eigentlich nur schnell, praktisch nebenbei, aufmuckenden Barbaren den Garaus machen, doch sie sind in deren Messer gelaufen, an diesem Vorherbsttag im vierzigsten Regierungsjahr ihres Kaisers.

Kaiser Augustus

Als den neunzehnjährige Gaius Oktavian damals, er befand sich gerade auf einem Feldzug in Apollonia *(Albanien)*, die Schreckensmeldung erreichte, das Gaius Julius Caesar bei der Sitzung an dreiundzwanzig Dolchstichen von verschworenen Senatoren verblutet ist, eilte er umgehend nach Rom. Er ist der Adoptivsohn von Caesar, trat dessen Erbe an und mischte kräftig mit, im Kampf um die Macht. Fast vierzehn Jahre währte der Bürgerkrieg, dann war mit Mark Anton der letzte Rivale ausgeschaltet. Oktavian, knapp dreiunddreißig Jahre alt, wurde Alleinherrscher und begründete die Kaiserdynastie. Wenige Jahre darauf verlieh ihm der Senat den Ehrennamen Augustus, der Erhabene. Und sogar den Kalender ließ man ändern, der Monat Sextilius hieß von da an: Augustus. Der Kaiser widmete sich zuerst der Wiederherstellung von Recht und Ordnung, nicht nur in Rom, auch in den Provinzen, dann der Erweiterung der Reichsgrenzen. Eroberungszüge nahmen die letzten Gebiete in Hispania ein und verschoben vom Osten Galliens, von Dalmatia und Illyricum, die Grenze bis an Danubis *(Donau)* und Rhenus *(Rhein)*. Und als nicht mehr viel übrig blieb, was man befrieden konnte, widmete sich Kaiser Augustus den Gebieten rechts des Rhenus und entsandte seine Stiefsöhne Tiberius und Drusus zu Feldzügen in die dortige Wildnis. Rom errichtete befestigte Lagerplätze, doch es ging nicht um Landgewinn, sondern um Präsenz von Macht und um Abschreckung. Zuerst übernahm Drusus den Oberbefehl über die Legionen am Rhenus, dann, nach seinem Tod, Tiberius. Und obwohl beide keineswegs die Herrschaft überall durchgesetzt hatte, fühlte sich das Imperium verantwortlich für jene Gegenden, überführte sie in den Status einer Provinz und erklärte diese somit als befriedet. Nun, ganz so einfach war das nicht, vielleicht sah Kaiser Augustus es aus der Entfernung anders, von dort hinter den Alpen, im warmen, kultivierten Rom, doch Tiberius balgte sich weiterhin in den unbehaglichen Wäldern mit unbeugsamen und wehrhaften germanischen Stämmen herum. Besondere Hartnäckigkeit zeigten die einst weit vertriebenen Markomannen unter ihrem Führer Marbod, die drängten in altes Siedlungsgebiet zurück, traten immer dreister und kampflustiger auf und ließen es an Respekt gegenüber Statthalter und damit Rom mangeln. Solch Verhalten duldet das Imperium dann doch nicht lange, die Geduld war ausgereizt, man erteilte Tiberius den Befehl, einen Angriff gegen den nervigen Marbod zu planen und hob dafür zwölf Legionen aus. Die Truppenstärke war übertrieben, aber Germania Magna sollte sehen, wie Rom handeln kann. Doch genau zu dem Zeitpunkt eskalierte der bereits ein Jahr schwelende Aufstand in Dalmatien und Tiberius und seine Krieger zückten dort ihre Schwerter. Am Rhenus erhielt Publius Quinctilius Varus den Oberbefehl.

Publius Quinctilius Varus

Fünf Legionen hatte Rom seinem neuen Statthalter zur Seite gestellt, um den Barbaren in den unüberschaubaren Wäldern die Stärke des Imperiums zu verdeutlichen, eine Provinzverwaltung aufzubauen und Steuern zu erheben. Die I. und die V. Legion unter Lucius Nonius Asprenas verblieben in Mogontiacum *(Mainz)*, während sie hier mit dem Präfekten tief in Cheruskergebiet vorgedrungen waren. Dort an der Visurgis präsentierten sie Stärke und Kultur Roms, führten Verhandlungen und Handel, stießen in militärischen Expeditionen tiefer in unbekanntes Land vor und sorgten hier und da, wo die haarigen Barbaren uneinsichtig blieben, mit Katapulten und Schwertern für Ruhe. Die Soldaten sind hartgesotten Männer und viele kämpfen seit einem Jahrzehnt, mancher gar weit länger, stolz unter dem gefürchteten Banner mit den vier Buchstaben: S.P.Q.R.- Senatus Populusque Romanus, Senat und Volk von Rom. Doch was die Weltmacht mit diesem düsteren Winkel am Rande des Imperiums, mit dieser von den Göttern verlassenen Gegend anfangen will, das können viele Legionäre nicht verstehen. Als Römer sind sie lichte, sonnengeflutete Haine gewöhnt, große Städte, mit von Quellwasser gespeisten Brunnen, mit Arenen und Thermen und nicht Wälder, in denen man oft nur wenige Schritte weit sehen kann, und unter Nebelschwaden gedeihende Sümpfe und Moore. Dazu der häufig graue Himmel, die Kälte, der Regen und die wilden, Beeren und Wurzeln fressenden, nach ranzigem Bärenfett stinkenden, gewaltbereiten Eingeborenen in ihren jämmerlichen Behausungen. Beliebt ist der Dienst in Germania Magna bei den Legionären keinesfalls. Aber sie erleichtern sich die schwere Zeit. Das stark befestigte und bewachte Lager breitete sich auf einem riesigen Areal am Flussufer aus und war, wenn auch ein Meer aus Zelten, so doch ein Abbild römischer Lebensweise. Neben den fünfzehntausend Soldaten der drei Legionen begleiten etwa fünftausend Zivilisten das Heer, leben von und in ihm: Händler bieten Waren, Handwerker ihre Geschicke und die vielen Prostituierten Entspannung in vielfältigsten Variationen. Doch mancher Soldat hat auch seine Frau dabei und so spielen hier ganze Kinderscharen zwischen Karren, Leinwänden und Kriegsgerät. Ein Lager im Lager bildeten die drei Ahlen aus eintausendfünfhundert berittenen Kämpfern und die sechs Kohorten der dreitausend leicht bewaffneten Fußsoldaten. Sie sind Söldner aus dem ganzen römischen Reich und angeworbene Stammesangehörige besetzter Gebiete. Tross und Heer bilden eine wandernde Stadt aus fünfundzwanzigtausend Menschen.

Nach Fertigstellung der Befestigungen und Klärung von Reibereien mit dem Barbarengesindel unter Mithilfe gut geschliffener Ruhestifter, war Alltag eingekehrt. Bis vor wenigen Tagen, da flüsterte ein cheruskischer Adliger dem Statthalter Varus eine Warnung ins Ohr: germanische Stämme planen eine Verschwörung. Im Vertrauen auf die kampferfahrenen Legionen und seine treue Leibgarde nimmt Varus sie nicht ernst, weit unangenehmer betrachtet er die Nachricht von gegen Rom rebellierenden Stämmen. Der Unruheherd befindet sich unweit der Route zum Überwinterungslager und es bot sich an, sogleich das gesamte Hab und Gut in einem Begleittross mitzunehmen, als nach Niederwerfung der aufmüpfigen Eichelfresser erneut an den Fluss zurückzukehren.

Also hatten sie sich in Bewegung gesetzt. Als erste verließen zwei Ahlen und drei Kohorten das Sommerlager, dann die Pioniereinheiten, welche Wege räumen und befestigen, Bäume fällen und Bäche überbrücken. Ihnen folgte der schwer bewaffnete Kern des Heeres, die XVII., die XVIII. und die XIX. Legion, welche in befriedeten Gebieten in lockerer Formation marschieren. Der Tross schloß sich an, mit dreitausend Zug- und Tragtieren, schwerem Kriegsgerät, Katapulten, Zelten, Materialien, Proviant und den Handwerkern, Händlern, leichten Mädchen und unzähligen Frauen und Kindern. Die Nachhut sicherten ein Alen und drei Kohorten der Hilfstruppen. Wie ein bedrohlicher Lindwurm schlängelte sich die neun Leuga* lange Kolonne durch die Wildnis.

Die bestausgebildete und bestausgerüstete Streitmacht der bekannten Welt folgte einnem jahrhundertalten Händlerweg, entlang dem Nordrand einer langgestreckten Mittelgebirgskette. Dann verkam der Weg zu einem zweispurigen Pfad und die Pioniere brauchten all ihre Kräfte bei der Verbreiterung für die großen Kriegsgeräte. Die verteidigungsbereite Marschordnung der Legionäre löste sich auf und zog die Kolonne weiter in die Länge. Genau da begannen die Guerilla-Attacken.

Nun, im Nachtlager, der Regen prasselt auf das Beratungszelt, erfährt Varus Genaues zu den Verlusten und die Zahlen lassen ihn erschaudern. Zudem sind fast die gesamten Hilfstruppen verschwunden und ihr Befehlshaber Arminius gleich mit. Ein Großteil der angeworbenen Söldner kommt aus Stämmen der besetzten germanischen Gebiete, seit langen Monaten dienen sie im Heer. Vor- und Nachhut waren also feindlich durchsetzt und die Verschwörung gibt es tatsächlich, dazu in einem Ausmaß, wie es der Statthalter niemals für möglich gehalten hätte. Varus und seine Offiziere ahnen in einen Hinterhalt gelockt worden zu sein, aber die Dimension bleibt ihnen noch verborgen. Arminius, der gebürtige Cherusker, ein Fürstensohn im Offiziersrang des römischen Heeres, weiß von internen Schwachstellen und er kennt die Örtlichkeiten. Varus tobt vor Zorn, hereingefallen zu sein, auf diesen Hinterwäldler in römischer Tracht, der offensichtlich nie seine barbarischen Wurzeln gekappt hat und wie beinahe täglich, so auch heute früh, vor dem Aufbruch, gelassen an seinem Tisch saß, über den Marsch redete, seine Freude auf das Winterlager kundtat und dem er stets vollstes Vertrauen entgegen brachte.
Arminius hatte wahrlich gut geplant, die ewig zänkischen germanischer Stämme in einer Allianz einen können und mit dieser schlägt er am nächsten Tag erneut in bewährter Taktik auf den Statthalter des Imperiums und seine Legionen ein, kaum dass sie ihr Nachtlager aufgelöst und sich in langgestreckter Marschkolonne in Bewegung gesetzt haben. Der Himmel ist wolkenverhangen, es regnet unaufhörlich. Der Boden, bereits durchweicht und rutschig, wird unter den tausenden Füßen der waffenstarrenden Soldaten, den Hufen der Pferde, den Klauen der Zugtiere, den Rädern der voll beladenen Karren und den schweren Katapulten zu Schlamm. Nachschreitende versinken immer tiefer, Wagen bleiben stecken, das Vorwärtskommen stockt vielerorts. Tiere und Menschen schinden sich, die Karren aus dem Dreck der verfluchten Provinz zu schieben. In dem beginnenden Durcheinander sind die Linien kaum zu formieren. Arminius und seine Scharen reagieren in dieser Situation mit einer ununterbrochenen Folge blitzschneller Angriffe unter markerschütterndem Gebrüll und sie danken ihren Ahnen für den Regen und die unerwartete Kälte, welche ihnen zusätzliche Vorteile bringen. Die Kolonne ist eingeklemmt zwischen Sümpfen und Bergwald, es gibt keine Seitenwege, ein Ausweichen ist unmöglich. Wo sich Germanen nicht direkt mit Schwert und Axt auf die Römer stürzen, dort hagelt es aus dem Dickicht der Höhen Geschosse. Wurfspeere strecken Legionäre nieder, nageln Leiber an Karren, Pfeile bohren sich in Menschen und Tiere. Der Tross mit seinen Reichtümern an Handelswaren, Proviant, Hab und Gut, Werkstätten und dem Kriegsgerät weckt Begehren. Unbeweglicher und durch die panischen Zivilisten dem Chaos nahe, ist er Dauerattacken ausgesetzt. In der fast endlosen Kette aus Karren suchen Frauen und Kinder schreiend und weinend Schutz hinter den Wagen, stolpern in den Sumpf, wenn die Zugtiere angstvoll ausbrechen wol-

len, werden von deren Läufen oder von den Rädern verletzt, verstümmelt, getötet. Die Soldaten marschieren zwischen Hang und Tross, sind bemüht in der vordersten Reihe mit den großen Schilden eine Wand zu bilden, die Kameraden hinter ihnen halten die Schilde schräg über die Köpfe, aber in dem Durcheinander reißen stets Lücken. Offiziere treiben die Kolonne an, stemmen sich mit den Schultern gegen Wagen, drücken an den Rädern. Nicht stehen bleiben, vorwärts, vorwärts! Damit die Reihen zerreißen und Lücken im Treck entstehen, sind die Zugtiere für die Germanen wichtige Ziele. Legionäre versuchen sich und die Tiere durch die großen Schilde vor Speeren und Pfeilen zu schützen. Doch mancher Ochse bricht blökend im Geschirr zusammen und muss verreckend irgendwie aus dem Weg gezerrt werden. Wo sich kein Ersatz für ihn findet, wo auch die Menschen die Last nicht ziehen können, wird Ladung auf andere Wagen verteilt oder in den Sumpf geschoben. Mancher Karren endet dort und versinkt im eisigen, braunroten Morast. Pferde mit Gepäck galoppieren mit angstgeweiteten Augen wild herum, reißen Kämpfende um und besiegeln so deren Schicksal. Leichen, Kadaver, schwerverletzte Menschen und Tiere verstopfen den Blutpfad. In dem Chaos bringen sich die Soldaten gegenseitig zu Fall. Ständig balancierend, gleiten sie im Schlamm aus, stolpern über Wurzeln, über röchelnde Sterbende und verstümmelte Tote, wehren Schläge ab und kämpfen in einem nervös vorwärts drängenden Tausendfüßler. Fällt ein Legionär, bleibt ihm mit der schweren Ausrüstung kaum eine Chance, er wird von Menschen und Tieren in den blutigen Dreck des Pfades getrampelt oder überrollt. Je näher Karren dem Kolonnenende reisen, um so schwere kommen sie voran. Tief eingesunken und über Leichen rumpelnd, kämpfen ihre Mannschaften mit dem Grauen und ums nackte Überleben.

Wieder erleiden die Römer schwerste Verluste, bis vor ihnen die Landschaft offener wird und sie sich in unüberwindlichen Kampfformationen sammeln können. Die Germanen ziehen sich umgehend zurück und die Legionen atmen auf, dass endlich der dichte Wald hinter ihnen liegt und sie finden im freien Gelände schnell ihre Stärke wieder. Doch bald bringen Kundschafter die Bote von einem weiteren Engpass voraus, geformt von dem Gebirge und einem großen Moor. Varus erteilt den Befehl zum Errichten des Nachtlagers. Eilig befolgen Legionäre und Tross die Anweisungen, doch körperlich und nervlich aufgerieben von den zwei Tagen und der Ahnung, dass dieser Alptraum kaum zu Ende ist, bleiben die Befestigungen auf das Notwendigste beschränkt. Lagerfeuer werden entzündet, um Körper und Seelen zu wärmen. Viel geredet wird nicht, die meisten bleiben stumm. Viele Legionäre suchen verzweifelt nach ihren Frauen und Kindern. Der Tross mit den Zivilisten ist der schwächste Teil der Kolonne, die Germanen hatten leichtes Auslöschen. Nur wenige Männer können ihre Familie in die Arme schließen und sie schwören mit den verzweifelten Kameraden Rache zu nehmen. Und dies Gefühl verändert einen Menschen, er kann jemanden in sich entdecken, den er dort niemals vermutet hätte.

Irgendwann verebbt die Unruhe. Jeder bemüht sich um ein halbwegs geschütztes Nachtquartier, mancher ist einfach todmüde in den Schlaf gefallen, andere versorgen ihre Wunden. Es ist bedrückend ruhig, nur das monotone Schleifen von Schwertern klingt durch die Ruhe und das Wimmern der überlebenden Kinder im Arm der Mutter oder des Vaters, wenn es sie noch gibt. Am Himmel jagen finstere Wolken, starker Wind ist aufgekommen und peitscht jetzt den Dauerregen in jede Schlafstatt.

Varus sitzt mit seinen Offizieren zur Beratung im Stabszelt. Sturmböen reißen an den Zeltbahnen, schütteln das Dach und jagen damit Regenschauer durch den Innenraum. Der nasse Stoff kann das viele herabprasselnde Himmelswasser nicht mehr bändigen und wenn der Wind Luft holt, tropft und läuft es in feinen Fäden von der Decke auf Tisch und Männer. Anspannung liegt in der Luft, ihnen ist bewusst, dass sie in eine Falle gelockt wurden und Anbetracht der Geländeformationen in einer misslichen Lage sind. Es gibt nur zwei Möglichkeiten: Zurück auf den schlammigen Pfad mit den Toten der vergangenen Tage oder weiter Richtung West. Sie sind sicher, dass weitere Angriffe folgen werden - egal für welche Richtung sie sich entscheiden. Roms Legionen bewegen sich auf fast unbekanntem Terrain, die Germanen sind hier zuhause. Statthalter und Berater beschließen nicht umzukehren, auf den kaum noch einmal passierbaren blutroten Schlammpfuhl voller Leichen, sondern den Engpass anzugehen. Wenig später lodern hohe Flammen in den sternenlosen Nachthimmel und erhellen gespenstisch den Wald, den Gebirgszug und das weite Moor. Die Soldaten verbrennen alles schwere Kriegsgerät, auch die siebzig Katapulte mit der verheerenden Durchschlagkraft, und viele Wagen aus dem Tross. Die Kolonne soll morgen schneller und beweglicher sein und die moderne Kriegstechnik, in dieser Situation unnütz, nicht in die Hände der Germanen fallen. Und während die Feuer knistern und Funken durch die Dunkelheit wirbeln, regnet es immer heftiger.

Fünfundachtzig Leuga entfernt, am Gestade des Oceanus Germanicus *(Nordsee)* ziehen zwei Fischer ihr kleines Boot weit auf den Hügel, drehen es mit dem Kiel nach oben und sichern das wertvolle Besitztum an Pflöcken. Der Fang ist nicht ergiebig, beide hatten sich bald zur Rückkehr entschlossen, um bei ihren Familien und in Sicherheit der Siedlung zu sein. Sie sind vom Stamm der Frisii, welcher hier im Übergang von Meer und Land siedeln. Ihre Heimat ist ein von Ebbe und Flut gestaltetes, karges Land und sie leben auf den zahlreichen Inselchen und Halligen, welche durch Flüsse, Bäche, Moore und Sümpfe getrennt sind. Immer wieder überschwemmen Sturmfluten weite Küstenbereiche, doch die Frisii und ihre Nachbarn, die Chauken, haben gelernt der Natur zu trotzen und für ihre Siedlungen Erdhügel aufgeschüttet und sie verfestigt. Das Leben ist rau, hier wo das Meer das Land berührt.

Die Zwei sind die letzten, welche heimkommen, sie werden bereits aufgeregt erwartet. Eine Schar Kinder läuft ihnen lärmend entgegen, ängstlich zeigen sie immer wieder auf die anrollende schwarze Wand. Sie helfen den Männern beim Tragen der Netze und Ruder. Alle Hütten sind heute zusätzlich gesichert worden, denn das, was sich dort am Horizont zusammenbraut, ist mehr als nur ein Sturm und Besorgnis erregend. Hier und da räumen einige noch Gerätschaften fort. Alle eilen, sie wissen, heute geht es um Leben und Tod. Dann wird die letzte Tür knarrend zugezogen, der Platz scheint verlassen. Die Familien rücken eng zusammen und lauschen dem Unwetter. Graue bis tiefschwarze Wolkengebilde nähern sich, erste Böen peitschen über die Hügel und rütteln an den schlichten Behausungen. Das Holz knarrt und ächzt. Der Sturm steigert sich unaufhörlich und lässt den einsetzenden Starkregen fast waagerecht gegen die Hüttenwände einschlagen. Die Bewohner haben sich angstvoll verschanzt, die Wellen tragen Schaumkronen und stürmen beständig wilder, höher und weiter vor. Bald ist Land unter und nur die einzelnen Warften ragen aus dem tief zerfurchten Wasser.

Irgendwo über der Weite des Meeres hatte sich ein Unwetter gigantischen Ausmaßes entwickelt. Ein apokalyptischer Orkan rast brüllend über die Küste hinweg und weckt die Urgewalt des Meeres, welches nun Warften fortspült, die Hütten zerschlägt und sie samt Bewohnern verschlingt. Aber er tobt sich weder leer, noch verharrt er, sondern drängt ins Innere des Kontinentes und hinterlässt eine Spur des Verderbens.

Es hat die ganze Nacht geregnet. Völlig durchnässt und bei der Kälte war an Schlaf kaum zu denken. Varus treibt zum Aufbruch, bloß raus hier aus dem Alptraum. Roms Streitmacht ist trainiert, ordnet sich in Kampfformation und marschiert bei Dauerregen los. Der Himmel war wolkenverhangen, jetzt scheint sich die Welt zu verfinstern und den Untergang zu verkünden. Wolken, schwarz wie Pech rasen herbei. Der Regen wird zur strömenden Urgewalt und der anfangs heftige Wind entwickelt sich zu einem übermächtigen Sturm mit Orkanböen. Diszipliniert kämpft der Heerwurm dagegen an und schiebt sich weiten gen West. Und damit genau dorthin, wo Arminius und seine Kämpfer ihn haben wollen. Das Finale beginnt.

Der erhoffte Weg in übersichtlicheres Gelände erweist sich als Irrtum. Er führt allmählich in einen Trichter, gebildet von dem Gebirgszug und einer großen moorigen Senke. Dieser Engpass misst weniger als eine römische Meile und ist nur am Rand passierbar. Die Kolonne dehnt sich auf dreizehn Leuga in die Länge. Und dann kommt auch noch ein verfluchter Berg, welcher sich wie eine Pestbeule vorschiebt, das Terrain weiter verengt und den schmalen Weg zu einem Pfad verkommen lässt. Nun lösen sich die Kampflinien der Legionen endgültig auf, stolpernd und rutschend drängen die Soldaten voran.

Von dort nur wenig entfernt, beginnt der von der germanischen Allianz geschaffene, getarnte Wall auf einer leichten Anhöhe und auf Grund des Starkregens sorgfältig mit Dränagegräben versehen. Zwischen Befestigungswerk und Teufelsmoor bleibt nur der verschlammte, von freigewaschenen Wurzeln durchsetzte Pfad. Und als Varus` Streitmacht vorbeikriecht, greifen die Germanen von der dicht bewaldeten Anhöhe an. Roms Legionäre haben sich müde gelaufen, in dem Morast, den Sturzbächen, der Kälte, dem Orkan und der Dunkelheit. An eine Kampfformation ist nicht zu denken, mit ihrer schweren Ausrüstung und Bewaffnung behindern sie sich gegenseitig. Fällt einer der Kameraden, durch eine Wurzel, durch eine starke Sturmboe, welche seinen mächtigen Schild packte, oder durch einen Schwertstreich der Angreifer, dann reißt er reihenweise andere mit zu Boden. Arminius Kämpfer sind leicht bewaffnet, wendig und sie wechseln zwischen Wall und Angriff. Die Römer wurden weniger als Einzelkämpfer ausgebildet, sie kommen mit den Verhältnissen aus Örtlichkeiten, Wetterunbilden und Guerillataktik nicht zurecht. Schnell waten die Lebenden in einem Sumpf aus rotem Schlamm und Blutlachen, stolpern über Tote und Verwundete.

Varus ahnt bald von der Katastrophe der Auslöschung, wendet sein Schwert gegen den eigenen Leib und beendet sich selbst. Die Streitmacht ist kopflos. Die von Orkan und Menschen entfesselten Gewalten vermischen sich zu einem brutalen Exzess aufeinanderprallender Kräfte, begleitet vom Heulen des Sturmes, dem Schreien der Verwundeten, dem Gebrüll der Kämpfer, dem Brechen umstürzender Bäume, dem Peitschen der Regenmassen, dem Klirren der Schwerter.

Zimperlich sind sie alle nicht in der Epoche, die Germanen noch viel weniger und sie feiern eine wahre Schlachtorgie. Nicht nur im Kampf, auch mit den gefangenen Legionären und den Zivilisten, den Frauen und Kindern des gehassten römischen Imperiums. Als in dem Inferno der Körper des Varus gefunden wird, schlagen sie den Kopf ab, spießen ihn auf eine Lanze und präsentieren diesen stolz als Symbol des Sieges.

Ein blutiges Leichenfeld zieht sich über fünfzehn römische Meilen durch das wilde Land. Überall liegen zerschlagene Schilde und zerbrochene Speere, Schwerter ragen aus Leichen. Die Waffen verursachen große klaffende Wunden, verstümmelte Körper schwimmen in riesigen Lachen aus Blut. Im freien Gelände ist die Anzahl Toter geringer, sie verstärkt sich dramatisch je näher der Engpass und der Berg rücken und Schichten von im Kampf und Sterben miteinander verwobener Körpern zeugen von dem hartnäckigen Widerstand geschlossener Einheiten.

Arminius der Cherusker bietet Varus` Kopf als Kriegstrophäe dem Markomannen-König Marbod an, welcher ihn zwar entgegen nimmt, aber der Familie des ehemaligen Statthalters in Rom überbringen lässt. Kaiser Augustus erweist Publius Quinctilius Varus höchste Ehren und er wird in einem feierlichen Staatsakt in einem Mausoleum beigesetzt.

Der Tag ist sonnig. Er besucht den Ort am Kalkrieser Berg, wo während schwerer Unwettertage im Herbst des Jahres 9 n. Chr. Arminius mit einer Allianz germanischer Stämme den Statthalter Roms am Rhein mit seinen drei Legionen und dem Tross in einen Hinterhalt dieser damals unübersichtlichen Gegend aus dichtem Wald, Sümpfen und Moore gelockt und in einer dreitägigen Schlacht komplett ausgelöscht haben soll. Wo dereinst über zwanzigtausend Römer und eine unbekannte Zahl Germanen in von Regen, Schweiß und Blut durchtränkten Dreck elendig verrecken mussten. Danach zog sich das römische Imperium über den Rhein zurück und erhöhte das Truppenkontingent auf acht Legionen. Erst fünf Jahre später überquerte Germanicus, welcher nun das Militärkommando hatte, den Fluss zu Vergeltungszügen. Mehrfach wurden seine Einheiten angegriffen, sie gerieten in Hinterhalte und schwere Kämpfe. Doch die Legionäre des Germanicus siegten und im Jahr 15 n. Chr. fanden sie den Ort der fürchterlichen Schlacht und das Erblickte trieb ihnen Entsetzen und Zorn in die rauen Seelen. Die letzten Lager des Varus ließen sich deutlich erkennen, dann auch Reste des germanischen Walles. Die Gegend war übersät von bleichenden Knochen, in Bäumen waren Schädel befestigt und in Hainen lagen Plätze, an denen die Germanen die Gefangenen geschlachtet hatten. Germanicus ließ die von den Siegern, ansässigen Sippen und Tieren gefledderten Reste der Varus-Legionen bestatten.

Doch Interesse hatten die Sonne und Haine gewohnten Römer wenig am finsteren Germanien, mit seiner Kultur und dem Klima. Zwar gab es regelmäßig massive Vorstöße bis in den Harz, aber diese dienten als eine Art Vorfeldsicherung. Und Arminius, der Abtrünnige Roms, der Held, welcher glaubte, dem Imperium seine Grenzen gezeigt zu haben? Entgegen hinterwäldlerischen Verklärungsbemühungen ging es ihm kaum um die Freiheit der Cherusker, er wollte sich mit seinen Getreuen eine eigene Herrschaft errichten. Denn nach der Schlacht, der gemeinsame Feind war vernichtet, da rieb sich die Allianz der Germanen in ewigen Zwistigkeiten gegenseitig auf und im Jahre 21 hatten Verwandte bei Rangeleien um Macht ebenso wenig Hemmungen wie bei den Römern und töteten Arminius.

Ein Museum plackt sich redlich, dem geneigten Besucher die Schlacht im Teutoburger Wald nahe zu bringen, mit Rekonstruktion eines Walles und einem Aussichtsturm. Zweifel bleiben, es gibt weitere Anwärter auf das prestigeschwangere Schlachtfeld. Eine Auseinandersetzung zwischen Römern und Germanen fand in Kalkriese zweifelsfrei statt, doch für die Dimension Varus und Arminius fehlen die Beweise. Aber, er fragt sich, ist es nicht gleich, ob der Horror hier oder ein paar Kilometer weiter ausbrach? Er hat klare Bilder im Kopf von jenen Orkantagen.

Am nächsten Tag entschließt er sich Abschied zu nehmen und die eigentliche Reise zu starten. Tiffany wird ihn begleiten, nicht wie früher auf dem Beifahrersitz, stolz und kerzengerade sitzend und voller Abenteuerlust, aber in seinem Herzen ist sie dabei und allzu oft wird er auf den leeren Copilotensitz blicken und sie trotzdem sehen.

Die vergangene Nacht konnte er nur schwer Schlaf finden, so ist es später Vormittag, als er das Tor des Rosengartens hinter sich schließt, mit einem letzten Blick zur Pyramide. Tiffanys Ruhestätte kann er wegen der vielen Blumen und Gewächse nicht mehr sehen, doch er weiß genau, hinter welchen Büschen sie jetzt geborgen liegt. Wie immer fällt das Atmen schwer in den Minuten, er zögert sie zusätzlich heraus. Dann startet er den Bus, wendet und fährt den Weg zurück. Dort geschieht es. Kaum auf Höhe der Pyramide zeigt eine rote Kontrollleuchte, dass die Lichtmaschine nicht arbeitet. Er hält an, schaltet die Zündung aus und wieder an und noch einmal und noch einmal, die Leuchte flammt stets auf. Jetzt fährt er langsam weiter, wie jedes Mal, wenn er Tiffany verlässt, muss scharf links abbiegen und ganz nahe an der hohen, dichten Hecke des Rosengartens entlang weiter zur Landstraße. Und als die Hecke endet und die Felder beginnen, genau in dem Moment erlischt die Lampe. Verwirrt und unsicher hält er vorne auf dem Parkplatz, stoppt und startet den Motor wieder und wieder, die Kontrollleuchte bleibt aus. Wenn er auch Vieles nicht glauben kann, aber, nur ein halbes Jahr vorher war schon während der Tage in Badbergen die Lichtmaschine ausgefallen und wurde durch eine neue ersetzt. Jetzt stehen zehntausend Kilometer Fahrt vor ihm. Zufall oder ein Zeichen, ein Gruß? Er glaubt nicht an erstes, lächelt bei dem schönen Gedanken, weiß, er reist nun unter Schutz und nicht allein. Er geht zum Feldrand, kann von hier die Rosenpyramide sehen und schickt einen Abschiedsgruß hinüber. In einigen Monaten, bei der Rückfahrt wird er sie wieder besuchen.

Der T4 holpert auf die Landstraße. Die Pyramide lächelt noch wenige Minuten im Rückspiegel.

Leuga: 1 Leuga = 2,22264 km

Notiz

Funkelnde Spinnseide, tanzendes Insektenvolk
und Blütenodem
mit dem Windhauch driftend,
das Rieseln des Nass im Erdenrunzel,
musizierendes Federgebein im Rosengeflecht der Pyramide,
das Streicheln des Königs aller Winde
im Blätteruniversum alter Holzriesen
und wie die Walnussbäume ihre Schossheere öffnen
und Nachzuchten in das Ungewisse speien.
Ich habe allem geschaut und gelauscht
im Warm des Glutgestirns.
So war es oft im Rosengarten
und Zeit verlief sich im Nichts.

Monster's Ball, *Part 2*

Wieder hatte ein erster Kampf getobt, in tiefer Nacht.
Im Schutz von schwarzen Schatten dichter Tannen, bei den toten Bäumen mit den kahlen, knorrigen Ästen, am Rande der vom Mondlicht in kaltes Stahlblau getränkten Nebelwiese keuchen sie nun, lecken an tränenden Wunden und belauern dabei einander aus blutunterlaufenen gelben Augen.

„Ahhh", knurrt das Monster mürrisch, "Hast ihm n fetten Floh ins Ohr gesetzt. Hast angestachelt zur Reise, weit fort. Denkst wahrhaftig, er wird dann vergessen tun, alle Sorgen und Gedanken, die belasten. Einfach so, mit Fingerschnipp."

Die Schwarze Fee schweigt einige Atemzüge, dann antwortet sie leise und langsam, als müsse sie die Worte erst durchdenken:" Nee, nich einfach mit nem Fingerschnipp. Wien Insekt, das in der Nacht geheimelich zusticht und sein Opfer über dessn eigen Blut mit Krankheit verseucht, so isses Fernweh über ihm gekommn. Hat sich *leiseleise* aufgebaut."

„Du hantierst mit Hinterlist! Tust Sternschnuppenlichter setzen in dunkler Nacht, für n knappkurzes Aufflammen von Mut, um zu erzwingen n Stocken vor der Tür! Wird nichts bringen, außer neuen Schmerz. Is wiene Berg- und Talfahrt innem abgefuckten Karussell aufn billigen Dorfkirmes."

„Nee, is Probiern um Freude zu gebn. Etwas Sonnenlicht durchs welkende Blätterdach blitzn zu lassn auf sein Schattenpfad. Da untn, wo er wandel, da is er schon zu lang. Dreht Kreise in stets gleichn Bahnen, wie die zwei Goldfische in ihrm Glas."

Das Monster knurrt wieder, um Zweifel und Verachtung zu zeigen. "Ja, die Scheißfische im runden Glas. Immer son Wortgebräu ohne Hoffnung, von Musikern voller Gedanken wie er... Is aber *meine* Chance über dich zu siegen! Wär kaum der Erste, der sich bei solch Songs das Hirn an ne verdreckte Mauer pustet..."

„Nee. Nee, wäre er nich. Is jedoch andersrum. Er zieht Kraft aus jener Musik, eins isse mit seiner Seele und seit langer Lebenszeit Begleiter durch Berge und Täler." Die Augen der Schwarzen Fee funkeln angriffslustig und sie fügt zischend an: "Er liebt sie!"

„Die gleichen Dinge, die leben lassen tun, sie vermögen auch eiseskalt zu töten.", erwidert das Monster und spannt die Muskeln, bereit zur Abwehr. "War schon immer anders, hat gegrübelt, zu viel, über zu viel Dinge. Hat immer Dunkelheit im Kopf getragen. Wollt keiner sehn, nee: *Is ein Vieles bequemlicher so!* Und die, die nich wegsahen, helfen taten se auch nich, nee: *Is auch bequemlicher so!* Nur an wenig was konnt er sich freun, dann mit viel Sonne im Herz. Nu isses fort, alles Wenige. In jeder Ecke tuts kauern, das Verderben!"

„Wahr, alles wahr, was du sagst. Aber es is früh, deine Lösung is zu früh. Gibt ihn nämlich noch, nen Streifn Himmelsblau im Inferno schwarzer Feuerwolkn."

Spöttisch reagiert das Monster: "Und für den verlornen Klecks schwatzt du Reise in

Vergangenheit in seine Lauscher. Er wird nich Ruhe finden, du folterst und erregst dich an den Schmerzen." Und einen Atemzug später:" Nacht um Nacht werden wir um ihn kämpfen."

„Mit den Lichtern leit ich durchn Daseinstunnel. Ohne sie wäre er lang, lang nich mehr aufm Kreuzzug durch diese Welt... *Aber*! *Nichts is umsonst!*", die Schwarze Fee zuckt bedrohlich mit dem erhobenen Knochenschwanz." *Auch bei mir nich, nee.*"

Unbeeindruckt krümmt und streckt das Schuppenmonster die Krallen: „Verdummen tust ihn. Deine List… durchschaut hat er se langelängst! Nur bei deinen Irrlichtern, da stolpert er übel aufs Maul, da flitzt der Mut davon, der andren Tür mit nem Tritt das Öffnen zu erleichtern...Ähhh! Die Reise…Erleuchtung tut se bringen, dass er weiter treibt, im scheiß Goldfischglas, in ewigen Kreisen, mit alten Ängsten. Um meine Klauen wird er flehen! Die guten und die schweren Tage, *alle* zerstäuben se, jaa, alle!"

„Is so, Monster, so is das wahre Wahr! Verdrängn tuts das meiste Zweigebein, verkriecht sich in selbst gescharrtn Löchern, duckt sich ab wien Langohr in der Sasse. Flüchtn aber gibts nich, neenee! Die Wahrheit zieht wien Gewitter auf, verkündet finsterlich schon aus der Ferne den Untergang und fällt mit Zerstörung ein. Erbarmen gibs da nich, auch kein Entfleuchen." Die Schwarze Fee verzieht das Maul zu einem Grinsen und verleiht ihrem Ungesicht noch mehr Grässlichkeit.

„Hab ihn sich nicht oft ducken sehen. Glotz deshalb weiterweit übern Rand, sieht Dinge anders. Macht ihn aber auch nichts leichter, nichts. Stolpert so vor sich her."

„Schon, schon! Trotzdem kann er helle Lichter l e b e n, wandelt nich im ewiglichen Zwielicht n ganzes Dasein lang, weil Unzufriedenheit das Hirn frisst."

Das Monster schüttelt sich, der Schuppenpanzer rasselt: „Brrrr! Die meisten tuns nich mal merken! Haben nur nen Zerrspiegel an der Wand kleben. Is wie mit nem Wasser, das der Lebenswind durchquirlt. Erst wenns jemand achtsam *leise* glattfegen tut, dann wirds n Spiegel. Nu is zu begaffen, was noch an mickrigen Märchen bleibt und dann schießt das Grauen durchs Geräusch und ein Flehen um Erlösung wetzt zum Himmel."

Der Knochenschwanz der Schwarzen Fee zuckt und ihr Flammenhaar zündelt höher. „Hihi! Ziemlich falsches Tun. Denkste, das da n Gott im Himmel is und rettende Engel schickt? Gibt nix da oben. Andre Weltn, jaaa. Und vieles an Wunder hinter dem nich Sichtbaren. N Weitersein, ja. Aber keinen der Strippen zieht und Kulissen schiebt."

„Aber was auf uns warten tut, nach n Verwehen, das erglotzen wir auch erst mit ihm. Was da kommen tut, wissen wir nich, Fee."

„Nee, wissen wir nich. Bleibt spannend, oh ja. Doch vorher brauch ich noch im Hier n paar wilde Ritte voller Lust und Freude mitm schwarzn Einhorn."

„Bist hinterhältig bösartig. Biste, ja", das Monster knirscht mit dem Gebiss, „Jedem hockt die eigne Heimsuchung im Nacken, die ihren Stachel tief in den Rückgratkanal getrieben hat. Is mir gleich. Ich bin Alptraum und Freiheit nur für ihn."

„Das, Monster, seh ich nich anders! Macht uns zu vertrautn Feindn."

Und dann stürzen sich beide erneut aufeinander, beginnen sich weiter zu zerfleischen, so wie immer, so wie stets in verlorenen Nächten. Das Monster packt die Schwarze Fee, schlägt die Krallen in deren Leib und die Reißzähne in den dürren Hals. Die Schwarze Fee umschlingt das Monster, schlitzt mit spitzen Fingern dessen Rücken und bohrt ihren Schwanz wie ein Skorpion in den Schuppenkörper.

Obgleich so verschieden, gehören sie doch zusammen und wie ein Leib sehen sie nun auch aus. Im kühlen Tann, im Schatten des Mondlichtes verschmelzen sie beim Ringen und Verstümmeln stöhnend zu einem Dämon der Nacht und die Hitze der schweißnassen nackten Körper vermengt mit jener des Odems zu einem Wolkenwirbel, windet sich durch Astgeflecht verlebender Bäume und eilt hinauf zum eisigen Firmament. Blut flüchtet aus zerfetzten Adern, fließt in schwarzen Bächen durch weiches Moos, vereint sich wieder träge zwischen Steinen, faulendem Holz und schleimenden Schnecken und strömt gerinnend in den Wiesengrund. Dort, verborgen und behütet von wallendem Nebel, verfärbt es in dessen trübem Weiß und nährt den purpurnen See.

Es ist wie in jeder Nacht, wenn die Schlacht der Unbesiegbaren tobt.

Und sie sterben nur wenn er es will.

Manchmal läuft es wie im Märchen,
wo's immer gut ausgeht, wo alles eine Fügung hat
und man von Schicksal spricht.
Und weil du gerade glücklich bist, glaubst du ans Happy End.
Es ist schön, wenn du sagst, dass du mich liebst,
auch wenn ich dabei denk:
Alles, einfach alles wird vorübergehen.
Du denkst, dass du ewig lebst, dass du hier sicher bist,
mit all den vielen netten Freunden, den lieben Menschen um dich.
Doch wenn der Boden unter deinen Füßen bricht, gibt's keinen Haltegriff.
Ob du loslässt oder ob du kämpfst, es reißt dich einfach mit.
Alles, alles wird vorübergehen.
Die gute und die schwere Zeit - nichts bleibt jemals stehen.
Eine Hand voll Glück reicht nie für zwei,
man muss nehmen, was man kriegt.
Ich hab keine Angst zu sterben, solange du bei mir bist,
doch halt dich nicht an meiner Liebe fest.
Denn alles, einfach alles wird vorübergehen.
Die Toten Hosen

Transit

Ein winziger Zipfel Niederlande, schnell ist Belgien erreicht. Ein Land wie ein Flur, das Vorzimmer zu besseren Räumen. Kaum das irgendwer mehr vom Land wissen will. Man fegt hindurch, auf in die Jahre gekommenen Autobahnen, nachts beleuchtet, fährt so in einem Lichttunnel und das fade Drumherum duckt sich im Dunkel. Mit einem Spinnennetz aus Autobahnen haben die Bewohner ihre Heimat emsig zubetoniert. Da bemisst man das Land nach der Fahrtzeit, um in schönere Landschaften zu kommen und nur durch die Flickschusterei allerorten, sind zwei Stunden zur Querung nötig. Belgien, das Durchgangsland, schnell zu durcheilen. Das hat Tradition.

Er hat vier Jahre in Belgien gelebt, ist herumgereist mit dem damals größten Circus der Beneluxstaaten, kennt damit auch schöne Ecken. Antwerpen, Dinant, Namur, Mechelen, Aalst, Gent. Städte mit mittelalterlichem Stadtkern, dessen protzige Bauten stolz den Reichtum zeigen sollten. Brügge sehen…und sterben, ließ Mister McDonagh die Helden in seinem Thriller um zwei Cleaner und er fing das besondere Flair der nie durch Kriege oder Brände zerstörten Altstadt mit den vielen Kanälen in großartigen Bildern ein.

Wie in den vergangenen Jahren sieht er das Monarchenland als notwendige Transitstrecke, will aber diesmal einen Halt einlegen. Bereits wenige Kilometer hinter niederländischem Territorium nähert sich Balen, dann Olmen, ein kleines Nest. Fast ein Vierteljahrhundert, eine Ewigkeit, ist es her, als er hier zum ersten Mal die schmale Hauptstraße befuhr.

In den letzten Tagen des Januar 1992, kurz zuvor war die elfmonatige Tournee mit dem Great Belgium Circus mit dem Gastspiel in Charleroi beendet worden, trafen sie mit ihrer Reptilien-Show zu einem Engagement im hiesigen Olmense Zoo & Circus ein. Und auf dem Beifahrersitz im Bus neben seiner Frau saß das neue Familienmitglied, zehn Monate alt, trotz kurzem Hiersein auf dieser Welt bereits so reiseerfahren, und presste die schwarze Nase voller Neugier an das Fenster, um ja nichts Wichtiges zu übersehen. Ein kleines, weißes Hundemädchen, mit dem schönen Namen Tiffany. Der Park war kaum ausgeschildert und er bog eine Seitenstraße zu früh ab, womit ein Drama seinen Lauf nahm. Denn LKW und Reptilientransporter mit Überlänge mussten wieder rückwärts auf die Hauptstraße manövriert werden, weil sich die Straße nach zwei Kurven als enge Zufahrt für ein Quartier neuer Einfamilienhäuser zu erkennen gab. Und er musste bereits rangieren, um vorher in diese einzubiegen... Wie bei den Umsetzungen von Stadt zu Stadt fuhr er mit dem schweren Zug voran, im Zirkus hatte er die Strecke bereits mit dem Salon-Kassen-Auflieger des Zirkus befahren, kannte also den Weg, im Gegensatz zu seiner Frau, welche deshalb mit Bus und Wohnwagen folgte. Hierher waren sie nur einmal zur Vertragsunterzeichnung gefahren und - Macht der Gewohnheit - die Frau wollte nicht vorne fahren. Da half dann kein Vorwurf und den Tumult des aufkeimenden Streites fand allenfalls Tiffany interessant, stand mit den Vorderbeinchen im geöffneten Fenster und reckte den Hals in alle Richtungen, um möglichst nichts von der Rangiererei, den sich ringsum versammelnden Schaulustigen und dem Gezeter zu verpassen. Zirkus, ein einziges Hundeabenteuer.

Jetzt konnte er das üble Hindernis zuerst nur erahnen, wenig später entdeckt er die winzige Bäckerei schräg gegenüber der richtigen Querstraße. Heute gibt es eine Umgehungsstraße, der ihm bekannte Weg führt aber weiterhin zum Park. Wie oft ist er die zwei Kilometer mit Tiffany gelaufen, zu eben jenem Bäcker. Artig wartete die Kleine angebunden an dem heute noch vorhandenen Geländer vor dem großen Schaufenster und beide konnten sich sehen. Immer gab es für die Wartezeit eine kleine Nascherei und auch deshalb begleitete ihn das Hundekind stets sehr gerne. Er fährt langsam auf der kurvenreichen Straße und sieht einen jungen Mann mit einer Brötchentüte und einem aufgeregten weißen Terrierkind, beide haben hier ihre unsichtbaren Spuren hinterlassen. Nun ein weiter Bogen und das Parkgelände wird sichtbar. Die Front zur Straße ist verändert, der Eingangsbereich großzügig, kein Vergleich zu dem primitiven Zugang von einst. Der gesamte Zoo ist umgebaut, Menageriekäfige gibt es nicht mehr. Neue Eigner haben gute Arbeit geleistet und auf den schlichten Anlagen aus der Gründerzeit Neues errichtet, die Tiersammlung eines freundlichen, reichen Mannes zu einem kleinen Zoo entwickelt. Nur hundert Meter weiter liegt auch heute noch der Wirtschaftshof. Er lenkt seinen Bus wie früher durch das Tor, es steht weit offen und das Verbotsschild ignoriert er. Er steigt aus, geht an kleinen Hallen vorbei und steht schnell unter den Eichen am Feldrand. Hier genau standen Wohnwagen und Tierwagen und gegenüber, nur fünf Meter entfernt, das kleine Chapiteau, in welchem tatsächlich ein international besetztes Zirkusprogramm präsentiert wurde.

Hier lebte und arbeitete die kleine Familie fast zwei Jahre. Hier fand Tiffany ihre erste enge Freundin: Dunja, eine junge und kleine Hündin, so wie sie. Auch diese lebte in einem Wohnwagen, war mit einem Artistenpaar aus Polen angereist. Zusammen zog das Zwergenduo auf Erkundungstour über den Wirtschaftshof, besuchte weitere Artisten und deren Vierbeiner, tollte gerne in der Manege, wenn das Zelt leer war, und einmal gar war es unbemerkt durch die kleine Pforte in den Zoobereich gewandert. Voller Angst und Sorge hatten ihre Zweibeiner die kleinen Teufelinnen lange gesucht, zuerst im Umfeld des Wirtschaftshofes, später im nahen Bereich des Zoos. Gefangen von Entdeckerlust und abgelenkt von all den unbekannten Tieren ringsherum, überhörten die Zwei alles Rufen und streiften bis zu den entferntesten Gehegen. Irgendwann schließlich kam auch das Frauchen von Tiffanys Freundin bei ihrer Suche am Ende des Zoos an und fand die jungen Abenteuerinnen ausgelassen am Zebragehege balgend. Fast täglich zieht er dann mit Tiffany am frühen Abend durch den Zoo und so lernt sie unzählige andere Tiere kennen. Zwar kannte die Kleine bereits Großkatzen, Bären, Pferde und Elefanten vom Zirkus, doch hier gab es viel mehr zu sehen. Den Grusel vor den gleich hinter der Pforte zum Wirtschaftshof lebenden Flusspferden besiegte sie langsam. Was eine Herausforderung war, denn das Flusspferdmädchen Augustine zeigte gerne Stärke, gleich wem auch immer, stürzte auf den kurzen, dicken Beinen blitzartig herbei und boxte gegen die Eisenrohre vom dortigen Gehegezugang, das die Dinger nur so schepperten. Einmal durfte Tiffany eine Fütterung erleben und beobachtete fassungslos wie die beiden grauen Walzen ihre riesigen Mäuler aufrissen und wie ganze Brote locker darin verschwanden. Die Elefanten im Zirkus waren weit größer, jedoch für die kleine Entdeckerin weniger bedrohlich, oft stand sie ganz nahe, nur einen Terrierwelpenhopps entfernt, wenn die Giganten fast lautlos und entspannt in die Manege oder in ihr Stallzelt gingen. Aber die pummeligen Erscheinungen hier, mit ihrem unfreundlichen Benehmen und den mächtigen Fressluken, in welche selbst Tiffany mit nur einem Schnapp für immer hätte verschwinden können, also bitte, die waren ihr gewöhnungsbedürftig. Es dauerte eine Zeit bis sich Flusspferde und Terrier entspannten, auch weil er sich gerne mit den beiden Dickhäutern mit doppelten Migrationshintergrund, erst Afrika und später pleitegegangener Zoo und Zirkus, beschäftigte und dann boxte Augustine nicht mehr. Ihr Mann August war soundso ruhigen Gemütes und Tiffany schnupperte gar zaghaft an den Schnauzen. Anders verhielt es sich mit den Schimpansen, den schwarzen Gesellen, die mit Fratzengesichtern so laut kreischten und sie und ihn völlig unerwartet mit Dreck und Schlimmeren hinterhältig beworfen hatten. Sowas aber auch, da musste die Abenteuerin vielleicht flitzen und sprachlos zusehen wie ihr Zweibeiner, nicht derart reaktionsschnell wie sie, von der ersten Ladung besudelt wurde! Tiffany begegnete weitläufigen Verwandten der Olmenser Bande noch mehrfach in ihrem Leben und dies war ihr nie eine Freude, eher Treffen, auf die sie liebend gerne verzichtet hätte.

All diese Gedanken fließen durch seinen Kopf, als er dort weiterhin starr unter den Eichenbäumen steht.

Hier waren sie den ausgerissenen Stachelschweinen begegnet, welche frech in das Vorzelt ihres Wohnwagen äugten, wo die Kleinfamilie zum Abendessen zusammen saß. Und einst hatte Tiffany sich nachts sogar der ebenso ausgebüxten Braunbärin des russischen Dresseurs entgegen gestellt. Jene hatte ihre Kiste öffnen können und tauchte unerwartet am Reptilienwagen auf. Bei den Erinnerungen muss er nun lächeln, sieht sich wegen Tiffanys aggressiven Bellen, welches Außergewöhnliches verkündete, nackt aus der Dusche ins Freie springen und die auf den Hinterbeinen laufende Bärin nur wenige Meter entfernt erblicken. Blitzartig packte er das wütend strampelnde Hundetier, sprang die Treppe zum Duschabteil im Heck des Tierwagens empor und, kaum oben, kam die Bärin eilig um die Ecke. Er schaffte es eben die Tür zuzuschlagen. Auch wenn Fräulein Petz in der Manege arbeitete, freundlich war sie allenfalls und notgedrungen ihrem Dresseur gegenüber und nun fühlte sie sich bei ihrem Ausflug unsicher und zusätzlich provoziert, eine gefährliche Mischung. Sie erklomm die Treppe, presste den Riechkolben in die Türritzen und sog tief Luft ein. Tiffany war auf Krawall gebürstet und kaum zu bändigen in ihrem Zorn. Wie gerne hätte sie doch, mit ihm gemeinsam, den unverschämten Eindringling in ihr Reich gelyncht. Er musste ihr die Schnauze zuhalten, schaltete eilig das Licht aus und drehte den Schlüssel im Schloss um. Gerade rechtzeitig, denn die Bärin war clever und Artistin, sie wusste wie eine Tür geöffnet wird und fummelte und rüttelte am Türgriff. Er im Waschabteil hoffte, das der behaarten Unholdin nicht der Gedanke kommt, die Festigkeit des Glases in der Tür zu testen. Tatsächlich zog die Miniaturausgabe des Yeti dann urplötzlich weiter. Stunden später hatte ihr Dresseur sie eingefangen. Welche Erlebnisse.

Hier im Zirkus wurde er während der Vorstellung von Krokodil Xanadou mit einer lebenslangen Erinnerung versehen und wenige Tage später verließ seine Frau sein Leben und er stand mit einem Fuhrpark und einer Show, welche nun erst einmal keine mehr war, alleine da. Ihren ehemaligen Wunschhund Tiffany wollte sie auch nicht mehr. So wurden er und die kleine Hündin unzertrennlich. Die Exfrau zog zu einem neuen Mann in ein leichteres Dasein, blieb in Belgien und beide haben sie niemals wiedergesehen.

Als er jetzt am Bus neben dem Tor steht, werden die Bilder jener schlimmen Zeit in dem Kästchen mit dem fast Vergessenen wach. Viele Tage war die kleine Tiffany immer wieder hierher gelaufen und hatte gewartet, auf das Frauchen, das sie ja hatte fortfahren sehen, in einem fremden Auto und sie hoffte auf eine Rückkehr und auf die gewohnten Mitbringsel. Er musste die Kleine ständig vom Tor fortholen. Irgendwann gab sie auf, lief gelegentlich dorthin, doch saß nicht mehr geduldig stundenlang neben dem Pfosten. Er bemühte sich sehr, Tiffany abzulenken und dadurch wurden sie zu engsten Weggefährten für fast zwei Jahrzehnte, jeder kannte sie nur im Doppelpack.

Er blickt einmal noch zurück, zu den großen Eichen und dem Weg, an welchem der Tierwagen stand. Ein Chapiteau gibt es nicht mehr. Die Zeit hat die Bäume und neue Hallen wachsen lassen. Vorbei am Eingang und an der langen Reihe des unveränderten Parkplatzes auf Sand, fährt er auf den entferntesten Stellplatz. Die große Wiese, auf welcher Tiffany damals so oft ausgelassen tobte oder im aufkommenden Jagdeifer unzählige Maulwurfhügel ausschachtete, stets erfolglos, aber mit der Wunschvorstellung einmal einen pechschwarzen Tiefgeschossbewohner zu erwischen, sie ist nun eine öde Sandfläche, vielleicht geplantes Erweiterungsgelände für den Zoo. Aber es gibt ihn noch, den Weg aus zwei Fahrspuren, der in das kleine Wäldchen führt. Rechts lag die Wiese, links die ungenutzte Fläche am äußersten Ende des alten Zoos. Um in das Wäldchen zu gelangen, aber nicht den Umbogen entlang der Straße nehmen zu müssen, haben Tiffany und er genau hier stets das Zoogelände verlassen. Der Weg war so viel schöner, beim Hin- und Rückweg entlang der vielen Tieranlagen, und als Ziel die Wiese und der Waldstreifen. Er kletterte in einer Ecke über den Zaun und hob dann für Tiffany den Maschendraht hoch, so dass die Kleine hindurch robben konnte. Sie hatten da ihren persönlichen Durchschlupf geschaffen.

Die Parkbegrenzung existiert unverändert, nur der Zaun ist stabiler geworden. Hinter ihm befindet sich jetzt die Afrikaanlage mit Antilopen und Elefanten. Doch hinter dem massiven Stallgebäude, er mag seinen Augen kaum trauen, da steht weiterhin der alte Maschendrahtzaun, gekrümmt und rostig von der Last vergangener Jahrzehnte. Er geht weiter und trifft bekannte Bäume wieder, man hat sie weiterwurzeln lassen. Wie damals überlässt man hier die Natur sich selbst und er folgt den Krümmungen des eben erkennbaren Pfades, bis jener an der Lichtung mit den bereits damals aufgegebenen, künstlichen Wasserbecken endet. Bis hierher ging immer der Ausflug. Und Tiffany lernte Wald zu lieben, dichtes Unterholz und wilde Bäume. Als sie die ersten Male hierher gingen, war sie ja ein kleines Hundekind, kein Jahr alt und grauste sich gehörig vor dem Dickicht. Denn, wenn sie auch im Zirkus Belgien kreuz und quer bereist hatte, dichter Wald war ihr auf der Reise verborgen geblieben. Dieser winzige Waldstreifen am Kanal nach Antwerpen ist nichts im Vergleich, was die Kleine später erforschen durfte, aber er war zuerst einmal eine Art Gruselkabinett für die weiße Zwergin. Hinter jedem Baum vermutete sie Monster und bemühte sich emsig nicht den Anschluss zu verlieren, klebte geradezu an seinen Hacken, stieß regelmäßig mit dem Schnäuzchen an die Sohlen. Doch viele Spaziergänge hierher schafften Gewohnheit und Vertrauen und die Erkenntnis, dass nichts so schrecklich ist, wie es zuerst erscheinen mag. Bald streiften sie durch dichtes Unterholz und er spielte mit ihr Verstecken. Tiffany lernte auf ihrer Reise im Hier viele und wirklich dichte, große Wälder im Leben kennen. Sie liebte die stundenlangen Ausflüge. Und alles begann hier.

Eine Flut an kleinen Erlebnissen von damals erwacht. In den Jahren in Olmen wurde Tiffany erwachsen, hatte hoffentlich eine schöne und freie Jugendzeit. Wie immer, wenn er an das kleine Wesen denkt, rollt Schwere auf die Brust, er verläuft sich in der vergangenen Zeitebene und kann Tränen nicht verhindern. Er kehrt um, verlässt das Tiffany-Wäldchen und geht zum an die Wiese grenzenden Kanal. Auch hier entlang sind sie oft gewandert, bis zu einer von den in beide Richtungen wenige Kilometer entfernten Brücken, um dann auf der anderen Uferseite in den Zoo heimzukehren. Auch dort gab es für Tiffany viel zu erleben. Die wildgewachsene Natur auf der einen Seite und der interessante Kanal, viel von schwerbeladenen Binnenschiffen befahren. Es gab immer etwas zu sehen, wenn die vorüber dümpelten. Oft winkten ihnen Menschen von dort zu, riefen Grüße herüber und sogar Tiffany wusste, dass sie ihnen galten und wedelte mit dem Pinselchen. Und ganz oft konnte sie Neuigkeiten mit anderen Vierbeinern austauschen, welche auf den Schiffen reisten und beide Parteien blickten sich lange hinterher. Heute geht er nur eine kurze Strecke am Kanal, zu viele schmerzliche Erlebnisse überfallen ihn. Was würde er geben, zurück in die Zeit von damals zu können. Er steht wieder angelehnt am Auto und schaut zum Wäldchen. Ein Elefant trompetet laut, Besucher lachen, die Sonne beginnt zu sinken. Erst eine Familie mit drei Kindern reißt ihn aus der Vergangenheit. Sie sind aufgeregt vom Zoobesuch und schnattern laut herum während sie umständlich in das Auto steigen.

Wenig später fährt auch er davon, dreht Runden in den vertrauten kleinen Orten, kauft wie früher im großen Supermarkt vor Olmen ein. Er lässt sich Zeit. Am beginnenden Abend parkt er erneut am äußersten Ende des Zoo-Parkplatzes, nahe am Kanal und unterhalb der Auffahrt zur Brücke. Den Plan, einen Abendspaziergang am Wasserweg zu unternehmen, verwirft er, kann ihn vom Bus aus gut sehen, auch die ehemalige Wiese und das alte Wäldchen, sogar den verbeulten Maschendrahtzaun. Er greift sich eine Flasche Martini, schaut auf dem Laptop Bilder von damals an und kann in der Nacht keine Ruhe finden, dreht sich hin und her im Bett. Schließlich hilft Johnnie Walker und sorgt für wenige Stunden Schlaf.

Morgens wecken ihn wohlbekannte Laute. Es ist früh, die Sonne erhebt sich auch gerade, aber die Tiere im Zoo kennen ihre Frühstückszeiten und ein Gemisch ungeduldiger Stimmen zwängt sich unaufdringlich in den Bus. Die Augenlider widersetzen sich dem Tagesbeginn - kaum anders zu erwarten, nach diesem Nachttrip in eine Zwischenwelt aus Erinnerungen und Gegenwart, mit Martini und Whisky als Reiseleiter.

Mit einer Tasse Kaffee sitzt er in der geöffneten Seitentür und schaut zum Wäldchen, zum Kanal, zum Zoo. Der Parkplatz ist leer. Ein letztes Mal geht er den Waldweg. Auf dem Kanal schippert gerade ein Lastkahn vorbei und Fremde rufen ihm einen Morgengruß zu. Er nickt und winkt zurück, blickt eine Weile hinterher, dann steigt er schnell in den Bus, verlässt Olmen und diese Vergangenheit.

Wenig später erreicht er den Ring um Brüssel. Fast zwei Monate lang gastierten sie damals hier mit dem Great Belgium Circus in verschiedenen Stadtbezirken. Es gibt wenige wirklich schöne Städte im Flurland und Brüssel zählt kaum dazu. Von der EU, der Nato und weiteren Institutionen, es liegt im Zwielicht dunkler Mächte warum auch immer, als Stammsitz erkoren und mit zusätzlichen architektonischen Missgeschicken abgestraft, ist es eine gesichtslose Stadt. Der Versuch, eine herbe Dorftrine in eine Schönheit zu verwandeln, ist halbherzig bei Strapsen und Lackstiefeln hängen geblieben. Die Bewohner haben es wohl selbst nicht anders empfunden und wie Maulwürfe in ihrem Tiefgeschoss ein Schachtlabyrinth ausgehoben, so durchfährt man die verunglückte Urbanisation zwar in halbfinsteren Röhren, aber das Auge bleibt verschont von den gleichförmigen Straßen. Allein das mittelalterliche Zentrum, der Markt mit den Prunkhäusern und umliegende Gassen, ist sehenswert und zeugt vom einstigen Reichtum durch Tuchhandel. Das stolz genannte Wahrzeichen - jede Touristengruppe wird dorthin gezwungen - steht seit 1619 unweit in einer jener Seitenstraßen, an einem der ehemals vielen Brunnen, welche die Stadtbevölkerung mit Trinkwasser versorgten. Die kleine Bronzestatue ist die Ablösung einer älteren von 1388 und eine gar seltsame Kostbarkeit. Manneken Pis nennt man den nackten, urinierenden Bengel, der da, den Bauch vorgestreckt, auf diese Art das Brunnenwasser speist. Noch bizarrer ist der Brauch der Einheimischen das Knäblein von Zeit zu Zeit einzukleiden. So präsentiert man es im Trikot der landeseigenen Fußballmannschaft, kostümiert es zu Geburtstagen wie von Presley oder Mozart entsprechend und bestückt es gar am Welt-Aids-Tag mit Kondomen. Ein seltsames Völkchen, welches da im Flur Westeuropas heimisch ist... Das Bronzeding besitzt eine eigene Kleiderkammer und eigentlich sollte das hinreichend Grund sein, um sich am Hinterkopf zu kratzen, doch der geneigte Besucher ist entzückt und der dralle Nackedei wird zusammen mit dem Clan aufs Bild gebannt. Seltsame Neigungen. Das andere Wahrzeichen, das Atomium, das Symbol des Atomzeitalters von der Weltausstellung Expo 58, einst womöglich eine originelle Idee, ist heute, trotz Renovierungen, nur eine hässliche Erscheinung aus Blech im Grünen.

Aber. In Brüssel begann ein wundervoller Lebensabschnitt für ihn. Lange hatte sich seine Frau schon ein Hündchen gewünscht und hier fanden sie es.

Great Belgium Circus, Brüssel 1991

Sie zählen zu der Minderheit im Zirkus, die keinen Hund halten. Dann hat ihn seine Frau überzeugt und auch gleich eine exakte Vorstellung von der Rasse. Da, nebenan, die Hundedame der Bärendresseure, auf allen Plätzen ihre Nachbarn, die gefällt ihr sehr. Er wünscht sich lieber einen etwas anderen Vierbeiner, weniger Schoßhündchen mit Schleife im Kopfhaar, mehr den Typ Abenteurer.

Nun besuchen sie an etlichen Wochenenden die damals in allen größeren Orten abgehaltenen Tiermärkte. Verabscheuungswürdiger Handel mit allen erdenklichen Tieren. Zierfische, exotischen Reptilien, Papageien, Hühner, Enten, Katzen und Hunde. Ihn macht die traurige Situation auf diesen Märkten geradezu krank. Diese vielen, vielen kleinen Seelen, verängstigt von dem Tumult und mit den fragenden Augen. Gehandelt wie Trödel. Alle, auch ihre Kollegen, hatten dort gekauft, es war normal in jener Zeit und so ziehen auch sie beide durch die endlosen Reihen mit den Tierkindern.

Sonntag für Sonntag kehren sie ohne Welpen zurück, die gesuchte weiße Rasse war nie zu finden. Dann kommt der Tag in Brüssel-Anderlecht. Ein riesengroßes Areal auf einem ehemaligen Schlachthof, rostiges Wellblech als Überdachung für die unendlichen

Reihen mit unterschiedlichsten Behältnissen. In diesem Chaos sieht er es fast als Segen, dass die Areale nach Tieren getrennt sind. Das besonders große, ganz hinten, dort gibt es Hunde, Hundezubehör, Hundefutter. Das Gelände ist übervoll an Tieren, übervoll an Menschen und liegt unter einer Geräuschkuppel aus Gebell, Gejaule, Gewinsel, Händlergeschreie und Kindergeplärre. Der Vorhof zur Hölle, ein wahrgewordener Horrortrip. Wenn für Menschen beklemmend, was müssen die Tierkinder, plötzlich ohne Mama, empfinden? Alle paar Schritte lauern aufdringliche Verkäufer und versuchen bevorzugt Kindern und Frauen einen Welpen in die Arme zu legen. Erstmal so einen Wicht an der Brust, da ist es schwer mit der Vernunft. Er bemüht sich, nicht in die Gesichter der kleinen Wesen zu sehen und bloß nicht in die Augen, nur das nicht. Mühsam drängen beide durch nicht enden wollende Händlerreihen. Wo nur kommen die vielen, vielen kleinen Wesen her? Ihm wird schlecht von dem Elend, er will unbedingt nachhause. Doch die Frau bettelt, *bitte erst alle Reihen durchsehen*, sie wünscht sich doch so sehr ein Hundemädchen. Es bleibt ein einziges Schieben, um voran zu kommen, noch schwieriger ist es überhaupt in Kisten, Körbe, Kartons blicken zu können.

Endlich sind sie durch. Seine Frau weint, wieder kein Hündchen. Er macht sie aufmerksam auf eine Kiste, irgendwo in einer der hinteren Reihen, da sind doch drei weiße Zwerge drin. Sie hatte die Kleinen bemerkt, aber für eine große Rasse gehalten. Aber nein! Er zeigte ihr an einem Zubehörstand das Poster mit einem Vertreter in Groß. Westhighland White Terrier. Ja, die gefallen ihr auch. Also zurück, schnell.

Eilig tauchen sie wieder in die Menschenmasse ein, nun zielstrebig und rigoros und stehen bald vor der Kiste, in welcher zwei Welpen wie Gummibälle an den Wänden emporspringen, um Liebkosungen von den vielen hineingehaltenen Händen zu erheischen und das dritte Geschwisterchen hinten in eine Ecke gepresst kauert, das schwarze Näschen stützt das hängende Köpfchen auf dem Boden. Es ist ein Mädchen.

Kaum Interesse bekundet, bekommt seine Frau den Winzling in den Arm gelegt. Sie strahlt vor Glück und er, er redet auf sie ein, diesen Welpen auf keinen Fall zu nehmen, so ruhig, da ist die Kleine sicher nicht gesund. Der Händler nimmt die schneeweiße Zwergin wieder, drehte sie hin und her als wäre sie ein Stoffwesen, zeigte das pralle Bäuchlein, die klaren Augen, die Zähnchen, die Haut unter dem rauen Fellchen, zeigt die Brüder und das sie wirklich das einzige Mädchen ist. Seine Frau greift sofort wieder nach der Kleinen, aus Sorge jemand anderer könnte ihr dies Wesen vor der Nasen wegkaufen, und sie ist für nichts in der Welt mehr bereit es herzugeben. Verschließt sich gegen seine Einwände und hat die Zwergin aus Flandern bereits unter der extra angezogenen Strickjacke verborgen und nur das Köpfchen mit den fragenden Augen lugt hervor. So kommt sie in seine Welt.

Hastig bezahlen sie und flüchten aus der Hölle zum Auto. In einer ruhigeren Ecke verschnaufen sie kurz, um das Wunder noch einmal im Ganzen zu betrachten. Er streichelt die kleine Verängstigte, sieht in die braunen Augen, deren tiefer Blick sein Herz trifft und er sagt *Sei willkommen, kleine Tiffany*.

In jenen Sekunden verliebt er sich und spürt: Die Kleine ist etwas ganz Besonderes -

eine außergewöhnliche Seele wohnt in dieser wunderschönen Hündin. Und er freut sich sehr auf ein Leben mit ihr.

Er hat sich nicht geirrt an jenem Sommer-Sonntag in Brüssel vor einem Vierteljahrhundert. Die kleine Tiffany war nur überfordert von all den Veränderungen, die urplötzlich in ihrem erst so kurzen Leben mit Gewalt über sie hereingebrochen waren, sie war schüchtern, aber keinesfalls krank. Sehr bald wird sie eine mutige Abenteuerin und sie hatte eine eiserne Gesundheit und erst im hohen Alter von achtzehn Jahren begannen regelmäßige Tierarztbesuche. Neunzehn Jahre und neun Monate alt ist sie geworden und dann ebenso leise aus seinem Leben gegangen, wie sie einst gekommen war.

Die Bilder an jene erste Begegnung haben ihn nie verlassen. Und die Erinnerungen an die Tiermärkte sind auch nicht gegangen, sind immer noch Garanten für Alpträume.

Allein diese Gedanken verbinden ihn mit Brüssel und er gleitet an der Stadt vorbei, hat kaum etwas davon gesehen, keine verfließenden Kilometer bemerkt, fuhr wie in Trance bei den Erinnerungen. Dann liest er Waterloo und begreift, die Straße unbewusst gefahren zu sein. Deshalb nutzt er die Ausfahrt für einen spontanen Halt.

Er stoppt auf dem Parkplatz des Shopping-Centers am Ortseingang. Hier gastierten sie einst mit dem Great Belgium Circus. Auch wenn die Tempel der Notwendigkeiten und Sehnsüchte sich breiter gemacht haben, er erkennt den Platz sofort.

Waterloo ist ein typisch belgischer Ort... Allein das weithin sichtbare Monument und der alte Marktplatz zeugen von dem einen Tag folgenreicher Weltgeschichte, die sich in unmittelbarer Nähe zutrug. Mit dem Blut auf den Feldern vor seinen Toren wurde Waterloo weltbekannt und damit Pseudonym für den Untergang schlechthin, doch es lebt bis heute sehr gut damit.

In dem damals kleinen Kaff hatte Wellington sein Hauptquartier bezogen, in einem Haus am Markt, welches heute, natürlich, Museum ist. Auch die vor der Stadt einzeln stehenden, von allen Seiten mit Mauern umschlossen prächtigen Bauerngehöfte, in denen sich Teile der Truppen für die Schlacht verschanzten, haben die Wirren der Jahrhunderte überstanden und existieren unverändert. Zu leicht täuschen sie mit geringer Größe über die Ausmaße der Kampfhandlungen. Der heftig umkämpfte Hof La Haye Sainte, vor den Hauptstellungen der Alliierten, wurde von 1.000 Soldaten verteidigt, aber nur 40 überlebten den Angriff der Franzosen.

Wenige Fahrminuten von Waterloo entfernt, verweist der elf Jahre nach dem Blutregen aufgeschüttete, kegelförmige, 40 Meter hohe Hügel mit dem Monument des Löwen auf das Schlachtfeld von 1815. Hier wurden in jenem Jahr an einem Junitag 72.047 französische Soldaten unter Napoleon und 115.661 Soldaten der alliierten Truppen unter General Wellington und Preußen unter Blücher aufeinander gehetzt. Nach zehnstündiger Schlacht hatten beide Seiten 65.000 Tote und Krüppel zu vermelden und Napoleon erlitt seine endgültige Niederlage.

Napoleon Bonaparte

Kurz nach Mitternacht ist er bereits wieder aus dem Schlaf erwacht. Diese ewigen Gedanken an die vergangenen drei Jahre, welche das Gehirn martern! Triumpf und Absturz, viele Schlachten wurden geschlagen.

An Ruhe nicht mehr zu denken, erhebt er sich aus dem Bett, kleidet sich an, verlässt das Schlafzimmer und geht gesenkten Hauptes durch den Flur dem Hauseingang zu. Mit einer mürrischen Bewegung der Hand weist er herbeieilende Diener an, ihn alleine zulassen. Vor dem Haus blickt er lange hinauf zum überreich funkelnden Firmament. Dann geht er weiter, durch den kleinen Garten, hinab zum Meer. Ein Wachposten mit lodernder Fackel folgt zögerlich, wird aber auch mit einer Kopfbewegung zur Rückkehr nach Longwood House befohlen. Auf seine ausdrückliche Bitte wurde es erlaubt und so hält er die Illusion eines kaiserlichen Hofstaats aufrecht, residiert nun in dem für ihn hergerichteten Haus auf dem seichten Hügel.

Die Wellen rollen gleichmäßig an den Strand. Dort verharrt er und lauscht dem Meer. Weder seine Hoffnung auf Emigration nach Amerika, noch auf politisches Asyl in Großbritannien erfüllte sich. Nein, hierher haben sie ihn verbannt, auf Lebenszeit. Auf einen bergigen, kahlen Klumpen im Südatlantik, fern aller Schiffsrouten, mitten im Ozean zwischen Südamerika und Afrika. Und als ob das nicht reichen würde, fallen die Ufer steil ab und das Inselchen ragt wie ein einsamer Fels aus unbekannter Meerestiefe empor, kein Lot konnte je Grund vermerken.

Vor sechs Tagen, nach zehnwöchiger Überfahrt ging er, Napoleon Bonaparte, mit seinen Begleitern hier von Bord. Er ist gerade einmal im siebenundvierzigsten Lebensjahr und soll hier alt werden? Der Kaiser blickt über die unter dem Sternenhimmel glitzernden Wellen. Es scheinen in der Welt nur zwei Ozeane zu existieren, jener der Sterne und jener des Wassers, ja, und mittendrin St. Helena.

Dabei hatte alles so viel versprechend begonnen.

In den Wirren der Revolution war der Korse schnell in der Armee aufgestiegen. Und das zu Recht, besaß er doch ein außergewöhnlich hohes militärisches Talent, das Gespür den richtigen Augenblick für sich zu nutzen und dazu Mut zum schnellen Handeln. So erlangte er durch einen Staatsstreich als einer von drei Konsuln die Macht über das Land. Aber was ist das schon, einer von drei, wo jeder etwas zu sagen haben will? Napoleon muss lächeln. Sie hatten ihn unterschätzt, welch Fehler. Sehr schnell konnte er die beiden Mitverschwörer ausbooten und rief sich zum ersten Konsul der französischen Republik aus. Da war er gerade einmal Dreißig. Fünf Jahre darauf hielt er die Zeit für gekommen und krönte sich 1804 in Notre Dame de Paris selbst zum Kaiser aller Franzosen. Ein grandioser Aufstieg für den am 15. August 1769 in Ajaccio als zweites von einmal dreizehn Kindern einer Familie aus korsischen Kleinadel. In diktatorischem Regime reformierte Napoleon verkrustete staatliche Strukturen, die Verwaltung, die Justiz und als er die Herrschaft über weite Teile Europas erobert hatte, sorgte er ebenso in den besetzten

Gebieten für neuzeitliches Zivilrecht.

Alles war gut gelaufen. Bis zum Jahre 1812. Da begann der Abgesang der Macht.

Damals wollte er es nicht glauben, blieb voller Selbstvertrauen. Heute sieht der Kaiser es klarer, während ihm die frische Meeresbrise durch die Kleidung fährt. Wie war er nur auf die dumme Idee gekommen, die Memel zu überschreiten und sich Russland untertan machen zu wollen, dieses Riesenreich? Gut gerüstet war er, mit seiner Grande Armee aus vierhundertfünfzigtausend Soldaten, und die russischen Generäle erschraken nicht schlecht beim Anblick einer derartigen Streitmacht und sie rannten erst einmal auf flinken Füßen davon. Aber sie taktierten, verteidigten nicht die Grenze, sondern zogen sich in die Weite ihres Landes zurück, hinterließen verbrannte Erde und verließen sich auf Mütterchen Russlands Eigenwilligkeiten. Und die Grande Armee versank schnell im Chaos und im Schlamm regendurchweichter Wege. Die leergefegten Gärten und Ställe, die abgefackelten Felder und Dörfer taten ihr Übriges, Hunger nagte in den Eingeweiden und schwächte die Körpern seiner Soldaten. Gerade einmal in Smolensk, zwei Monate später, da hatte sich das Heer von ganz allein auf einhundertsechzigtausend Mannen reduziert. Wie viele Befehlshaber wären da wohl umgekehrt? Aber nicht er! Alles auf eine Karte, Sieg oder Untergang, ein Dazwischen war für ihn, Napoleon, undenkbar. Egal, ob Moskau noch viele Tagesmärsche entfernt lag. Vorwärts, Grande Armee! Ja, und vor Moskau stellten sich ihnen doch tatsächlich die Russen entgegen. Natürlich gewann er, wie anders? Auch mit kleinerem Heer.

In der Schlacht vor den Toren der Stadt starben achtundzwanzigtausend Franzosen, aber die Überlebenden marschierten mit ihm an der Spitze in Moskau ein. Doch Straßen und Gassen waren menschenleer und unzählige Gebäude brannten. Da hatten die verdammten Russen wahrhaftig ganze Straßenzüge beim Verlassen noch fix angezündet! Und nun kam auch der erste Schnee viel zu früh und mit ihm die legendäre Kälte. In der Lage wollte er besser doch verhandeln, aber der bockige Zar, der hatte genau gesehen was sein Reich mit den Franzosen anstellte, jetzt im Herbst, da sollen die erst mal den Winter erleben… Der Zar, er blieb stumm und wartete ab. Die Situation wurde täglich dramatischer, die Soldaten litten an Verletzungen, Krankheiten und Dauerhunger. Was konnte er anderes tun, als entnervt den Befehl zum Abmarsch zu erteilen? Vom Stolz seiner Armee war nichts geblieben, nun verfielen sie in Eile und wurden zusätzlich angetrieben von den einsetzenden Dauerangriffen der Kosaken. Mühsam erreichten nur achtzehntausend Franzosen die preußische Grenze an der Memel. Welche Verluste, welche Schmach, in nur einem halben Jahr! Er, der Kaiser, war hastig nach Paris vorausgeeilt, um eine neue Armee aus dem Boden zu stampfen. Energie hatte er ja. Doch auf dem Marsch nach Deutschland stellten Österreich, Preußen und Russland ihm das unverschämte Ultimatum zur Aufgabe seiner Vormachtstellung in Europa! Was für eine Anmaßung! Natürlich reagierte er nicht darauf! Aber da machten die Anderen Ernst, verbündeten sich und ließen ihre Heere auf ihn los.

Napoleon wendet den Blick vom Horizont und geht langsam am Strand entlang, die Brandung ist stärker geworden. Der Wind zerrt am Mantel und er zieht fröstelnd die Schultern hoch. Seine Gedanken kreisen, wie sollte er da Ruhe zum Schlafen finden?

Erste Schlachten konnte er eben noch gewinnen, aber bei Leipzig kam die zweite Niederlage. Bis hinter den Rhein musste er verschwinden, doch die Gegner, jene Allianz aller nicht von ihm direkt oder indirekt kontrollierter Staaten, die wollten es wissen und marschierten bis Paris. Da verloren auch seine Armee und der Senat das Vertrauen, setzten ihn als Kaiser ab und auf Elba aus. Auf dem Eiland sollte er Herrscher spielen dürfen, den Kaisertitel ließ man ihm gnädig, mit ein paar tausend Seelen und einer kleinen Armee, während in Frankreich tatsächlich ein Monarch regiert. Zu viele Intrigen hatte er gefochten, zu viel riskiert, als dass ein Napoleon sich einfach auf einen Sandhaufen im Mittelmeer abschieben lässt. Natürlich hatte er ein funktionierendes Spinnennetz aus Informanten und Anhängern im Heimatland und die berichteten von großer Unzufriedenheit. Dadurch ermutigt, kehrte er schon neun Monaten später Elba den Rücken und zog triumphal in Frankreich ein. König Ludwig XVIII. hastete davon.

Bei diesen Erinnerungen muss Napoleon selbst jetzt, hier, auf dem weltabgeschiedenen Fels im Atlantik, lächeln. Ja, da hatte er sie wieder, die Macht. Wenn auch nur für sehr kurze Zeit. Und jetzt flucht er über Wellington und Blücher und die Felder bei Waterloo.

Dem Kaiser blieben nur einhundert Tage. Denn seine Hartnäckigkeit, sein unerwartetes, erneutes Erscheinen auf der Weltbühne versetzt die ehemaligen Gegner keinesfalls in Schockstarre, eher in Wut und sie entscheiden umgehend zu handeln. Aber Napoleon strotzt vor Selbstvertrauen und schreitet mit eilig einberufener und gut ausgerüsteter Armee in den südlichen Niederlanden der Allianz entgegen. Er weiß, dass die gegnerischen Armeen über ein weites Gebiet in losen Korpsformationen gruppiert lagern und dass deren Zusammenlegung Tage dauern könnte. Bei Charleroi gelingt es, einen Keil zwischen britische und preußische Armee zu treiben. Am 16. Juni 1815 fügen die Franzosen den preußischen Truppen unter Generalfeldmarschall Gebhard von Blücher zwar eine Niederlage zu, jedoch können diese weitgehend intakt einen Rückzug antreten.

Allzu siegessicher ist die Allianz nicht wirklich, obwohl sie eine weit höhere Truppenstärke hat. Doch gerade die Soldaten Wellingtons sind jung und unerfahren - ganz im Gegensatz zu Napoleons Kampfveteranen. Der Duke of Wellington weicht deshalb in die hügelige Gegend nahe des Örtchens Waterloo zurück und erwartete dort den Angriff. Seine Soldaten lagern versteckt in Kornfeldern. Eintausend Mann haben sich in einem mauerumrandeten Hofkomplex, vorgeschoben zwischen den Linien und nahe der Straße nach Brüssel, verschanzt. So hofft Wellington Napoleon zu trotzen, bis die Verstärkung der verstreuten Preußen eintrifft.

Wie häufig an Entscheidungstagen, ist das Wetter katastrophal. Die Nacht hindurch hat es geregnet, die Soldaten sind nass bis auf die Haut. Der Morgen des 18.6.1815 ist bitterkalt, die Felder sind schlammig. Die Armeen beider Seiten liegen im Dreck, belauern sich und warten auf ein Signal. Es ist Zeit für vielen Gedanken, viel zu viele Gedanken. Ein Entscheidungstag, nicht nur für irgendeine politische Macht, auch für jeden einzelnen Soldaten. Niemand weiß was der Tag bringt, wie er endet, ob es der letzte für ihn ist oder ob er das Grauen überleben wird, als Krüppel oder tatsächlich körperlich unversehrt.

Napoleon gibt sich Zeit. Erst um 11.30 Uhr, es regnet weniger, lässt er das Feuer eröffnen. Der dunkle Gewitterhimmel wird erhellt von Blitzen und dem Aufflammen der Artillerie. Donner und Krachen der Geschütze erzeugen einen bedrohlichen, ohrenbetäubenden Lärm. Nach zwei Stunden Beschuss starten die Franzosen ihren Sturmangriff. Die Briten wehren sich mit schwerem Artilleriefeuer. Der Vorposten, das Gehöft, wird überrannt, aber nicht eingenommen und auch die von den Alliierten gebildeten Karees zu je dreihundert Kämpfern können die Franzosen nicht aufbrechen. Sie machen schwere Verluste, ziehen sich zurück und lassen die Kavallerie anstürmen. Auch diese scheitert und Napoleon befiehlt erneut schweren Beschuss aus allen Kanonen. Unerwartet treffen bereits am frühen Nachmittag die Preußen am Schlachtfeld ein und attackieren die Franzosen von der Seite. Als zwei weitere Kavallerieangriffe scheitern, lässt Napoleon seine Eliteeinheit zum Sturm gegen das Gehöft los. Die Männer hetzen über ein Schlammfeld, übersät von toten und verstümmelten Menschen und Pferden, dazu der Geschützlärm und das Einschlagen der Kugeln. In dieser Apokalypse wird das Gehöft eingenommen, danach jedoch bringt die britische Infanterie die Eliteeinheit zum Stehen und erzwingt deren Rückzug. Das ist ein Zeichen für die gesamte französische Truppe, es bricht Panik aus. Wellington setzt umgehend nach. Die Grande Armee flüchtet, die Schlacht ist zu Ende.

Am Strand von Elba kann Napoleon die Erinnerungen an die letzten Monate nicht verdrängen. Das tiefe Dunkelblau des Nachthimmels weicht, die Sterne verblassen, der Morgen erwacht. Er dreht um und geht zu Longwood House zurück. Er will sich hinlegen, vielleicht kann er doch ein wenig schlafen?

Ja, bei Waterloo hat er Fehler gemacht, dabei schien anfangs seine bewährte Taktik durchaus erfolgreich zu sein. Aber er verlor die gewohnte Kaltblütigkeit, unterschätzte die Gegner, das strategische Vorgehen dieses Briten-Generals und die Fähigkeit der Preußen zum schnellen Neuordnen nach einer verlorenen Schlacht. Den Befehl zum letzten Angriff gab er aus einer Mischung von Erstaunen, Wut und Verzweiflung. Das dadurch sein Heer vernichtet wurde, diese Verantwortung muss er tragen. Und in Paris stellte sich das Parlament gegen ihn, erklärte jeden Versuch es auflösen zu wollen zum Hochverrat und forderte seinen Rücktritt. Bei dem Hintergrund, da tat er das auch, zugunsten seines Sohnes, den er als Napoleon II. regieren sehen wollte. Die Kammern nahmen seine Abdankung zur Kenntnis, nicht aber seinen Nachfolger. Diesen zu bestimmen überließen sie lieber den Siegern und die setzten den nur wenige Wochen zuvor so eilig geflohenen Ludwig XVIII. an die Macht.

Napoleon ist am Garteneingang angekommen, Bedienstete erwarten ihn bereit und geleiten ins Haus. Ein neuer Tag beginnt auf Elba.

Das Ergebnis der Schlacht führte zum Verschwinden des Korsen von der Bühne des Weltgeschehens, im Schnellverfahren, ganze vier Tage später, und zum Ende des französischen Kaiserreiches. Es musste sich verschärften Friedensbedingungen beugen und Napoleon wurde als Kriegsgefangener der Briten auf das sturmgepeitschte Atlantikeiland St. Helena verbannt, wo er sechs Jahre später, am 5. Mai 1821 an Krebs starb, schmerzvoll, wie einst seine Soldaten in den Schlachten. Im Herbst 1840 wurden Napoleons Gebeine exhumiert und Mitte Dezember in einem Sarkophag in der Krypta des Pariser Invalidendomes beigesetzt.

Der Löwenhügel, das Mahnmal, nicht nur Zeichen eines Sieges, sondern auch Erinnerung an die vielen Abgeschlachteten, es verkommt mit den Souvenirständen, den Inszenierungen im Thriller-Stil bis hin zum lustigen Abfeuerndürfen einer Kanone durch Besucher, zu einer gewinnbringenden Touristenattraktion.

Mickey Mouse steht grinsend vor Paris und winkt herüber nach Waterloo.

Er hatte den Bus am Shopping Center geparkt, war zu Fuß eine kurze Runde ohne Stopp durch Waterloo. Wieder am Reisegefährt weiß er, das ziemlich genau hier dereinst der Zirkus stand. Auf der anderen Seite der Straße lag eine Wiese. So viele Jahre später ist auch sie übergossen mit betonierter Hässlichkeit eintöniger Konsumtempel. Früher führten dorthin die ersten Wege mit der kleinen Tiffany über die Grenzen des Zirkus hinaus. Sie durfte ihn zudem zusätzlich zweimal am Tag dorthin begleiten, wenn er Grünfutter sammeln ging, für die Kaninchen und Meerschweinchen, welche den größten Teil des Untergeschosses vom Reptilienwagen bewohnten. Als lebender Reiseproviant für die Oberschicht in der tropenwarmen Etage mit Warmwasser-Bassins über ihnen. Tiffany war von der quirligen Bande ganz hingerissen und musste unbedingt bei Fütterung und Stallreinigung zugegen sein. Gerne sprang sie im Stroh zwischen den Bewohnern herum, jagte sie nicht und so gewöhnten sich beide Seiten schnell aneinander. Die Meerschweine pfiffen bald vor Aufregung, wenn sie Tiffany sichteten. Aber die Freude galt weniger ihr persönlich, sie verbanden das Erscheinen des weißen Hundekindes mit frischem Grün, Obst oder Gemüse. Die südamerikanischen Pummelwesen hatten naturgemäß eine geringere Körpergröße als Tiffany, zwischen den Kaninchen jedoch war das Hundemädchen der Zwerg, zumindest in den ersten Wochen. Gerne stand die Kleine mit den Vorderbeinchen auf dem Rand der Klappen und beobachtete das Gewusel in den tiefen und breiten Ställen. Und weil das als Welpe irgendwann anstrengend wurde, erbettelte sie schnell den Platz auf seinem Schoß, wenn er in der Hocke war. Da hätte Tiffany stundenlang sitzen können, nun ja, höchstens bis irgendein anderes Ereignis ihre Aufmerksamkeit erregt hätte. Mit den Bewohnern des Souterrains kam die Abenteuerin stets freundlich aus - solange sie in ihren Bereichen blieben. Fiel ein vorwitziges Langohr oder Meerschweinchen aus der Box, dann war Tiffany Terrier und kannte keinen Freund, dann schlug sie mit tödlicher Sicherheit zu.

Jetzt fährt er weiter, will endlich Belgien verlassen. In Wallonien ist mehr Landschaft, mehr Atemluft, hier reiht sich nicht Ort an Ort, trägt ein Ortsausgangsschild nicht auch den Namen der nächsten Siedlung.

Vor Mons ist er runter von der Autobahn und nur wenig später in Frankreich.

So viele kamen vor dir, Gefangene des Schicksals.
Eine Geschichte des Blutvergießens, ein Vermächtnis des Hasses.
Ein Brief hat all deine Träume mit Schmerzen versetzt.
Du warst nur eine weitere Nummer in militärischen Schemata.
Und sie ließen dich in einer Uniform marschieren,
die du gegen deinen Willen trugst.
Mit Lügen über Hoffnung und Ruhm haben sie dich töten gelehrt.
Aber wo wirst du stehen, wenn die Schlachten gewonnen sind?
Nach dem Krieg dachtest du, du würdest ein Held sein.
Nach all dem was du überlebt hast.
Wenn die Hölle für Helden bestimmt ist,
bist du mit Sicherheit dort angekommen.
In deiner einsamen Festung hat die Schlacht erst begonnen
Nach dem Krieg.
Für wen wirst du dann kämpfen?
Nach dem Krieg.
Mono Inc.

Flussufer

Die ersten Sterne leuchten. Wieder geht ein Tag im Stillstand zur Neige, mit der zermürbenden Ruhe des Belauerns, nur hin und wieder von kleinen Schießereien unterbrochen, weil jemand, hier oder dort, die Nerven verlor. In der natürlichen Stille der Nacht sind die Stimmen des Feindes vernehmbar, sogar wenn leise gesprochen wird. Weit entfernt liegen die Gegner auch nicht, kaum fünfzig Meter tote Zone trennen. Sie werden ebenso beobachten und auf ein Ende der Situation hoffen. Hausen auch im Dreck der Schützengräben und feuchten Erdhöhlen.

Geflechte aus drei Gräben hintereinander haben sie inzwischen ausgehoben, zumeist grob abgestützt, aber teilweise mit stabilen Planken gesichert, auch gemauerte Abschnitte gibt es, wie Kanalisationsröhren, und Unterstände und Höhlen. Es sind nach Urin, Unrat, dreckiger Kleidung, ungewaschenen Körpern, Krankheit und Tod stinkende Erdlöcher, die bei Regen oft so volllaufen, dass die ausgelegten Bohlen unter den Tritten der Soldaten den Boden zu Brei verquirlen, welcher über die Hölzer kriecht, das Leder der Stiefel durchnässt und für Fäulnis sorgt. So hatten sich die Soldaten den Krieg nicht vorgestellt…

In einer Zeit weltweiter Krisen und Kleinkriege und aufgehetzt von allgegenwärtiger Propaganda, wurde der Großteil der Bevölkerung der gegnerischen Staaten von der Kriegsbegeisterung mitgerissen. Ihre Vorstellungen von einem bewaffneten Konflikt waren die verklärten Erinnerungen an 1871. Sie glaubten tatsächlich an den verwegenen, heldenhaften Soldaten, an einen offenen, ritterlich ehrlichen Kampf, versprachen sich Abenteuer, Romantik und persönliches Heldentum und drängten ins Heer. Oberprimaner konnten ein vorzeitiges Abitur ablegen, um freiwillig eine Uniform zu tragen und den Krieg nicht zu versäumen.

Am ersten Tag im August 1914 erklärte das Deutsche Kaiserreich Russland den Krieg, zwei Tage später Frankreich. Und es ging erfolgreich los. Nur wenige Tage darauf hatte das Heer Belgien, auch wenn es sich unerwartet wehrte, und Luxemburg überrannt, umging damit den französischen Festungsgürtel zwischen Verdun und Belfort und griff das Land im Nordosten an. Nach verlustreichen Kämpfen zwischen Vogesen und Schelde zogen sich Franzosen und verbündete Briten zurück und das deutsche Heer rückte Paris derart nahe, das die Regierung nach Bordeaux auswich. Aber Anfang September begann eine französische Offensive, mit welcher die Deutschen bis an die Marne zurückgedrängt wurden und mit den Kämpfen um Ypern im Oktober endete der Bewegungskrieg. Die Gegner fraßen sich in ihren Stellungen fest. Im Januar 1915 ordnete die deutsche Oberste Heerleitung die Frontstellungen an und Erfahrungen der letzten Wochen führten zur Festlegung der ersten Linie. Die siebenhundert Kilometer lange Front, von der belgischen Nordseeküste bis an die Schweizer Grenze, erstarrte in Reihen von Schützengräben.

Seit achtzehn Monaten haben sie sich auch hier entlang der Somme eingegraben. Von den einstigen Idealen ist nichts geblieben. Die Realität hat sie herauskatapultiert aus den Träumen von Heldenromantik, hinein in eine Welt voller Scheiße und Grauen. Der Stellungskrieg zerstört alle Schwärmereien und Seelen gratis dazu, er lehrt die verstörende Erfahrung einer totalen Erniedrigung jedes Einzelnen zu einem wehrlosen Opfer einer industrialisierten Kriegsmaschine. Den Soldaten bleibt unter dem Trommelfeuer als einzig mögliche Reaktion das Warten auf den nächsten Einschlag. Der Alltag in den Gräben ist ein beständiger Wechsel zwischen oftmals langen Phasen der Untätigkeit, des Wartens, des Lauerns und urplötzlichen Überlebenskämpfen. Dann ist es häufig ein mehrtägiges Artilleriefeuer um Stellungen auszulöschen, es kann aber auch Signal für einen bevorstehenden Sturmangriff sein.

Eine Materialschlacht nie geahnten Ausmaßes ist auf beiden Seiten entfesselt worden, mit einem Arsenal zuvor unbekannter Höllenwaffen und scheinbar niemals versiegender Munition. Granat- und Flammenwerfer, Maschinengewehre, Maschinenpistolen, riesige Kanonen, erste Tanks. Und der Einsatz von Gas. In den britischen Stellungen lauern Sniper und sorgen mit zielgenauen Schüssen für Verwirrung. Die Deutschen reagieren mit Stoßgruppen, wenige todesmutige Kämpfer mit hohem Gewaltpotential, welche blitzartig zuschlagen und wieder verschwinden. Dieser Krieg sprengt alle Dimensionen und sein Sinnbild wird Stahlhelm und Gasmaske.

Eine beklemmende Zeit der Ruhe liegt über der Somme, abgesehen von kurzen Schusswechseln in einzelnen Abschnitten, doch die schweren Waffen schweigen. Wie das zu deuten ist, wissen die Soldaten im vordersten Schützengraben ebenso wenig, wie die Kameraden in den Hauptstellungen und ihre Offiziere in den Kommando-Höhlen. Neues Unheil wird sich zusammen brauen, das lehrt die Erfahrung. Es ist wie die bedrohliche Ruhe vor einem Unwetter. Aber erst einmal bleibt Luft zum Atmen. Wieder einen Tag überlebt und irgendwann muss der Wahnsinn doch enden. Nein, die Freude auf tolle Abenteuer, von welchen man seinen Enkeln noch stolz erzählen kann, hat sich längst abgemeldet und dem nackten Horror die Nachfolge angeboten. Die naive Kriegsbegeisterung begann zu lahmen, als man die Erfahrung machte, wie es ist, davonlaufen zu müssen, vor Granaten und Kugelhagel, mit dem Feind im Rücken und in den versifften Erdlöchern schlich sie endgültig von dannen.

Der Juni neigt sich dem Ende, der Sommer beginnt und die Tage werden wärmer. Bald sind schon zwei Jahre Krieg. Bis auf die Wachen gehen die Soldaten in einer Ruhephase dem Üblichen nach: Ausbessern der Gräben, Pflege der Waffen, dem Vertilgen des ewig gleichen Fraßes, der Langeweile, der Gleichgültigkeit, eventuell einer Katzenwäsche, dem Schlaf und, wer es noch kann, dem Träumen.

Die Erde dreht sich weiter und die Sonne bringt anderen Ländern ihr Licht. Mit der Dämmerung entzünden Sterne ihr Funkeln. Der Mond glitzert silbern auf dem Fluss. Die Nacht, diese fast lautlose Zeit, dann wenn die Welt zu schlafen scheint, sie gaukelt Sicherheit vor, als wäre tiefer Frieden und versucht vergessen zu machen, dass sich unversöhnliche Feinde gegenüberstehen, waffenstarrende Heere mit einem Überfluss an Munition im Gepäck und blankem Grauen, wenn sie ein neue Büchse aus dem Reservoir der Pandora öffnen. Und wirklich, unter den deutschen Linien herrscht emsiges Treiben. Sechzehn Meter tiefer treffen britische Mineure letzte Vorbereitungen.

Am Morgen des 24. Juni öffnet sich das Tor der Hölle. Der Sommer 1916 verblutet an der Somme. Aus 1.437 Geschützen ergießt sich ein Granatenhagel über Schützengräben und Stellungen des deutschen Heeres. Das Krachen der Artillerie und die Explosionen intonieren einen ohrenbetäubenden Lärm, der Boden bebt von den Einschlägen. Erde, Hölzer, Materialien, Menschenteile wirbeln durch die von Rauch getrübte Luft. Mit dem Inferno ist nichts vergleichbar, diese britisch-französische Offensive stellt alles vorher Erlebte, von dem man dachte schrecklicher geht es nicht mehr, in den Schatten. Sieben Tage und sieben Nächte feuern die Geschütze ununterbrochen und fast zwei Millionen Granaten verwüsten die Gegend in eine einzige Kraterlandschaft. Und immer wieder wird das entsetzliche Vernichtungsmittel Gas eingesetzt. Von den Deutschen selbst in den Krieg eingebracht, schlägt die Entente nun damit zurück.

Erst am frühen Morgen des 1. Juli endet der Beschuss. Umgehend rüsten sich die deutschen Einheiten gegen den zu erwartenden Sturmangriff. Doch erst einmal geschieht eine nervenaufreibende Ewigkeit nichts. In den Schützengräben vor ihnen ist keine Bewegung zu erkennen. Briten und Franzosen sind bereit für den Angriff, haben aber in den hintersten Verteidigungslinien Deckung bezogen, pressen Hände an die

Ohren und ihre Körper auf den Boden. Monatelang hatten Spezialisten ein Tunnelnetz unter die deutschen Linien getrieben und dort Sprengstoff platziert. Unter der Stellung Schwabenhöhe, nahe den Resten des Dörfchens La Boiselle, stapeln sich davon fast siebenundzwanzig Tonnen in zwei Kammern.

Um 7.18 Uhr endet die Stille mit einem Donnerschlag. Die Briten zünden zeitgleich siebzehn solcher Sprengstoffnester. Die Explosionen sind hunderte Kilometer weit zu hören, Erde und Trümmer fliegen über eintausend Meter hoch. Tausende Menschenleben verlöschen in der gleichen Sekunde, fünftausend alleine in La Boiselle. Als sich der Regen aus Tod und Verderben ausgeblutet hat, stürmen Briten und Franzosen die deutschen Linien. Ihre Befehlshaber meinen den Gegner ausradiert zu haben und von Leichen überschwemmte Restgräben überschreiten zu können. Die Explosionen waren apokalyptisch, die Wirkung des tagelangen Artilleriefeuers dagegen relativ gering, weil die deutschen Stellungen teilweise viele Meter unter der Erde liegen. Und die Überlebenden organisieren sich schneller als erwartet und mähen mit wenigen Maschinengewehren ganze Einheiten um, die einsetzende Artillerie lichtet deren hintere Reihen. Achttausend britische Soldaten sterben in den ersten dreißig Minuten. Am Ende des Tages werden es fast Zwanzigtausend sein und über zweitausend Vermisste. Die deutschen Linien konnten sie nicht einnehmen.

Die Kämpfe enden in den letzten Novembertagen. Sie brachten den Alliierten nicht den erhofften Erfolg und nicht die Zermürbung des deutschen Heeres. Nur im Zentrum der dreißig Kilometer breiten Angriffsfront hatten sie die deutschen Linien um ganze acht bis zehn Kilometer eingedrückt. Die Schlacht an der Somme ging in die Geschichte als gigantische Materialschlacht und als eine der verlustreichsten im Ersten Weltkrieg ein. In den wenigen Wochen starben über eine Million Briten, Franzosen, Menschen aus fernsten Kolonien und Deutsche. Anfang 1917 zieht sich das deutsche Heer in die stark ausgebaute Siegfried-Linie zurück.

Im Juli 1918 startet eine alliierte Gegenoffensive, in welcher die Schlacht von Amiens die endgültige Wende bringt. Das Heer des deutschen Kaiserreiches wird zum Rückzug gezwungen und dessen Niederlage führt schließlich zum Waffenstillstandsangebot.

Der 1. Weltkrieg tobte vom 28. Juli 1914 bis zum 11. November 1918, riss 40 Staaten in seinen Höllenschlund und zwang 70 Millionen Menschen unter Waffen. Das Ergebnis waren 10 Millionen tote Soldaten und 20 Millionen Verwundete. Für die sogenannten zivilen Toten gibt es keine genauen Zahlen, sie werden auf 7 Millionen geschätzt.

Und wie viele verloschen im Inneren? Wie viele starben an Verwundungen an Körper und Seele, nach dem Krieg?

Notiz

Unbeschränkte Macht in den Händen beschränkter Menschen
führt immer zu Grausamkeit.
Alexander Solschenizyn

Monster's Ball, *Part 3*

Wieder hatte ein erster Kampf getobt, in tiefer Nacht.
Geborgen in der Schattenfinsternis hoher Tannen, dort bei den toten Bäumen mit ihren knorrigen Armen, am Rande der vom Mondlicht stahlblau gefluteten Nebelwiese keuchen sie nun, ziehen die Zungen durch klaffende Wunden und wenden die blutunterlaufenen gelben Augen nicht vom Gegenüber.

„Bist übler Verlierer, nachtragnd und zornich, ja, willst Verlust an Gunst nich eingestehn. Hast deine Prankn nich tief genuch einschlagn könn in Fleisch und Narbn und suhlst dich nu in Arglist. Doch mit Leere is dein Schädel gestopft, kriegst dein Ziel nich wie erwartet in Eileseile.", zischt die Schwarze Fee. Das Gelb ihrer Augen wird greller und überschwemmt die blutigen Adern für Sekunden.

Gelassen zieht das Monster erneut seine schleimtriefende Zunge durch den Schnitt im Unterleib. Dann stellt es sich gerade und ein Strahl Mondlicht gleitet auf einen Teil des Körpers, die Schuppen flammen metallisch und der schwarze lange Schädel glänzt. „Tust zu viel großkotzig, hä?! Hab meine Worte geschwiegen, als du ihn in die Zeit der Vorvorderen schicktest, in den Pfuhl aus Schlamm, Verwesung und geronnenem Schweiß, dort im Barbarenwald… Und bei Wiederqualen mit Erinnerung an Unheil im eigen Leben hab ich auch nich gebrabbelt. Und! Beim Auge werfen, über Buckel von Schlächtern der Geschichte auch nich. Wahrlich fade, dein *Licht* im Tunneldunkel. Hast Energie verschwendet, bist ausgelaugt, so tu ich denken, jaa."

„Er fragt immer nach, tiefer. Will mehr sehn als nur Fassade. Auch unter fein Geputztem wabern stinkende Kloakn. Is ne Menge Grau zwischn weiß und schwarz, Monster." Die Schwarze Fee biegt den Knochenschwanz vor und greift mit ihren dürren langen Fingern den spitzen Dorn, die Fingernägel erzeugen beim Prüfen schrilles Quietschen auf des Stachels Schneide. „N Kindermensch is er ebn nich, der gedankenlos in seinm Einmachglas verlebt, umgarnt vom Delirium tagestäglicher Monotonie und Einehe und dabei bange nachm Ende schielt."

„Bei Satans Klötn! Nich schon wieder dies Geschwätz. Pluster dich nich auf! Was anders, als gehörig der Zeiten Lauf ihm verzwirbeln… und die Hirnwindungen obendrein… tust du?!"

„Nee! Nee, nich nur. Viele gute Erinnerungn sind drunter… Viele!"

„Mit nem Widerhall, der vonner Grottenwand mitm nackten Arsch voran als Schmerz zurückspringt!"

„… Für *alles* muss man zahln, is n Naturgesetz."

Fast unmerklich ist das Monster in den Schatten der Baumleiche gewichen, der Mondstrahl von seinem Körper geflohen. Nur die Silhouette bleibt sichtbar und die kampflustigen Augen. „Wer is boshafter, hä? Wer? Ich, mit Lösung für flinkes Tun um eiligeiligst im Licht zu stehn, *warm umschmeichelt und frei.* Oder du, welche wien Folterknecht

Gnade und Geißel nutzen tut, im zügellosem Hin-Her, voller Wonne, wie beim Akt… und mit… *riechen kann ichs*… feuchtem Schenkeleck!"

Der Knochenschwanz entgleitet der Fee der Finsternis, peitscht bedrohlich das Unterholz, das blaue Flammenhaar lodert wild. „Probierst dich an dir nich gegebnen Dingen, Monster! Zündelst n schwarzes Bengalo! Ihn durch die Hölle am Fluss zu jagn war nich Erfolg gewesn, oder?", spottet sie "Kannst so viel Verderbn einschiebn tun wie du magst, ich stell dir n Bein und ihm n Leuchten!"

„Ach scheiße! Wie ne Katze ne Maus verstümmelt, bevor sie das arme Ding genusshaft frisst… so is dein Tun. Warn genug Tiefs, um mit mir durchn Tunnel zum Licht zu fliehen. Doch du, du schiebst ihm glimmende Kienspäne und den Walker inne Karre als Tröstung!"

„Ich lenk ihn ab von dir! Hetz nich durchn Schacht dem Verlöschn entgegen, ich pflanz warmes Licht, in Etappn, zum Atemholn." knurrt die Fee aus dem wulstigen Maul im Ungesicht und fügt geheimnisvoll raunend an: „Werdn noch n paar sonnenhelle Ruheplätzchen komm, oh ja…!"

Das Monster zieht die Kiefer zu einem Grinsen „Aus tiefestiefstem Mitleid deines fauligen Herzens…" und Speichel schlängelt sich durch die Zähne.

„… *Nee* gewiss nich. Nee!" schlägt die raue Stimme der vertrauten Feindin eine Schneise ins Wort, „Das Hiersein is so. Glück gibs nich als Dauergabe, vielleicht als Spot hin und wieder… Menschn lechzn nach ewiglicher Zufriedenheit, wien Schwein nach Trüffel. Doch Zufriedenheit is schrecklich schwer zu greifn, da grabscht man oft ins Leer. Passt bei vieln nich rein innen Kopf, deshalb legt manches Zweibein gern fixfix die Nadel auf ne fette Ader und bittet die Gier herein. Nich nur bei sich, nee! Gleich emsich frisch auch bei der Nachzucht, jaa.", die Fee klopft betonend mit der linken Krallenhand auf den dürren Ellenbogen des anderen Armes, den sie wie einen knorrigen Ast vorstreckt „Und der Parasit bringts Blut zum Tosn und der Wirt gedeiht zum *prachtvolln Junkie.*"

„Hä? Ziehst seltsame Vergleichlichkeiten herbei", das Monster glotzt mit schiefem Schädel.

„Garnich! Nee!", das Gegenüber schüttelt den herzförmigen Insektenkopf, „Das verseuchte Blut stürmt durchs Hohlgeflecht und hat die Gier das Gehirn geküsst, reißt der Wirt die Augen auf, doch, aufwachn tut er nie mehr, nee, nie mehr. Sein geburtgegebnes Ich is tot…der Parasit atmet."

„Schönes Erzählen, schön, schön. Nich was für kleine und große Kindermenschen, aber schön, jaa."

„Und alles wahres Wahr! Und is *sooo* leicht!", die Fee schnippst „Nur bei ihm hats nich geklappt, hat sich keine Gier gespritzt. Da muss ich vieleviele Kniffe zaubern… Doch Erbarmen verteile ich nich, an niemandn."

„Genau… nich schnelles Wegpusten… nee… langsames Vernichten, so is deine Sadistennatur! Hast deine magren Schenkel wirklich fest ums räudige und rossige Einhorn der siechenden Vergänglichkeit geklammert, Reiterin der Boshaftigkeit! Aber bei ihm… Ich werd siegen! Ich!"

Zugleich mit dem letzten Wort stürzt sich das Monster auf die Schwarze Fee und schlägt seine Reißzähne krachend in den dürren Hals. Die Schwarze Fee umschlingt mit dem Knochenleib den Angreifer, bohrt ihre Krallenfinger zwischen die Rückenschuppen und sticht in rasendem Zorn mit dem Dornenschwanz auf ihn ein. Das Monster wiederum reißt mit den Klauen Furchen in die zähe Lederhaut und Inneres bricht sich Bahn aus der Schwarzen Fee. Wie ein sich windender nackter Leib sehen sie nun aus, vereint zu einem Dämon der Nacht. Eine Wolke aus Hitze des Atem, des Blutes und der schwitzenden Häute zwängt durch Geäst, schwebt empor zum Himmelsgewölbe und verliert sich im Ozean der Sterne. Adersaft enteilt dem Hohlgeflecht, vergletschert das sanfte Moos und strebt in dampfenden Bächen, über Steine, Wurzeln und Schnecken, zur Senke im Wiesengrund. Dort, wohl behütet vom pulsierenden Nebel, verfärbt es in dessen trübem Weiß und nährt den purpurnen See.

Es ist wie in jeder Nacht, wenn die Schlacht der Unbesiegbaren tobt.

Und sie sterben nur wenn er es will.

Ich hab' darüber nachgedacht, hab' die Nacht ohne Schlaf verbracht.
Wie es sein wird nach dem Tod, wenn das große Ende droht.
Ob es einen Himmel gibt?
Ob mich dann noch jemand liebt?
Wirst du bei mir sein?
Gibt es ein Leben nach dem Leben, oder ist es das gewesen?
Auf die größte aller Fragen kann mir keiner die Antwort sagen.
Weißt du wohin wir gehen, wenn unser Licht erlischt?
Was wird mit uns geschehen, wenn die letzte Nacht anbricht?
Gibt es die andere Welt, wo Zeit nicht mehr verrinnt,
von der man sich erzählt, wo wir alle Kinder sind?
Weißt du wohin wir gehen?
Sag mir glaubst du daran, dass die Seele leben kann,
dass danach noch etwas kommt?
Das man Gutes dort belohnt, das man unter Freunden ist.
Und das man diese Welt vergisst?
Gibt es ein Leben nach dem Leben, oder ist es das gewesen?
Auch wenn keiner die Antwort kennt,
die Angst nicht beim Namen nennt.
Ich glaube ganz fest daran, dass ich darauf hoffen kann
dass die Liebe unendlich ist.
Dass du wieder bei mir bist, mich in den Armen hältst,
von der anderen Welt erzählst.
Weißt du wohin wir gehen?
Christina Stürmer

Besuch

Kurz hinter der wallonischen Grenze schon die erste größere französische Stadt, Maubeuge. Eigentlich hatte er hier einen Halt geplant, wollte endlich eine Bekannte nach vielen, sehr vielen Jahren besuchen. Doch er fährt vorbei, die Partnerin von einst, sie ist kurz vorher verzogen. Die Information traf ihn überraschend, am letzten Abend in Olmen, als er die Internetseiten des Zoo Maubeuge besuchte. Dort las er, dass die alten Elefantendamen ihr Gehege für neue Artgenossen räumen mussten. Beide Tiere stammen aus dem ehemaligen Staatszirkus der DDR und Daisy war als Dreijährige mit zwei weiteren Elefantenkindern in seine Gruppe gekommen. Er tourte mit der großen Elefantengruppe des Zirkus Aeros durch halb Europa und Daisy wuchs unter seiner Obhut auf. Kurz vor Selbstauflösung der DDR traf er sie zum letzten Mal. Fast ein Vierteljahrhundert ist es her. Danach öffnete eine Treuhand genannte Anstalt ihre Tore und es begann die Herrschaft der finsteren Bürokraten und der von ihnen ausgewählten eiskalten Liquidatoren aus der Privatwirtschaft. Goldrauschstimmung im Osten. Trotz Bemühungen des ehemaligen Staatszirkus um einen Neuanfang, gaben sie ihm nicht die kleinste Chance. In der neuen, so freien Welt ist Zirkus kein Kulturgut und der Durst der Liquidatoren war erst gestillt, als das einst weltbekannte Unternehmen zerschlagen und zerrieben war. Die vielen Tiere wurden mit emsiger Unterstützung einer sich zur Sachverständigen für Tierproblematik Erhebenden, mit engster Nähe zu Senat, Regierung und Berliner Zoo, in chaotischer Weise, im Bürokratenslang: *abgewickelt*. Welch zynische und diskriminierende Wortwahl. Der lauthals verkündete Grundsatz, dass kein Tier an einen Zirkus abgegeben werde, war ganz nach dem Motto der Unmoralischen *Was schert mich mein Geschwätz von gestern?* schnell vergessen. Elefanten landeten in einem elefantenunerfahrenen Kleinzirkus, Eisbären gar in einem mexikanischen Zirkus und wurden von US-Behörden bei einem Gastspiel in Costa Rica wegen der katastrophalen Haltung beschlagnahmt. Das einst größte und modernste Winterquartier eines Zirkus in Europa wurde abgerissen und geschleift. Schon immer in der Geschichte eine beliebte Methode der Sieger, um möglichst jegliche Erinnerung zu tilgen. Die Zirkusse und deren zwei- und vierbeinige Belegschaften waren Treuhand, Liquidatoren und Spekulanten nichts wert, das Gelände aber ein Filetstück.

Daisy geriet, wie alle Tiere, in dieses gut geschmierte Räderwerk und kam zuerst in den Zoo Antwerpen, wenig später nach Maubeuge. Nun stehen dort junge, frische Elefanten, mit höherem Niedlichkeitsfaktor und kindlichem Temperament. Gut für bessere Besucherzahlen, dem Hauptbestreben eines Zoo. Vorbei die Zeit der gern belächelten, oft ulkig wirkenden, aber kritischen und für Tiere kämpfenden Zoodirektoren. Heute geht's um protzige Tierhäuser, um Selbstdarstellung und man rangelt um die Position des Platzhirsches in der Welt der Tiergärten. Und gibt es mal eine Ausnahme und ein Direktor präsentiert Wissen um Wildtiere statt in der Kunstwelt Zoo in der Wildnis, zudem ganz anders als in TV-Seifenopern-Illusion hinterlistiger Propaganda, und engagiert er sich für die Sea Shepherd Conservation Society und damit gegen Abschlachten von Walen, Delfinen, Robben und aller anderen Meeresbewohner, dann gilt er nicht als seriös und die Schlipsträger lächeln arrogant. Die Seehirten um Paul Watson nahmen ihn sehr ernst, weil er handelte, nicht Sprechblasen schwatzte oder sich in Eigenlob suhlte und sie benannten eines ihrer Schiffe nach ihm, Steve Irwin. Aber der Mann lebte in einem fernen Land, Australien genannt, und vielleicht auch in der Vision einer für Tiere besseren Welt. Deutschland hatte weit vor Irwin den Tierrechtler und Direktor des Frankfurter Zoos, Bernhard Grzimek, welcher nicht nur für seinen Zoo kämpfte, sondern sich auch für Tierschutzprojekte in der Heimat seiner Schützlinge stark machte und sich sogar gegen die damals immer stärker werdende Massentierhaltung der Landwirtschaft engagierte. Niemand war bereit in seine Fußstapfen zu treten, zu anstrengend, zu unbequem. Die Direktoren heute haben mit sich selbst zu tun. Städtische Zoos zaubern sich Prestige-Bauten mit zweistelligen Millionenbeträgen, die sie selbst nie haben und nie erwirtschaften können. Sie leisten sich Pressesprecher, Manager, Berater und viele Jobs mit stylischen Überheblichkeitstitulierungen, aber sie sind keine freien Unternehmen, hängen ausschließlich am Tropf, gefüllt mit Subventionen aus immer irgendwelchen Förderprogrammen und mit dem Geld der Steuerzahler. Da kann man wild mit Euros am Ego basteln. Allzu leicht lassen sich wirkliche Tierfreunde vom quietschbunten Karnevalsplakat mit Parolen von Tierliebe und Haltungsverbesserung einlullen und hinterfragen nichts. Und, toll, Pleite gehen kann so eine öffentliche Einrichtung auch nicht, wenn erst einmal Millionen verschwendet wurden.

Kaum, dass es in Frankreich anders wäre und weil der Platz in Maubeuge beengt ist, mussten die erwachsenen Damen, nun vierzig Jahre alt, erneut weitergeschoben werden. Und da es nicht einfach ist, einen Zoo zu finden, welcher große Elefantinnen mit viel Vorgeschichte aufnimmt, ist die Branche nicht nachtragend und transportiert die Gebrauchten auch in private Einrichtungen, mit welchen vorher, auf Grund der Haltungsbedingungen, Kontakte vermieden wurden. Daisy und ihre langjährige Gefährtin Dina reisen nach Mallorca. Er ist zwei Wochen zu spät. Also weiter nach Amiens, wo er sich auf Jana freut.

Wie immer meidet er Autobahnen, durchfährt gerne kleinste Orte, genießt die Kurven und das auf und ab der Landstraßen. Eine sanft geschwungene Landschaft, teils Felder bis zum Horizont. Immer wieder Dörfer, kleine Ansiedlungen, dann ein Wasserband, die Somme. Wieder ein Name, wieder ein Symbol für das Grauen, mit welchem dem ruhigen Fluss auf ewig ein Makel anhängen wird. Unschuldig war er zum Mittelpunkt geworden, weil einst Menschen an seinen Ufern die Pforten der Hölle öffneten und die freigelassene Apokalypse die gesamte Region flutete. Mit über eine Million getöteter und vermisster Soldaten in vier Monaten und für einem winzigen Geländegewinn der Alliierten, wütete hier die verlustreichste Schlacht des gesamten Krieges.

Natürlich weiß er, dass im Sommer 1914 ein Feuer entfesselt wurde, in dessen Flammensturm vierzig Staaten gerieten und den man deshalb zurecht als 1. Weltkrieg bezeichnet. Auch, dass seine schwersten Schlachten an der Somme ausgetragen wurden. Doch was weiß er schon wirklich, was sind Zahlen? Nun aber reiht sich ein Soldaten-Friedhof an den nächsten und an jeder Straßenkreuzung, jeder Abbiegung hinein ins Dörfliche, steht ein Hinweisschild und zeigt den Weg zu weiteren Ruhestätten. Er kann nicht anders, er hält an einem sehr großen Friedhof, gleich neben der Landstraße. Der Eingang der Anlage ist gewaltig, tempelartig, mit Säulen und schmiedeeisernen Zäunen. Fahnen wehen an hohen Masten, nüchterne Buchstaben, goldverziert, nennen den Ort und die Anzahl der beigesetzten Soldaten. Über fünftausend, die genaue Zahl verliert er aus dem Kopf, verwirrt, berührt von dem Blick auf die vielen weißen Kreuze. Das Areal ist von einer Mauer umgeben, mit einem nach innen offenen Rundweg. Breite Stufen leiten hinunter zu den Gräbern. Gepflegter, kurzer Rasen. Die Kreuze in Reih und Glied, wie eine Armee, als müssen die Toten noch immer marschieren. Nur auf wenigen Gedenksteinen ist *unbekannter Soldat* eingemeißelt, alle anderen tragen Namen und Daten. Er liest viele, bis er unter der Last der Empfindungen nicht mehr kann. Alle waren jung, sehr jung. Gefallen. Welch propagandistisch missbrauchtes, harmloses Wort! Ein Kind fällt, wenn es laufen lernt. Später kann man auch fallen, wenn man stolpert, gleich ob beim Gehen oder in einer Lebenskrise. Im Krieg wird getötet, geschlachtet, für irgendwelche Seifenblasen machtgeiler alter, impotenter Männer.

Er besucht einige Friedhöfe, auch abseits seiner Strecke. Am Thiepval Memorial stehen dreiundsiebzigtausend Kreuze für britische Soldaten. Die Nationen errichteten eigene, monumentale Gedenkstätten. Sie zeigen, wie viele Völker weit ab von Europa, durch die Größe des britischen Empire, in den Abgrund gezogen wurden. An der Somme wurden sie begraben, Ägypter, Australier, Kanadier, Neuseeländer, Neufundländer, Inder, Senegalesen, Südafrikaner…

Ein indischer Soldat schrieb: „…*Granaten fallen so dicht wie der Regen im Monsun…Wie Strohgarben nach der Ernte liegen die Toten auf den Feldern…*" Solch Schlachten hatte er sich vorher selbst mit viel Fantasie nicht vorstellen können. Er fand keine anderen Worte. Sein Brief wurde von den Zensoren der britischen Armee abgefangen, erreichte nie sein Ziel und verblieb Jahrzehnte in den Archiven.

Die gesamte Strecke ist gesäumt von Erinnerungen an den Krieg. In abgegrenzten Bereichen, sorgsam behütet und erklärt, aber nicht rekonstruiert, was den Schauder nicht geringer macht, liegen Reste von Schützengräben, oft ausgemauert und tief in der Erde wie Kanalisationsschächte. Ein Geflecht von Vertiefungen, in drei Linien hintereinander. Und keine einhundert Meter davor die bis heute erkennbaren Sprengkrater. Eine Landschaft voller Trichter und einem riesiges Loch. Um Bewegung in die Front zu bekommen, gruben englische Spezialisten Gänge und Kammern bis unter die deutschen Stellungen und füllten sie mit Sprengstoff. Genaues ist nicht bekannt, aber siebzehn solcher Nester gingen zeitgleich hoch. Zwei weitere erst Jahre nach einem zweiten Krieg, in tiefsten Friedenszeiten. Wie viele noch auf ihre Zeit warten, weiß niemand, kein Plan zeigt eventuelle Gefahrenorte. Im winzigen Dorf La Boiselle befindet sich der größte Sprengkrater, gerissen von siebenundzwanzig Tonnen Sprengstoff, heute immer noch neunzig Meter im Durchmesser und über zwanzig Meter tief, dort, wo damals die deutsche Stellung Schwabenhöhe lag. Sichere Zahlen gibt es nicht, aber einige Tausend Leben verloschen gleichzeitig in der Sekunde nach der Zündung.

Er wird atemlos. Die Tage entlang der Somme sind beklemmend, doch er will nicht wegsehen und er fragt sich, ob es irgendwann normal ist und wenn ja, wann, inmitten so schwerer Geschichte, inmitten so vieler baulicher Erinnerungen, Sprengkrater und Friedhöfe, ein unbeschwertes Leben führen zu können. Alle durchreisten Orte sind landestypisch, viel Stein, Kirchen wie Trutzburgen, kaum neuere Bauten. Sie wirken wie in einer Vergangenheit stehengeblieben, oft bedrohlich und sind doch offensichtlich sehr gepflegt. Es bleibt ihm ein Mysterium, wie man das Grauen eines Krieges überleben kann ohne durchzudrehen.

Seine Großeltern haben zwei Weltkriege miterleben müssen. Der Opa kämpfte irgendwo hier an der Westfront, zwischen der Gashölle von Verdun und der Somme und dann noch einmal, als Brandwart mit den Phosphorbomben auf Stettiner Dachböden. Seine Mutter musste als junges Mädchen nahe eines Flakstandes einen Beobachtungsposten besetzen und anfliegende Flugzeuge identifizieren und melden. Von jenem Bretterturm auf einem Hügel im Forst gab sie auch in einer Nacht den Anflug der übermächtigen Bomberstaffel an die Leitstelle weiter. Voller Furcht erblickte sie eine nicht enden wollende Formation. Tief dröhnend von der Last, flogen die Vernichtungsmaschinen über ihren Kopf hinweg, Richtung Stettin. Wenig darauf wuchs ein heller werdenden Schein am Horizont, ihre Heimatstadt zerbarst in Schutt und Asche. Sprengbomben leisteten Vorarbeit, rissen Breschen für die folgenden Brandsätze. Dort wo die Eltern lebten. Und seine Mutter, die ihr Leben eine Stille, Ruhige war, nie eine Aufbegehrende, sie stieg vom Turm, wollte sich abmelden. Doch, die Flakbesetzung, bis auf zwei Soldaten, Hitlerjungen und Mädchen wie sie, als das letzte Aufgebot, die waren beim Packen. Hatten nicht einen Schuss abgefeuert, um ihre einsame Stellung, unmittelbar unter dem Geschwader, nicht zu verraten. So hastete auch seine zukünftige Mutter Richtung Stettin. Als sie dort endlich ankam, ragten an Stelle der Straße ihrer Kindheit und Jugend qualmende Schuttberge in rauchschwangeres Himmelsgrau. Sie hoffte, dass die Eltern das Inferno irgendwie überleben konnten und irrte wochenlang bis in eine kleine Stadt in Mitteldeutschland, zu der älteren Schwester, dem ausgemachten Treffpunkt für die ganze Familie im Ernstfall. Dort trafen sie sich wirklich, ohne jegliche Habe, aber unversehrt.

Welches Glück ist es, keinen Krieg erlebt zu haben. Nicht vielen Generationen ist das auf dem Erdball vergönnt. Aber man verdrängt es als etwas Normales im Leben. Dabei befindet sich das Tier Mensch auf einer steten Gratwanderung, ist soundso bittere Herausforderung für die Natur. Wann wird unter einem Stiefel ein Stein nicht mehr am Fels sein wollen und abstürzen samt Träger in tiefen Grund? Die Welt brennt an vielen Stellen. Sind es nicht Vergewaltigung der Natur, Ausrottung und Missbrauch von anderen Tieren, sind es nicht Kriege mit eigener Species, wegen unüberwindbarer Klüfte der Weltsichten, wegen Gier nach Bodenschätzen oder Machtrausch, dann sind es soziale Ungerechtigkeiten, welche ein friedliches Zusammenleben niemals ermöglichen werden. Frieden ist nicht einfach nur das Gegenteil von Krieg, nicht nur der Zeitraum zwischen zwei Kriegen. Frieden bedeutet viel mehr.

Amiens ist am späten Abend erreicht. Übernachten in einer kleinen Straße.

Am Morgen nieselt es, der Himmel ist grau und lässt erahnen, es wird kaum besser. Kurz nach Öffnung der Pforten betritt er den Zoo. Er ist der einzige Besucher. Der Stadt-Zoo ist klein, aber sehr gepflegt und die Tiergehege sind geräumig. Viele Grünanlagen, zahlreiche kleine Bäche bilden teilweise natürliche Gehegebegrenzungen. Er bemerkt es nur im Vorübergehen, sein Weg führt zielstrebig zu den Elefanten.

Die zwei grauen Dicken sind draußen, polken gerade voller Hingabe in einem frischen Haufen Äste herum. Den einzelnen Besucher beachten sie nicht, präsentieren ihre Hinterteile. Aber trotz nicht idealer Ansicht erkennt er sie sofort. Jana. Es ist so lange her. Richtig erwachsen, groß ist sie und von kräftigen Statur. Lange sieht er den Beiden zu, dann ruft er zögerlich und leise mehrfach ihren Namen. Und er hat selbst nicht mit so einer Reaktion gerechnet… Jana stutzt, erstarrt förmlich, kaut nicht weiter, zupft keine Zweige mehr, lässt ihren Rüssel hängen, lauscht. Die Gefährtin hingegen wühlt, bricht und schmatzt unbeirrt an den Ästen herum. Erneut ruft er den Namen. Plötzlich, aus völliger Unbeweglichkeit heraus, dreht sich Jana um und kommt geradewegs auf ihn zu. Nun trennen sie Wassergraben und Stahlseile. Ja, Jana ist eine wirklich starke, schöne Elefantin. Er redet auf sie ein, will ihr Hilfe geben beim Erinnern, nennt Namen der anderen Elefanten von damals, nennt alte Kommandos, nicht zum Ausführen, nur als Brücke zurück in eine Zeit vor fünfunddreißig Jahren. Das riesige Wesen sieht ihn ruhig an und streckt soweit es geht die lange Nase vor. Ihr ragt noch restliches Blattgrün aus einer Seite der Futterluke, das Fressen ist ihr unwichtig geworden.

Berlin-Hoppegarten 1978

An einem frostigen Wintertag im Februar 1978 hatte die S-Bahn sie in Berlin-Hoppegarten angelandet. Da stand das junge Paar nun neben dem umfangreichen Gepäck, beide atmeten tief durch und waren voller Aufregung in der Erwartung auf den neuen Lebensabschnitt. Er konnte damals nicht wissen, dass ihn diese Zeit für immer prägen würde.

Mit einem Zischen schlossen die Türen. Das in Berlin allgegenwärtige und typische Fahrgeräusch ertönte und die S-Bahn entschwand ihrem nächsten Halt entgegen. Sie nahmen die Sachen, gingen den Bahnsteig entlang zum Treppenhaus und bewältigten die vielen steilen Stufen hinunter auf Straßenniveau. Dort angekommen, unter der Gleisbrücke und neben der Kopfsteinstraße weitertrabend, stoppten sie an der winzigen Schleife einer Menschenverteilerstelle und hielten vergeblich Ausschau nach einer Transportmöglichkeit. Ein Fahrplan, knapp und mit wenig Zahlen, zog klare Grenzen. Ein Linienbus fährt ab und an in die gewünschte Richtung. Jetzt aber nicht, so am Vormittag. Später Nachmittag wäre möglich. Nein, danke, kaum entzifferbare Tabelle, zu viel des Wartens.

Ein Schild gegenüber markierte einen Haltepunkt für Taxis, immerhin. Doch auch nicht mehr, Taxis waren hier nicht unbedingt häufig, soweit außerhalb und am Rande von Berlin. Die Handvoll Mitangelandete hatten sich bereits unauffällig in der waldigen Landschaft verteilt, in Richtung ihrer Häuser, irgendwo in der Ferne, unsichtbar für Fremdlinge. Die Auflösung war perfekt und sie fanden sich verloren im Nirgendwo. Ein wenig warteten die Zwei, in der Hoffnung auf ein Taxi, schließlich war ihnen der Weg bekannt und sie fürchteten ihn angesichts ihrer Traglasten. Dann aber wurde das Warten zur Last, schwerere als das Gepäck, und sie marschierten los.

Sie waren damals lernfähig. Verstanden bereits im nächsten Winter, die letzte S-Bahn-Tür zu kapern, um beim Halt, jung wie sie waren, über Bahnsteig und Treppen den Mitbewerbern davon zu schweben und so ein eventuell parkendes Taxi, verloren in der

Einsamkeit, zu erbeuten. Zimperlich durfte man nicht sein, sonst war das Ziel der Begierde mit anderer Menschenfracht enteilt.

Bis zum bogenförmigen vieltürigen Eingangsportal der Galopprennbahn, schon viele, viele Minuten Fußweg lagen hinter ihnen, konnten sie auf einem Sandweg dem gealterten Kopfsteinpflaster ausweichen. Hier endete diese Art Fußgängerweg, jetzt schlängelte sich die Straße kilometerweit am Objektzaun der Rennbahn entlang, dann entschwand diese hinter Waldstreifen und rechterhand tauchten alte Villen auf. Düster und heruntergekommen lagen sie aneinander gereiht zwischen alten Bäumen und doch ließ sich ihre ehemalige Schönheit unter all dem Grau, den verwaschenen Farben und trotz zerbrochener Verzierungen und bröselnder Backsteine, erahnen. Ausruhphasen rückten näher zusammen, die Gepäcklast hatte sich verdoppelt, die Arme waren gewachsen und die Taschen berührten immer öfter die buckligen Pflastersteine. Hinter der großen Biegung und das erste menschliche Anwesen fast greifbar, sahen sie die schnurgerade finale Etappe. Dort in der Ferne lag das Ziel, das Ende des Pilgerpfades, und es sollte ihnen neue, nicht geahnte Horizonte öffnen. Endgültig letzte Ausruhpause, entschieden beide und hielten es wenig später doch nicht ein. Aber erst einmal lockerten sie die Arme, streckten den Rücken und musterten gedankenversunken die Allee mit den kahlen Bäumen.

D. und er hatten den sicheren, eingefahrenen Jobs als Tierpfleger in einem Zoo gekündigt und sich für Abenteuer entschieden. Besonders er fühlte sich eingeengt, gegängelt und sah im Zoo keine Zukunft. Er liebte in jener Zeit Zoos und die Arbeit dort, doch der Gedanke, das ganze bevorstehende Leben im ewig gleichen Rhythmus an gleichem Ort verbringen zu sollen war nicht vorstellbar. Einfach unerträglich die beständige Bevormundung und der Druck der linientreuen Direktion und deren Lakaien an *gesellschaftlichen Tätigkeiten* teilzunehmen. Er gehörte weder dem kommunistischen Jugendverband an, noch war ich bereit zum für das berufliche Weiterkommen notwendigen Beitritt in *Die Partei*, die bekanntlich, im Größenwahn verloren, immer recht zu haben glaubte. Zuwider waren ihm die wöchentlich stattfindenden *Belegschaftsversammlungen*, für welche die Teilnahme quittiert und für deren Nichtteilnahme man sich erklären musste. Diese Pflichtveranstaltungen drehten sich um *gesellschaftspolitische Fragen*, höchstens am Rande ging es um Ziele oder Aufgaben im Zooalltag. Jämmerliche Versuche einer Gehirnwäsche, ermüdend und peinlich lächerlich. Sie fanden in regulärer Arbeitszeit statt, das bedeutete für ihn bereits wieder ab Mittag die Elefanten bei schönstem Wetter in ihr Haus zu holen und bis zum nächsten Morgen an den Ketten zu parken. Politische Phrasen, wichtiger als Tierrechte - in einem Zoo. Dann musste er für ein zweites Gespräch zur Direktion. Bei der ersten Verwarnung blieb er im Interesse der Elefanten so einer Versammlung fern, diesmal hatte er nicht an der Maiparade teilgenommen, jenem verordneten Bewinken und Bejubeln seniler Münchhausens auf der Tribüne vorm Rathaus. Er erfuhr von seinen Defiziten bei der *gesellschaftspolitischen Einstellung* und danach vorrangig beurteilte man einen Zootierpfleger 1976 in der DDR. Er hatte verloren und die Zwei starteten den immer wieder verzögerten Anlauf zu einer

Bewerbung beim VEB Zentral Zirkus Berlin.

Sie erhielten sofort die Zusage vom Zirkus AEROS und hätten bereits vor einigen Monaten diese Kopfsteinstraße entlanglaufen können, wenn nicht im Herbst seine Einberufung zum Reservistendienst erfolgt wäre. Die Grundwehrpflicht lag kaum zwei Jahre zurück und mit solcher Überraschung der denkbar negativsten Art hatten beide überhaupt nicht gerechnet. Doch die greisen paranoiden Militärs, im Kalten Krieg immer bereit zum *Klassenkampf*, brauchten Menschenmaterial für ihre Heimatverteidigungspläne und gaben sich weder mit den ihm bereits gestohlenen anderthalb Lebensjahren, noch mit seinen Vorsprachen um Aufhebung der neuerlichen Einberufung wegen bevorstehender Heirat und Arbeitsplatzwechsels zufrieden und erreichten erst Befriedigung durch seine sechswöchige *staatsbürgerliche Ehrenpflicht* als Reservist. Auch seine Beteuerung, er würde gerne auf jene Ehre zu Gunsten anderer verzichten, blieb den eifrigen Lakaien mit Hang zur Wichtigtuerei im Wehrkreisamt unverständlich, ihr Dasein kreise in anderen Sphären. So missbrauchte man ihn erneut, mit einer Ausbildung als Rettungssanitäter auf dem Schlachtfeld eines Atomkrieges. Abgesehen von den ihm absolut fremden Gedankenwelten in verknoteten Hirnwindungen dafür zuständiger Militärstrategen, blieb die Ausbildung eine Posse. Nur einberufene unwillige Reservisten aller Altersstufen, inklusive der zum Ausbilden genötigten Ärzte, was wird das wohl? Notdürftig eingekleidet mit Resten aus dem Magazin, kaum jemandem passte irgendetwas, fanden die Benutzten sich in langen grauen Wintermänteln, schwerer und steifer als jede Pferdedecke, vor der Kaserne wieder und damit auch ihren Zynismus. Ein wüster Haufen, wie das lächerliche Aufgebot der letzten Stunde. Im Halbdunkel und wankend in der Kluft sahen sie für einen Beobachter mit offenen Augen sicher wie eine Bedrohung aus der Geisterwelt aus. Zombies aus dem Schattenreich. Es blieb ein geballtes Trinkerfest mit Geländespielcharakter einer Unterstufe. Gut, für einige zwischendurch, auch ihn, mit ein paar Tagen Arrest wegen "*Ungehorsam*", aber darauf waren sie stolz. Und sie entströmten die Kaserne so klug wie sie jene vorher zu betreten gezwungen wurden, aber sechs Wochen hatte man ihnen zusätzlich vom Leben geraubt und die Haare aus Rache wegen permanenter Unwilligkeit kurz vor Entlassung noch einmal extra gründlich geschoren. Skinheads, in der DDR.

Kaserne und Heirat lagen eine Woche hinter D. und ihm und das Neue schlich bei diesen Gedanken langsam näher. Endlich das bekannte große Schild an der Weggabelung, am Ende des Holperweges und nun die verwohnten Villenschönheiten im Rücken: das Symbol des kugellaufenden Löwen vor dem Chapiteau und der Schriftzug VEB Zentral-Zirkus Berlin. Darunter „VEB Zentral Zirkus, Winterquartier" und die Hinweise auf Objekt I und II, getrennt durch eben jene Hoppelstraße mit unmittelbarer Auffahrt auf die B1 und damit Anschluss an den nahen Berliner Ring und direkt ins Berliner Stadtzentrum. Im Objekt II hatte Zirkus Berolina seinen Wintersitz, mit festen Stallungen und einer Probemanege, dort befanden sich riesige Wagenunterstellhallen, Lagerhallen für Heu und Stroh, sowie eine Ausrüstungshalle der Zentral-Zirkus-eigenen Volksfest-Unternehmen (*Kirmes*). Sie bogen nach links ab, Richtung Objekt I. Rechts hinter dem Objektzaun lag das Elefantengehege, der beeindruckende Stallkomplex für Elefanten, Pferde und Exoten der Zirkusse AEROS und Busch, die angeschlossene Raubtierhalle mit den Außenkäfigen und das Hauptheizhaus, alles dicht umstellt von Zirkuswagen in dunkelroter Umrandung mit dem markanten engen Schriftzug AEROS und in blauer Umrandung mit den einzelnen Buchstaben BUSCH. Dann das Pförtnerhaus und eine ziemliche Strecke Schaulaufen. Trotz aller Geschäftigkeit, die Unternehmen bereiteten sich auf ihre Ausreisen vor, hatte man stets ein Auge für Neuankömmlinge. Und D. war zudem einen gründlichen Blick wert. Das Büro vom AEROS lag in einer unscheinbaren, sichtlich überalterten Baracke, über Werkstätten, unter dem Dach. Eine enge, gebrechlich knarrende Treppe, winzige Büros mit schrägen Wänden, spartanisch, ohne jeglichen Luxus eingerichtet, wo möglich hingen AEROS-Plakate. So also waren sie angekommen, wurden begrüßt von O. Bark und bekamen wenig später ihren Wohnwagen zugewiesen.

Dieser stand inmitten unzähliger anderer, alle ordentlich geparkt neben- und hintereinander in vielen Reihen auf einer Betonfläche seitlich der Kantine. Erwartungsvoll betraten sie das neue Zuhause und wurden nicht enttäuscht. Klein, aber gemütlich, mit Schränken, einem Sideboard unter dem einen Fenster und gegenüber am anderen ein kleiner Tisch mit zwei Stühlen, am Ende ein Doppelbett. In der Ecke neben dem Eingang die Gasheizung, Herd und Waschbecken. Hell war es, mit den drei Fenstern und dem Oberlicht, trotz der dunklen Holzfurniere, und unvergleichlich freundlicher als ihr Kellerzimmer in der Heimatstadt Warnemünde, mit Blick auf die Füße der Passanten und Bad mit WC eine Treppe höher, für drei Parteien. Sie strahlten vor Glück und Stolz, küssten sich und waren auf einem anderen Planeten gelandet.

Aber, sie waren nicht die einzigen, welche hier strandeten. Am Ende des AEROS-Pferdestalles befand sich die Elefantenhalle. Dort waren die zwölf Tiere der Zirkusse AEROS und Busch untergebracht. Er hatte nie vorher so viele und so mächtige Elefanten gesehen. Da stand nun die von ihm bald zu betreuende Elefantengruppe mit den vier erwachsenen Mädels Punsha, Pia, Oly und Thara. Und daneben die Neuankömmlinge in der Gruppe. Er und seine junge Frau kamen aus Mecklenburg, die drei Kleinen eine Woche zuvor aus Indien. Dem Trio sah man die Verwirrung durch den Stress und die tiefen Veränderungen deutlich an. Zwerge waren sie, knapp drei Jahre alt, die Elefantenkinder Daisy, Shura und Jana.

Elefanten

Lange her, aber sie sind durch halb Europa gezogen. Jana, die anderen Mädels und er. Der Staatszirkus hatte eine fest zusammenhaltende Stammtruppe, legte Null Wert auf politische Einstellungen und war deshalb den Regierenden nie geheuer, sah in bestmöglichen Vorstellungen seine Aufgabe und bot ungeahnte persönliche Freiheiten. AEROS zog einen stabilen, roten Eisenzaun als Grenze um sich und konnte damit das Böse bis zur Wiedervereinigung der deutschen Staaten erfolgreich abwehren. Im Staatszirkus besaß er wie fast alle einen Pass und konnte frei in die westliche Welt reisen. Lange Tourneen durch die Niederlande, Österreich, Deutschland, Weihnachtsgastspiele in westdeutschen Hallen, Fernsehaufzeichnungen mit Freddy Quinn im ZDF waren Normalität, dazu Wintergastspiele in Festbauten der damaligen Sowjetunion und Tourneen durch den Kaukasus und die ĆSSR.

Rund um die Uhr waren sie zusammen, sein Wohnwagen stand stets neben dem Elefantenzelt, damit er hören konnte, wenn es irgendwelche Probleme gab. Viele Nächte schlief er bei Jana und Pia im Bahnwaggon während der Umsetzungen von Stadt zu Stadt und bei den zweiwöchigen Bahnfahrten nach Russland oder zurück ins Winterquartier. In einen Winter haben sie die Elefantenpocken besiegen können, obgleich das Überleben eine Zeit in Frage stand. Er war mit den Sieben monatelang allein in Quarantäne, übernahm nach Anweisung des Doktors alle medizinischen Behandlungen und kämpfte wirklich. Wie Daisy und Shura, trug auch Jana Stiefel, weil sich Sohlen und Nägel durch die Krankheit zu lösen drohten. Zweimal täglich mussten die Füße längere Zeit in Aufgüssen gebadet, dann mit Druckverbänden wieder in den maßgefertigten Lederstiefeln verschnürt werden. Daisy hatte *Glück* und nur Pusteln am ganzen Körper, Shura und Jana aber hatten diese auch in Maul und Rüssel. Sie konnten bald nicht mehr fressen und trinken. Die Frauen in der AEROS-Küche kochten täglich zwei Riesenschüsseln Reis und er formte diesen zu Klößen, gefüllt mit Bananen und kleingehackten Äpfeln und schob sie so tief ins Elefantenmäulchen, dass die Kleinen nur schlucken brauchten. Jana war da vertrauensvoller als Shura. Diese musste beim Fang Schreckliches erlebt haben und dicke Narben um Hals und Beine zeugten von ihrem geleisteten Widerstand. Sie trug große Sorge um ihren Rüssel und gab ihn freiwillig nicht her. Aber jetzt wollte sie leben und gab sich ihm hin, ließ sich füttern und die Wunden in Maul und sogar Rüssel behandeln. Trinken war nur mit einen Schlauch möglich, welchen er weit in die Futterluken schob, damit die Elefanten das Wasser schlucken konnten. Die erwachsenen Tiere erkrankten nicht, wurden aber zweimal am Tag gründlich auf kleinste Anzeichen untersucht und sie beobachteten genau, was er so mit den Kleinen anstellte. Es entstand eine enge Verbindung miteinander und tiefes gegenseitiges Vertrauen, auch in Ausnahmesituationen. Damit die Elefanten gesund wurden, besorgte der Einkäufer des AEROS zusätzlich viel frisches Obst und Gemüse und Bananen - Orangen und Zitronen gab es reichlich. Dabei besaß der Staatszirkus keineswegs irgendwelche Sonderkontingente für derartige Raritäten in der damaligen DDR, aber man hatte gute Kontakte aufgebaut. *Beziehungen* nannte man es. Von morgens bis abends war er mit den Arbeiten bei den Elefanten ausgelastet. Er tat es sehr gerne und seinen Wohnwagen hatte er neben den Elefantenstall ziehen lassen.

Shura starb nur ein Jahr später, während eines Gastspieles im fernen Kriwoi Rog (*südl. Ukraine*), an einer anderen Infektion. Sie schien nie von der psychischen Last ihrer Vergangenheit genesen zu sein, war stets anfällig. Die erwachsen Oly war auch schwer erkrankt, überstand die zwei Wochen Heimreise im Waggon und starb in der Nacht der Ankunft an der Verladerampe in Hoppegarten.

Jana wurde die Adoptivtochter von Pia, der Großen, Starken, der Eigenwilligen, deren

Zuneigungen man hart erarbeiten musste. An den Mühen und ihrem Willen war bisher aber jeder gescheitert. Pias Respekt Menschen gegenüber hielt sich in Grenzen. Aber, im Leben kreuzen sich viele Wege und gewisse Seelen stehen sich von erster Begegnung an nahe. Da gibt es keine Grenze zwischen Tier Tier und Tier Mensch und auch keine rationale Erklärung. Er liebte Pia sofort und sie ihn. Und rastete sie wieder einmal aus, lief, den Kopf gesenkt, davon und alles und jeden auf ihrem Weg um, dann durfte nur er an sie heran, um sie zu überzeugen, doch bitte wieder zurückzukehren, in die Realität, in den Zirkus und zu den anderen Elefanten. Mit Gewalt funktionierte nichts, Pia wog fünf Tonnen und war sich ihrer Kraft sehr wohl bewusst, erfolgreich getestet seit Jugendjahren. Pia schickte gelegentlich mit einem Kopfstoß die ebenso mächtige Punsha, in einer Zwistigkeit um Nichtigkeiten und um ihre Ranghöhe zu demonstrieren, einfach mal auf die Bretter. Was will dann ein Zirkuswagen gegenhalten oder der verankerte Zirkuszaun aus Eisen oder… ein Zweibeiner? Pia suchte Vertrauen und fand es, warum auch immer, in ihm. Alle hielten ihn für verrückt, weil er bei der Bahnfahrt neben Pias Säulenbeinen im Stroh schlief. Er hatte nicht die geringsten Bedenken, Pia beklaute ihn nicht, räumte nicht seine Tasche aus und zog ihm auch nicht die Decken fort, um sie zu zerfetzen, so wie es die dreiste Jana tat. Pia döste im Stehen und kontrollierte zwischendurch immer wieder einmal, ob es ihm gut gehe und grabbelte mit der feuchten Nasenspitze im Gesicht herum. Er war dann wach, ok, Pia aber beruhigt. Oft ist er mit Pia allein, er im Kostüm der Show, sie mit Kopfschmuck und Schmuckband am linken Bein, aus einem Park oder der Stadt, zurück in den Zirkus, sie seine Hand fest in ihrem Rüssel, während die Vorstellung noch lief und alle nervös warteten, die Zweibeiner und die restliche Elefantenbande. Aber so war Pia halt, wenn sie keine Lust darauf verspürte, ging sie eben nicht ins Chapiteau oder zurück ins Stallzelt, sondern auf Ausflug jenseits des Zirkus. Davon konnte auch er sie nie abbringen, er lief dann mit Abstand hinterher. Irgendwann blieb die Elefantin stehen, grübelte wohl selbst über ihr Verhalten. Nun musste er eine Weile auf sie einreden. Pia lauschte dem gerne und oft setzte er sich wie ein Märchenonkel hin, ahnend von der Zeit, die er für ein Überzeugen zum *gesitteten* Heimkehren brauchen würde. Wenn sie seinen leisen Monolog mit leichten Kopfnicken unterbrach, war es soweit, er durfte an sie herantreten und sie liebkosen. Pia gehorchte wieder wie ein Hündchen und nahm seine Hand. Natürlich lernte Jana von Pia, auch die Eigenheiten, aber sie war ihm ebenso eng verbunden wie die große Freundin.

Ist all dies verloren gegangen in den Jahren, in all den Geschehnissen der Zeit? Jana begleitet ihn auf ihrer Seite im Gehege. Er redet ohne Unterlass mit ihr und sie lauscht aufmerksam. Die Elefantin ist sichtlich durcheinander, scheint zu grübeln, macht seltsame Dinge: reißt frisches Grün aus und Äste ab, wedelt damit gedankenversunken herum, lässt sie fallen. Stundenlang steht er am Gehege, dreht eine Runde im kleinen Zoo und kehrt zurück. Jana kommt sofort herbei, ihre Gefährtin bleibt ungerührt im Sandhaufen liegen und döst. Gerne wäre er näher an sie herangetreten, um sie zu streicheln, aber er hat erfahren, es gibt keine speziellen Pfleger für die Elefanten. Die Tiere werden mit einem Sicherheitskonzept gehalten, niemand darf direkt mit ihnen umgehen, alles wird mit Torsystemen von außen geregelt. Die Elefanten leben ihren Tag, fast ohne Bevormundung. Sie haben es recht gut, das Gehege ist überschaubar, jedoch mit viel Struktur versehen, sogar mit Bassin und Schlammsuhle. Janas Mitbewohnerin stammt auch aus dem ehemaligen Staatszirkus, aber einem anderen Betriebsteil, er kennt ihren Namen, hatte aber nie mit ihr zu tun. Die zwei Dicken sind schon sehr lange zusammen. Er wünscht, es möge so bleiben und sie können hier in Amiens richtig alt werden.

Es ist später Nachmittag - er blieb der einzige Besucher - und es wird Zeit zum Abschied. Er trennt sich schwer, bleibt immer wieder stehen und blickt zurück. Jana ist zu ihrer Gefährtin gegangen, beide stehen Kopf an Kopf und umschlingen sich freundschaftlich mit den Rüsseln. Sie ist wieder in ihrem Alltag, es scheint ihr gut zu gehen. Eilig verlässt er den Zoo und schickt einen letzten Abschiedsgruß von der Straße außerhalb des Geländes, von wo das Elefantengehege etwas einsehbar ist.

Die Nacht will er nicht mehr in Amiens verbringen. Länger bleiben ergibt keinen Sinn, er hat Jana sehen dürfen, welches Glück.

Er fährt schnell bis Orleans, parkt an der Loire dicht unterhalb der Burg und ist erneut in einer Stadt mit außergewöhnlicher Geschichte.

Jeanne d`Arc

Ihren ersten Auftrag erfüllt sie im vierten Monat des neuen Jahres mit Bravour. Orleans, das französische Bollwerk an der Loire, strategisch wichtig, wird seit vergangenem Oktober von englischen und burgundischen Truppen belagert. Im Vertrauen auf ihre Visionen und im festen Glauben an eine himmlische Macht, reitet sie mit Standarte und gezücktem Schwert an der Spitze der Einheit um den Versorgungszug. Und den Verwegenen gelingt, woran andere scheiterten, sie durchbrechen die feindlichen Linien und ziehen gefeiert in die Stadt ein. Ein bis auf die Zähne bewaffneter Trupp finsterer und durchtrainierter Kämpfer, geführt von einer jungen Frau mit wallendem Haar. Die Einwohner drängen neugierig herbei, um das Unglaubliche, um *sie* zu Sehen und von den Stadtmauern blicken die Soldaten nachdenklich und voller Respekt hinunter auf das zierliche Wunder in der schweren Rüstung. Sechszehn, vielleicht siebzehn Jahre ist Jeanne an jenem Tag.

Mehrere Generationen mussten bereits ohne Chance auf die Erfahrung, was überhaupt Frieden bedeutet, ihre Leben bewältigen. Frankreich ist in blutigen Fehden zwischen den Herzogtümern Burgund und dem königstreuen Orleans versunken und England nutzt die sichtbare Selbstzerfleischung und greift lüstern nach mehr Besitz auf dem Festland. Um was sonst sollte es gehen, wenn nicht um Gier und Macht der Adligen? Die zucken geringschätzig grinsend die Schultern, was juckt sie Elend und Leiden des einfachen Volkes auf einem Dauerschlachtfeld? Auch sie ist ein Kind dieses seit 1337 unentwegt tobenden Infernos, dieses ewigen

Krieges, dieser unendlichen Brutalitäten, welche ihr Land verwüsten. Es muss um das Jahr 1412 nach dem Herrn gewesen sein, als sie inmitten jener finsteren Wirren in Domremy am Fluss Maas in eine besser gestellte Bauernfamilie hineingeboren und Jeanne genannt wird. Genau kann sie es selbst nicht sagen, die Menschen haben andere Sorgen, als ihr genaues Alter zu wissen. Sie wächst auf, wie alle Kinder im Dorf, hilft, kaum dass sie laufen kann, der Mutter, trägt, ganz selbstverständlich in jener Epoche, ihren Teil bei zum Überleben der Familie.

Jeanne erlebt das Sterben von jüngeren und älteren Spielkameraden durch Entbehrungen und Krankheiten. Sie erlebt die Grausamkeiten des Krieges, aber es gibt auch schöne Momente. Das Leben erwartet sie, da kann man nicht immer traurig sein und sie lacht mit den Kindern beim Spiel im Umfeld der Häuser, im nahen Wald und beim Baden im Fluss. Aber Jeanne ist trotzdem anders, nachdenklicher, wissbegieriger und gläubiger. Das Mädchen geht oft, sehr oft in die Kirche. Als Zehnjährige berichtet sie im Beichtstuhl, einem Bettler ein Paar Schuhe geschenkt zu haben, welche jedoch nicht ihr gehörten, sondern dem Vater. Der Pater beruht Jeanne. Der Vater, er wird es verstehen, sie wollte Gutes tun. Dann fragt er beiläufig, warum sie so häufig in die Kirche komme. *Hier kann ich ihn sprechen hören, ganz deutlich*, ist ihre Antwort. Verwirrt fragt der Pater nach, wen sie hier sprechen hört. Leise erwidert Jeanne, dass sie nicht wisse, wer es ist, doch der Klang seiner Stimme ist wunderschön. Und was, was denn diese Stimme sagt, will der Pater mit klopfendem Herz nachforschen. *Er sagt, ich solle gut auf mich aufpassen, stets ehrlich bleiben, das Richtige tun und an mich glauben*, flüstert Jeanne.

So beginnen irgendwann ihre Visionen und als sie an einem schönen Sommertag die lärmende Dorfkinderschar am Flussufer verlässt, um alleine durch den angrenzenden Forst zu streifen, etwa dreizehn ist sie an jenem Tag, da begegnen dem Mädchen Wesen aus der göttlichen Welt. Ganz klar sieht sie diese vor sich und sie lauscht den Worten. Danach eilt die Kleine verwirrt nach Hause und steht, blutig gekratzt an Armen und Beinen von dem Gestrüpp durch welches sie sich Bahn brach und, wie zumeist, mit dreckigen Füssen, vor Mutter und Vater und berichtet von dem Erlebnis. Die belächeln und beruhigen Jeanne, der Vater nimmt sie tröstend in den Arm, doch seine Augen suchen den Kontakt zu seiner Frau und beide blicken sich fragend und verwirrt an. Kann die Tochter sich solche Worte wirklich ausgedacht haben? Balsam für Ohren und Seele sind sie, geben Hoffnung in schweren Zeiten.

Es bleibt nicht das einzige Treffen der himmlischen Art für Jeanne. Ihre Visionen von Schutzheiligen häufen sich und werden deutlicher. Die Eltern zweifeln nicht, sind aber beunruhigt und begegnen der Tochter fast demütig. Und das Bauernkind entwickelt ein Gerechtigkeitsempfinden, sieht die Welt um sich herum mit einer Weitsicht, die für andere nicht erfassbar ist. Sie wird zur Außenseiterin.

Eines Tages schlägt das Grauen des Krieges auch in ihrem Dorf mit entfesselter Brutalität zu. Marodierende Engländer wollen Schrecken verbreiten und entladen ihren Hass und ihre Kräfte, zünden Häuser an, vergewaltigen, schlachten wahllos Menschen und Tiere, so wie sie ihnen vor die Klingen kommen, und fressen die Vorräte. Jeanne muss aus einem Versteck mitansehen, wie ihrer älteren Schwester, als sie sich verzweifelt wehrt, ein Schwert durch den Leib bis in die Wand getrieben wird und entmenschte Kreaturen ihren derart fixierten, sterbenden Körper missbrauchen. Die Reiter des Verderbens ziehen bald weiter, die Überlebenden beerdigen die Geschlachteten, säubern, reparieren und errichten neue Häuser, viel Zeit für Trauer ist nicht. Auch sind den Menschen derartige Brutalitäten nicht fremd, sie sind hineingeboren worden in den Dauerzustand Krieg, es ist ihre Normalität.

Die sonst lebhafte Jeanne schweigt nur noch, isst und trinkt kaum, geht nicht zur Kirche und versinkt wochenlang in Gedanken und tiefem Schmerz. Die Stimmen aus der anderen Welt, auch sie schweigen. Dann, urplötzlich, eilt sie ungestüm zur Beichte. Das Bauernmädchen hat einen schweren Gewissenskonflikt, der Pater muss helfen. Jesus sagt, man soll seine Feinde lieben, das aber, das kann sie nicht, auch nicht verzeihen. Und sie fragt, wieso völlig Unschuldige getötet wurden und warum sie am Leben blieb. Auch dem Pater fallen keine passenden Worte ein, schon gar nicht bei jemanden wie Jeanne, nur für die letzte Frage hat er eine Erklärung und er glaubt fest daran. Vielleicht, ja vielleicht ist sie zu etwas Besonderem auserwählt und der König des Himmels hält eine wichtige Aufgabe für sie bereit. Nachdenklicher als zuvor verlässt das Mädchen die Kirche. Jetzt kann sie auch wieder die Stimmen hören, sogar die außergewöhnliche, die in sich ruhende und wohltuende.

Zuerst wurde Jeanne im Dorf misstrauisch beäugt, nun entgegnet man ihr mit Staunen und vorsichtiger Ehrfurcht. Denn ihre Visionen werden nicht weniger, nein, sie steigern sich in den Inhalten. Von seiner Göttlichkeit selbst erhält Jeanne den Auftrag Frankreich zu befreien. Und sie nimmt es sehr ernst, zieht am Weihnachtstag 1428 zur Festung Vaucouleurs und bittet um Audienz beim Stadtkommandanten. Der ist nicht gewillt mit einer Bauerntrine zu sprechen, aber ihre Hartnäckigkeit beeindruckt ihn und nach drei Tagen empfängt er Jeanne. Er staunt nicht schlecht, als das Mädchen selbstbewusst von ihren Aufträgen berichtet und das sie unbedingt nach Chinon muss, um den Dauphin zu sprechen, damit er erfahre, bald schon in Reims gekrönt zu werden, so wie der Himmelskönig es ihr persönlich anwies. Trotz einfacher Herkunft und geringer Bildung vermag die Jugendliche den Kommandanten und eilig herbeigerufene Männer der Kirche von ihrer Mission und ihrem festen Glauben zu überzeugen. Er lässt eine starke Eskorte aufstellen, mit welcher Jeanne, ausgestattet mit einem Empfehlungsschreiben, in den letzten Tagen des Winters elf Tage durch besetztes Land zum Dauphin reitet. Ihren persönlichen Schutz stellen vier erfahrene Kämpfer, welche ihr als Kriegerin und Mensch bis zum Ende die Treue halten.

In Chinon empfängt sie der Dauphin, lauscht den Wortes des Mädchens, sie sei im Auftrage des Himmels gekommen um Frankreich zu retten, in Anbetracht ihrer Herkunft, ihres Alters, ihres schlanken Körpers eher zurückhaltend, aber stolz und erfreut über die Aussage, sie solle ihn zur Krönung nach Reims geleiten. Denn Karl ist in wahrhaft jammervoller Lage. Der Vater ist tot und seine Mutter Isabeau bezeichnet ihn als illegitim der Herrscherkrone. Sie war sich schon vor dreizehn Jahren nicht zu schade, als Englands Heinrich V. das französische Heer ausgelöscht hatte, ihm die Tochter zur Frau zu geben. Isabeau intrigiert weiter, verhandelt mit dem Hause Burgund, welches den Engländern Unterstützung zugesagt hat, beim Griff nach Frankreichs Krone. Als ob die Bedrängnis von England und Burgund nicht hinreichend Schlamassel für Karl ist, der eigene Adel verhöhnt ihn hinter vorgehaltener Hand und auch der gemeine Pöbel spottet und ist argwöhnisch. Da sind die Botschaften aus dem Himmel, welche dies Bauernkind da vor ihm so leidenschaftlich verkündet, frohe Kunde. Dennoch will er sicher gehen, beauftragt die Kirche Jeanne zu überprüfen, auf Glauben, Glaubwürdigkeit und Jungfräulichkeit. Sie muss sich der körperlichen Untersuchung und drei Wochen lang Fragen stellen, dann ist Kirche und Dauphin überzeugt.

Jeanne erhält eine militärische Einheit, eine Rüstung und ein Schwert. Und jenen ersten Auftrag, so als Prüfung, um sicher zu gehen.

Orleans liegt an der Front zu den von den Engländern besetzten Gebieten des gesamten Nordens, die Loire ist nur um Orlean überschritten. Jetzt hat diese Stadt unerwartet endlich wieder Nahrungsmittel und sogar eine frische Truppe starker Krieger.

Jeanne ist furchtlos vor der Übermacht der Engländer ringsherum. Sie sendet den Engländern ein Ultimatum, fordert zum friedlichen Abzug aus Frankreich auf und droht ansonsten mit Tod und Verderben. Die Vertrauten erschaudern zu den Worten und ihrer Entschlossenheit in Stimme und Gesicht. Schreiben und lesen kann Jeanne nicht, aber sie diktiert die beeindruckenden Zeilen: *„König von England und Ihr, Herzog von Bedford, der Ihr Euch als Regent des Königreichs Frankreich bezeichnet, gebt dem König des Himmels sein Recht und überlasst der Jungfrau, die von Gott selbst hierher gesandt wurde, die Schlüssel aller guten Städte, die Ihr in Frankreich eingenommen und geschändet habt. Ich bin gesandt, um Euch, Mann für Mann aus Frankreich hinauszuschlagen. Wenn Ihr gehorcht, werde ich Gnade walten lassen. Aber wenn Ihr die Verkündung Gottes durch die Jungfrau nicht glauben wollt, so werden wir ein solches Kriegsgeschrei erheben, wie es so in Frankreich seit tausend Jahren nicht mehr gehört wurde."*

Die Engländer massakrieren als Antwort die Boten und schreien über den Fluss beißenden Spott und beleidigende Worte. Jeanne gibt sich zu erkennen und erneuert lautstark ihre Forderungen, nebst Drohungen. Nun wissen die Besatzer auch noch wer sie überhaupt ist und verspotten sie erst recht. Sie hofft auf Überzeugungskraft der Verkündung von Gottes Wille, aber das läuft ins Leere. So ruft sie ihre Einheiten zum Kampf. Doch das Wetter ist schlecht, der Wind rührt die Loire durch und ihre militärischen Berater warnen dringend vor einer Querung des Flusses. Jeanne ist hitzköpfig, wütend über den Spott, die Verunglimpfungen. Sie will kämpfen! Und als die Soldaten ihr zögerlich zum Ufer folgen, flaut der Wind ab. Beeindruckt von dem neuerlichen Wunder und gestärkt von der Willenskraft des unglaublichen Mädchens, stürmen die Soldaten über die Loire und überrennen die englischen Befestigungen. Die wenigen Überlebenden flüchten in die Festung Les Tourelles.

Jeannes Truppen fegen jetzt sämtliche besetzte Festungen südlich der Loire leer. Dann, zwei Tage nach dem ersten Angriff, wird sie durch einen Pfeil verletzt, zieht aber unverdrossen mit der Truppe weiter und steht am nächsten Tag sichtlich geschwächt, aber mit dem Schwert in der Hand in erster Linie. Mit flammenden Worten und ihrer Tapferkeit motiviert sie das Heer. Die Kämpfer sind nicht mehr zu halten. Nur Stunden später nehmen sie Les Tourelles ein.

In der ersten Woche des Monat Juni sind die Engländer weit zurück gedrängt und nur wenige Wochen darauf, in den Hochsommertagen des Jahres 1429 wird der Dauphin, wie von Jeanne vorhergesagt, in der Kathedrale zu Reims als Karl VII. gekrönt. Es ist der Zenit im Leben des Mädchens aus Domremy, vielleicht ihr schönster Tag überhaupt, sie steht bei der Zeremonie stolz mit der Siegesfahne am Altar.

König Karl gibt sich zufrieden, nicht so Jeanne. Ihr Auftrag vom Himmel harrt weiter der endgültigen Ausführung, sie will nach Paris vorstoßen! Karl zögert, gibt endlich im September seine Zustimmung. Doch ihr Versuch endet in einem Desaster und sie wird erneut verwundet. Sofort wendet sich Karl, gestärkt durch seine Ratgeber, von dem kämpfenden Engel ab und leitet Friedensverhandlungen ein. Jeanne glaubt an ihre Aufgabe und führt weitere glücklose Attacken gegen Paris, bis sie schließlich im Mai 1430 von den Burgundern gefangengenommen und nach sieben Monaten Kerker an die Engländer verkauft wird. Der Herzog von Bedford reicht die uneinsichtige Kriegerin an die katholische Gerichtsbarkeit in Rouen weiter und jene beginnt eifrig einen Prozess und klagt Jeanne wegen Aberglauben, Irrlehren und anderer Verbrechen gegen die göttliche Majestät an.

Drei Monate verteidigt sich das einstige Bauernmädchen äußerst geschickt, dann rutschen die Kirchenmänner unruhig mit den fetten Hintern auf den Stühlen, werden ungeduldig und beschuldigen sie zudem des vielfachen Mordes. Schließlich, das müsse sie doch selbst erkennen, sei sie kein Soldat und damit alle unter ihrem Schwert gefallenen Männer Mordopfer. Und Jeanne? Jeanne bleibt stark und weigert sich dem Urteil der Kirche zu unterwerfen, nur ein von Gott stammendes Urteil wird sie anerkennen.

Aber, was kann sie tun, als vielleicht insgeheim Zuhörer nachdenklich gestimmt zu haben? Außer ihren vier Getreuen, welche zuvor ein hohes Lösegeld bei Soldaten und Bürgern von Orleans gesammelt hatten, in der Hoffnung Jeanne von den Burgundern freikaufen zu können, nur sie sagen offen für die Unbeugsame aus, sonst wagt niemand einen Einwand. Am 24. Mai 1431 wird Jeanne als Ketzerin zu lebenslangem Kerker verurteilt.

Viele Jahre würde sie dort gewiss nicht in einem dunklen, nassen Loch dahin vegetieren, doch im englischen Königshaus fürchtet man sich vor dem starken Mädchen, es ist ihnen unheimlich und viel zu beliebt beim gemeinen Volk. Das Urteil ist unbefriedigend, damit beginnt nur vier Tage später ein neuer Prozess wegen ihrer Beharrlichkeit, sich ausschließlich himmlischer Gerichtsbarkeit zu beugen. Jetzt geht es wie geplant und schnell obendrein.

Verurteilt als notorische Ketzerin wird Jeanne d`Arc, das Mädchen aus dem Dorf Domremy am Fluss Maas, am 30. Mai 1431 lebend auf dem Scheiterhaufen auf dem Marktplatz von Rouen verbrannt. Zweimal müssen neue Holzstöße entzündet werden, dann erst ist ihr Leib vergangen. Ihre Asche streut man in die Seine, auf das nichts mehr von Jeanne bleibt und es keinen Ort auf Gottes Erde gibt, an welchem Menschen ihr gedenken könnten.

Getäuscht haben sich die einst Mächtigen. Sie löschten einen außergewöhnlichen Menschen aus, aber die Erinnerung an sie ist geblieben. Jeanne d`Arc blieb äußerst populär, schon in ihrem Jahrhundert, und bis heute ist sie, ihre Geschichte, ihr Kampf unvergessen.

1455 wurde Jeanne von der Kurie zur Märtyrin erklärt, 1909 von Pius X. selig und 1920 von Benedikt XV. heiliggesprochen. Sie ist die Nationalheilige von Frankreich und die Schutzpatronin von Rouen und Orleans. Ihr Geburtsort nennt sich Domremy-la-Pucelle, da Jeanne sich selbst la Pucelle, die Jungfrau, nannte. Ihr Geburtshaus ist erhalten, ein Museum in enger Nachbarschaft ihrem Hiersein gewidmet. An der Hinrichtungsstätte in Rouen steht ein Denkmal für Jeanne, daneben eine 1979 eingeweihte, nach ihr benannte Kirche. Am 1. Mai begeht der Front National jährlich einen eigenen Gedenktag zu Ehren des unglaublichen Mädchens in Paris und der 30. Mai ist der nationale Gedenktag für Jeanne d`Arc.

Es mag der Welt nichts bedeuten, aber für ihn, der am Vormittag durch Orleans streift und am Ufer der Loire wandert, ist sie allgegenwärtig.

Weiter geht seine Fahrt, Richtung Atlantik. Dazwischen eine Strecke Autobahn, er will endlich in Spanien sein. Aber bald will ein Investor Geld einziehen für die glatte, neue Piste. Nein, nicht mit ihm, er fährt vorher ab und gelangt zufällig, nach Blick auf die Karte, in eine märchenhafte, sanft hügelige Landschaft. Die einfache Straße windet sich durch wunderschöne dichte Wälder aus Eichen und Kiefern, die Baumstämme sind weit empor mit Efeu bewachsen. In weiten Distanzen deuten Briefkästen, einsam an einem Sandweg neben der Straße, auf ein Anwesen hin, irgendwo tief im Wald gelegen. Siedlungen bestehen aus wenigen Häuser auf einer Lichtung, aber das Meer ist nahe, er kann es spüren. Und Spanien auch, denn die Häuser ändern teilweise ihr Aussehen. Dächer werden flacher, sind gedeckt mit einfachen Terrakottaziegeln, und Pergola und Veranda umranden die ebenerdigen Wohnstätten. Später öffnen sich wunderschöne Orte, liebevoll bepflanzt. Die kleinen, in der Vorsaison schlummernden Seebäder scharren sich unmittelbar im dichten Forst und die Häuser in der ersten Reihe am Meer duckt sich hinter, ihre Dächer weit überragende, einhundert Meter breite, mächtige Dünen. Die Orte sind menschenleer, Lokale und Geschäfte geschlossen, nur vereinzelt werden erste Vorbereitungen für die Saison getroffen. Bald wird hier für wenige Sommerwochen der Dornröschenschlaf unterbrochen. Der feine Sandstrand scheint unendlich. Es ist ein Paradies für Sonnenanbeter und Surfer, denn ein Wald von Schildern warnt in mehreren Sprachen vor extrem gefährlichen Strömungen und erinnert ausdrücklich daran, das Baden nur bei Aufsicht erlaubt ist.

In der schönen Natur hockt eine dunkle Geschichte. Die Finsternis ist Menschenwerk und lauert in den Dünen. Endlos wie das Gestade, ragen Kuppeln und glatte Wände aus Beton zwischen sich vor dem Wind abduckenden, rauen, dürftigen Gewächsen aus dem Dünensand, mit Panzertüren und versiegelten Schießscharten. Unheimlich und bedrohlich wacht selbst heute noch der Atlantikwall als Relikt einer versunkenen Ära über die Küste. Unkaputtbar zeugt er von Gewalt und Krieg. Teilweise nutzen Häuser ihn als stabiles Fundament, sind auf die meterdicken Betonflächen gekrochen und Lokale funktionierten das Monstrum des Krieges als Freiterrasse mit bestem Blick auf den Atlantik um, versuchen es mit Holzboden oder Kunstrasen zu verstecken. Aber die Festungen widersetzen sich erfolgreich, präsentieren stolz ihre Stärke, sind nicht bereit Blicken zu weichen. Ein Netzwerk von Beton und Stahl liegt in den Dünen, erinnert an markanten Geländepunkten an seine Existenz und lässt von dem Labyrinth unter sich nur ahnen. In Biarritz thront das städtische Aquarium auf einem Felsenkap und einer mächtigen Bunkeranlage, umklammert deren einzelne Etagen und Dächer mit eigenen Mauern und nutzt die jahrzehntealten Räume für Fische als bombensicheres Zuhause.

Biarritz ist eine schöne Stadt, mit einem wilden Strand voller mächtiger einzelner Felsen. Er bleibt zwei Tage, hat einen Parkplatz neben der Kathedrale gefunden, zehn Meter tiefer und dreißig Meter weiter branden die Wellen an eine Ufermauer und an uralte Hafenbecken, in welche Boote hinter felsigen Mauern vor ihnen Schutz finden. Bei Ebbe schwimmen sie mit wenigen Zentimetern über steinigen Meeresgrund und sind nur über verankerte, rostigbraune, lange Eisenleitern zu entern, bei Flut steigen die Besitzer von der Mauer geradewegs über die Reling. Direkt am Stadtstrand, einer kleinen Bucht, gefräst zwischen rotbraunen Felsen, reiten Surfer auf den wild anlaufenden blauen Wellen. Er sieht lange zu, es ist schön hier.

Am letzten Abend hat der Atlantik einen weiten Rückzieher gemacht, die Boote ruhen im Sand und die Felseninsel am Strand steht wie eine Festung auf trockenem Gestein. Überall ragen Felsen aus dem Meer, teils schroff, teils flach wie der Rücken eines Wales, bei normalen Wasserstand bleiben sie fast alle verborgen. Ein leichter Wind kommt vom Meer, es ist aber lau und angenehm und die blühenden Bäume und Sträucher der Promenade verströmen einen verschwenderischen Duft, welcher die Sinne betäubt. Der Leuchtturm auf dem einen Kap streift seinen Lichtkegel in gleichmäßigen Takt über Atlantik und Stadt. Hinter dem anderen Kap funkeln am Horizont die Lichter von Irún.

So nahe ist Spanien.

Andalucia

Ich hab Sehnsucht nach dem Süden, ich hab Heimweh nach der Ferne.
Ich hab Sehnsucht nach der Sehnsucht, nach dem Flüstern fremder Sterne.
Nach den langen heißen Tagen, nach dem Sand in meinen Händen,
nach den ungezähmten Wogen, nach den unerreichten Stränden.
Sehnsucht nach den Illusionen, nach dem Ende aller Tränen.
Nach dem Anfang allen Lebens, Sehnsucht nach dem Licht der Sonne.
Ich hab Fernweh nach der Nähe, ich hab Sehnsucht nach den Blüten.
Ich hab Hunger nach dem Leben, ich hab Sehnsucht nach der Sehnsucht.
O Andalucía, ich liebe das Lachen, ich liebe die Nächte.
Ich liebe die Liebe, ich liebe die Wehmut.
Ich hasse die Gleichgültigkeit.
Ich hab Sehnsucht nach dem Himmel, nach den unberührten Wolken.
Nach dem warmen Duft der Erde, nach dem Glanz der hohen Berge.
Nach dem Rauch in den Lokalen, dem Geschrei der kleinen Kinder.
Nach den Blicken und den Seufzern, Sehnsucht nach dem Unerreichten.
Nach dem Ruf der Meeresvögel, dem Geruch der alten Plätze,
wenn sie flimmern in der Hitze. Sehnsucht nach dem Unbekannten.
Ich hab Sehnsucht nach den Träumen, nach den Booten in der Brandung.
Nach den Felsen und den Steinen, dem Geschmack des kalten Wassers.
Andalucía
Ich hab Sehnsucht nach den Brunnen, nach den Quellen und den Flüssen.
Ich hab Heimweh nach dem Anfang, nach dem Ruf des fremden Mondes.
Sehnsucht nach dem Wunderbaren, Sehnsucht nach dem Abenteuer.
Nach dem Salz in meinen Haaren, Sehnsucht nach dem wilden Feuer.
Nach dem Wind und nach der Stille, nach dem Frühling, nach dem Sommer.
Nach dem Sturm und nach der Hoffnung. Sehnsucht nach dem Klang der Segel.
O Andalucía
Yo tengo y deseo del mediodia,
el color de las flores, calor de amores,
la mar y la vida
y las playas tranquillas.

Georg Danzer

Ich sehe dich noch immer hier, die Fahnen weh' n im Wind.
Ich sehe dich noch immer hier, wo heut` Ruinen sind.
In jedem Tropfen Morgentau,
im neuen Glanz des Tages wenn sich der Nebel legt.
Oh ich sehe dich noch immer hier.
Ein Schmerz der nie vergeht, das ist alles was bleibt.
Ich sehe dich noch immer hier, im dunkelsten Moment.
Oh ich sehe dich noch immer hier und deinen Stern am Firmament.
Im Spiegelbild des Abendrots,
im Wiegenlied des Sturms der durch die Kronen fegt.
Oh ich sehe dich noch immer hier, wie du da unten stehst.
Ich sehe dich noch immer hier, am Ufer unseres Sees.
Ich seh` dich tanzen wenn der Himmel weint,
bei Donnerschlag und Blitz, dort auf dem schmalen Steg.
Ich sehe dich noch immer hier,
ein Schmerz der nie vergeht.
Das ist alles was mir bleibt.
Mono Inc.

Krieger

Nach Irún weicht vorerst der Atlantik und die Autovia leitet in die Ausläufer der Pyrenäen. Nach steilen Anstiegen und Brücken über tief eingeschnittene Täler verschwindet sie gerne in einem Loch des gegenüberliegenden Berges, auf der Suche nach dem kürzesten Weg in Richtung Burgos, Valladolid. Dann folgt häufig eine zu Serpentinen gebogene Abfahrt, auf welcher kein Lastwagen seine Geschwindigkeit nach den Anweisungen der Warnschilder drosselt, um Auftrieb für den kommenden Hang zu erhalten. Oft ist die geschwungene Betonpiste kilometerweit einsehbar, mit den Windungen und langen Anstiegen, dazwischen verschwindet sie in der Tiefe eines Tales, um dann wieder steil und lange aufzusteigen und in dem schwarzen Schlund einer Bergwand abzutauchen. Doch es gibt auch Kurven, nach denen urplötzlich eine Brücke eine tiefe Schlucht quert, um danach in einem Tunnel zu versinken, nach welchem die nächste Brücke zum nächsten Tunnel führt. Die Straße erfordert Aufmerksamkeit, was nicht leicht ist, wenn er auch etwas von der faszinierenden Landschaft sehen möchte. Er ärgert sich, nicht irgendwelche Carreteras gewählt zu haben, nur weil er vor der

Nacht in Burgos sein will. Wieso eigentlich? Was drängt ihn? Nun, jetzt sind es Last-
züge, die immer wieder bei den Abfahrten zu schieben drohen, weil er sich an das Tem-
polimit hält, auch, um die an den Fenstern vorüberhastende Welt wahr zu nehmen und
nicht allein das schwarze, flimmernde Transportband. Er hält an mehreren Raststätten,
biegt weit vor Burgos von der Autovia ab, besucht über Tage verschiedenste Städte.

Dann trifft er in Salamanca ein, landet, ehe er überhaupt reagieren kann, mitten in
dem engen, uralten Zentrum und wird mit dem Verkehr weitergeschoben. Zweimal
driftet er ungewollt durch die Stadt, dann schert er aus, passiert eine Brücke und kann
an einem Supermarkt-Parkplatz stranden. Von hier bietet sich ein herrliches Panorama
auf Salamanca, dessen alter Siedlungsbereich sich jenseits des Tormes mit wehrhaften
Mauern, mächtigen Bauten und der alles überragenden Kathedrale auftürmt. Nach weiteren Versuchen um ein geeignetes Nachtquartier, inclusive neuerlichen Stadtrundfahr-
ten, findet er direkt am Fluss einen ruhigen Stellplatz.

Wenige Meter weiter führt die Brücke aus der Römerzeit unverändert über den Tormes in die Stadt. Ein imposanter Weg, voraus Reste der riesigen Stadtmauer, bedrohliche Wehrtürme, ein enges Tor. Salamanca ist eine wuchtige Stadt, mit Straßen, welche
woanders als Gassen bezeichnet werden, hier aber durch Geschichte einen Auftrag hatten. Beidseits stehen mehrstöckige Häuser, dem Terrain angepasst, und mit Vorbauten,
die weiter einengen, mit Knicken und plötzlichem Zurücktreten, wodurch die Gasse
kurzzeitig aufgebläht wird, um Schritte später in alter Enge zusammenzufallen. Schmale
Gänge durchbrechen die Häuserreihen, nur so breit, um mit den Händen die Mauern
zu berühren, ihr anderes Ende verkriecht sich geheimnisvoll in den Eingeweiden der
Gevierte. In den untersten Stockwerken gibt es wenige kleine Öffnungen für Fenster
und die Simse zeugen von der Stärke der Wände. Durch die Höhe der Wohnstätten
liegen die Gassen im Halbdunkel und sind beklemmend in ihrer steingewordenen Gewalt. Dort wo mehr Raum ist, stehen Stadtpaläste. Ihr Innerstes verbergen sie vor fremden Augen hinter wehrhaften Fassaden. Villen wie Bollwerke.

Das alte Salamanca ist eng, fast bedrohlich mit den Massiven aus Mauern, mit den
kantigen Häusern, Kirchen und Villen. Selbst der quadratische Hauptplatz mit nur vier
kleinen Zugängen unter breiten Arkadengängen ist wie ein Innenhof und perfekt einsehbar von den ringsherum geschlossenen Fassaden mehrstöckiger Häuser mit hohen
Fenstern und winzigen Balkonen in einheitlicher Bauweise wie Ränge eines Opernhau-
ses. Tribünen waren sie wirklich einmal, als auf der Plaza Mayor noch Stierkämpfe statt-
fanden, weshalb es auch keinen der sonst typischen Brunnen oder Pflanzeninseln gibt.

Solche Augenweiden ruhen verträumt zwischen den Häuserfestungen. Überraschend
zeigen sich dann kleine rechteckige Plätze, Oasen, übervoll an Blumenpracht und Palmen und stets mit einem sprudelnden Brunnen in der Mitte. Zwischen Kathedrale und
Universität schlägt eine Grünanlage eine Schneise, öffnet dem blauen Himmel einen
Blick und erlaubt der Sonne das Pflaster aufheizen. Die Universität weckt Ehrfurcht mit
protziger Fassade und viel Geschichte, sie ist die älteste Spaniens.

Cristóbal Colón

Auf der langen Römer-Brücke über den Tormes kommt 1492 ein Seefahrer namens Cristóbal Colón nach Salamanca.

Zermürbende Jahre liegen hinter ihm. Seit dem vierzehnten Lebensjahr, nach einem Grundstudium an der Universität Pavia, fährt er zur See. Schlug sich im Erbfolgekrieg um Süditalien als Kosar herum, konnte 1476 nach der Versenkung seines Schiffes in der Seeschlacht vor Portugal eben noch dem Ersaufen entrinnen, hat jene feuchte Erfahrung auch als solche abgehakt, schipperte danach im Nordatlantik herum und an der westafrikanischen Küste entlang. Dann entdeckte Colón den Gedanken des Aristoteles neu für sich, welcher eine Westroute nach Ostasien für möglich hielt. Was für eine Entdeckung wäre das! Europas Herrschaftshäuser und Geldsäcke sind süchtig nach Seide, Gewürzen und Luxusgütern aus dem fernen, geheimnisvollen Asien. Mühselig hatten es wagemutige Händler auf gefährlichen Landwegen herangebuckelt, bis sich das Osmanische Reich aufplusterte, seine Füße ausstreckte und die Handelskarawanen mit den Köpfe an das neue Hindernis zwischen Europa und dem Osten stießen und über die hohen Zölle stolperten. Portugals Schiffe schnüffeln bereits emsig an der afrikanischen Küste entlang, um einen freien Zugang in die Wunderländer zu finden. Colón hält den Weg über den Atlantik für den weit kürzeren, er errechnete 2.430 Seemeilen zwischen den Canarias und Zipangu. Nun braucht er für eine Entdeckungsfahrt Geld und Unterstützung. Als der portugiesische König und seine Berater den Theorien misstrauten und vorerst ablehnten, ging er nach Spanien. Dort hatten Ferdinand II. von Aragón und Isabella I. von Kastilien mit ihrer Heirat beide Königreiche vereint und lassen seitdem an der Reconquista arbeiten. 1486 traf Colón am spanischen Hof in Cordoba ein, wurde aber hingehalten, die Maurenvertreibung erfordert die volle Aufmerksamkeit Ihrer Majestäten. Damit er nicht davonlief mit seinen interessanten Plänen, erhält er, wie tatsächliche Hofparasiten, finanzielle Unterstützung. Nach zwei Jahren, so lange grübelten die Portugiesen, erreichte ihn die Einladung zu deren Königshaus, man wolle noch einmal über seine geplante Entdeckungsfahrt reden. Und weil Colón bisher nur von Stadt zu Stadt den verebbenden Mauren hinterher zog, ging er wieder nach Portugal. Am Hof von Johann II. erlebte er das Einlaufen des Schiffes von Bartholome Diaz, welcher Ende Dezember 1488 von seiner Umsegelung der Südspitze Afrikas zurückkehrte. Wie sollte Colón jetzt noch Geduld aufbringen? Die Portugiesen sind dabei, Asien auf einem Seeweg zu erreichen. Nur, der ist weit, sehr weit. Das allein ist sein Vorteil, er muss endlich den kurzen Weg über den Atlantik erkunden. Johann II. war flexibel und angesichts des Erfolges von Diaz, den Theorien Colón gegenüber plötzlich verschlossen wie eine Auster. So schnürte der wieder sein Bündel und hastete zu Spaniens Herrscherpaar zurück. Die Eile war unnötig, Ferdinand und Isabella rangelten weiter mit den hartnäckigen Berbern und Arabern herum. Aber, sie gaben die Zusage um Unterstützung seiner Fahrt, allerdings, das ist der Haken, so krumm wie der auf einem Piratenschiff zum Entern fetter Beute, erst wenn der letzte Maure nach Afrika vertrieben ist. Colón sträubten sich die Nackenhaare, mit welchen Zeiträumen hat er womöglich zu rechnen, derart widerborstig wie die Gegner sind. Da konnte er vor Wut und Ungeduld auf Mosaikböden der eroberten Maurenburgen trampeln wie er wollte, die Reconquista wird zuerst Spanien besenrein von der Fremdherrschaft säubern. Zwischendurch musste er sich immer wieder bleichen Gelehrten mit Scheuklappen und selbstverliebten Vertretern Gottes auf Erden zum Gespräch stellen. So herablassend wie die starrsinnigen, vertrockneten Gestalten ihn behandelten, vergriff sich Colón nicht nur einmal im Ton. Das war verständlich, kam jedoch nicht so gut an, das zeigten selbst die niedrigen Chargen, spielten eigene Macht und Beziehungen aus und ließen ihn, hämisch grinsend, tüchtig zappeln. Der Visionär schäumte, blieb beharrlich, dann nervte er und man schickte ihn an die Universität nach Salamanca, auf das sein Gemüt sich da erst einmal abkühle.

Nun ist Cristóbal Colón beeindruckt von der distanzierenden Gewaltigkeit und Erhabenheit der Bauten dieser Stadt und sein Herz klopft kräftiger. Es liegt ein wichtiger Vortrag und entscheidender Disput vor ihm. Der Genuese darf nicht scheitern, trotz der einschüchternden Mauern, der beeindruckenden Kathedrale und der Demut gebietenden Klotzigkeit der Universität. Zudem musste er hinreichend Erfahrungen sammeln und ahnt die Überheblichkeit der Kommission. Doch er hat zu lange auf diesen Moment gewartet, als dass er jetzt auch nur an verlieren denkt.

Energisch verteidigt er seine Berechnungen und Pläne von der kurzen Seereise über den Atlantik an Asiens Gestade, doch man zweifelt, glaubt nicht daran, ja Colón wird sogar verhöhnt. Unzufrieden und verärgert verlässt er über die steinerne Erinnerung an das römische Imperium Salamanca und reist nach Al Andalus, wo die königlichen Heere für Schlachten gegen das letzte Gebiet der Mauren, das Emirat von Granada, rüsten.

Zum Glück sind Ihre Majestäten Colóns Plänen gewogener als alle Kommissionen, sie müssen nicht erst, auf weichen Polstern gebettet, die Augen schließen um das viele schöne Gold vom Verkauf der Schätze aus Kathai (*China*) und Zipangu (*Japan*) in den Kisten wachsen zu sehen, das gelingt ihnen auch problemlos am Tage unter der grellen Sonne Andalusiens.

Hernán Cortés

Nur wenige Jahre nach Colóns denkwürdigen Disput, etwa um die Zeit als dieser zornig mit seinen Ketten in einem Kerker scheppert, da studiert ein junger Mann an eben jener Universität zu Salamanca Rechtswissenschaften. Lange hält der um 1485 in Medellín geborene Sohn aus niederem Adel der Extremadura den trockenen Stoff nicht aus, Hernán Cortés fühlt sich weit mehr von den gerade entdeckten Ländern jenseits des Atlantiks angezogen. So besteigt er knapp neunzehnjährig ein Schiff und segelt hinüber nach Hispaniola, wo ihn beim Statthalter Diego de Velazquez, einem Verwandten, eine Anstellung als Assistent erwartet. 1511 übersiedelt Cortés nach Kuba und schielt wohl von dort oft über das Meer, wo in der Ferne ein Land liegen soll, mit Städten aus purem Gold. Februar 1519 schließlich bricht er zu einer Expedition entlang der mittelamerikanischen Küste auf und erfährt von Einheimischen dass es jenes reiche Land tatsächlich gibt. Im April gründet Cortés eilig eine Kolonie, als Basis für den geplanten

Beutezug, Villa Rica de la Vera Cruz. Nun ist er nicht mehr zu halten. Im August bricht Hernán Cortés mit fünfzehn Reitern und dreihundert Landsknechten auf zu einer Entdeckungsreise und einem Eroberungsfeldzug in das Reich des Azteken-Herrschers Moctezuma. Zwei Monate später blicken die Konquistadoren von einem Pass zwischen den Vulkanen Popocatepetl und Iztaccihuatl auf einen riesigen See, in dessen Mitte die Metropole Tenochtitlán liegt. Über einen acht Kilometer langen Damm nähern sich die Spanier einer Stadt, wie sie noch nie eine sahen, so prachtvoll die Bauten, so gewaltig die Ausmaße. Das zuhause von zweihundertfünfzigtausend Azteken. Moctezuma ist im siebzehnten Regierungsjahr als er Cortés empfängt und er steht den rätselhaften Bärtigen völlig ratlos gegenüber. Die Azteken führen ein blutiges Regime und die Ankömmlinge, selbst keineswegs sanften Gemütes, sind entsetzt über die Stärke der verkrusteten Blutströme auf den vielen steilen Treppen, welche empor zu den Tempelplattformen auf den steinernen Pyramiden führen. Dort oben sind Bodenplatten und Opfersteine schwarz vom jahrelangen Bad im menschlichen Blut. Die Konquistadoren können zusehen, wie die Opfer von vier schrecklich bemalten Gestalten auf den Stein geworfen und gehalten werden und der Priester mit einem Obsidian-Messer und wenigen Schnitten den Brustkorb öffnet, das zuckende Herz herausreißt, es zum Himmel hält und in eine riesige Schale wirft, voll mit in Blut wabernden Herzen. Seine Helfer haben inzwischen den zuckenden Leib von der Plattform geworfen und während dieser die Stufen hinab dem begeisterten Volk entgegenstürzt, bereits das nächste Schlachtopfer auf dem Stein gepresst. Opfern im Minutentakt. Die Anzahl der Menschenherzen ist abhängig von den Wünschen an die Gottheiten, aber mit wenig geben die sich nie zufrieden und zu besonderen Anlässen muss die Schale reich gefüllt sein. Dann werden viele hundert Gefangene und menschlichen Tribute unterworfener Stämme oft tagelang zum Ausschlachten auf die Pyramiden getrieben, dann ergießen sich Sturzbäche aus Blut, in welchen Priester und Helfer waten, bevor die rote Flut von der Plattform quillt und zähflüssig in Kaskaden die Treppen vergletschert. Nein, mit Grausamkeiten können die Spanier die kriegerischen Azteken nicht erschrecken. Sie werden zermahlen von der Unentschlossenheit ihres Herrschers Moctezuma, der auf Grund einer alten Prophezeiung erst an den heimkehrenden Gott Quetzalcoatl mit Gefährten glaubt und dann, als er den Irrtum bemerkt, die Gestalten in Blech ungeschoren, ja mit Geschenken reichlich überhäufend, bis in das Herz des Reiches, in Tenochtitlán ziehen lässt. Cortés zögert nicht. Der vierundfünfzigjährige Moctezuma wird, unter Hausarrest gestellt, zu seiner Marionette, die Götterbilder werden zerstört, Rituale und Menschenopfer verboten.

Schnell fliegt Kunde davon über das Meer bis nach Kuba, wo sie Velazquez durch Mark und Bein fährt. Und weil er befürchtet zu kurz zu kommen beim Goldsammeln, hetzt er sofort eine Flotte über das türkisfarbene Meer nach Mittelamerika, damit der Heerhaufen Cortés die Grenzen zeigt und seine anmaßende Eigenmächtigkeit stoppt. Als dieser von der Landung erfährt, zieht er mit einem Teil seiner Leute den Schergen des Gouverneurs entgegen, zerschlägt die Einheiten und jagt die Überlebenden zurück aufs Meer. Er ist keinesfalls bereit die Beute zu teilen und verteidigt sie knurrend mit dem rotierenden Schwert, wie ein grantiger Hofköter den fleischigen Knochen mit den Zähnen. Das eine Ärgernis ist vorerst vertrieben, da bahnt sich das nächste an. Zurück in Tenochtitlán muss er erkennen, dem falschen Mann seine Vertretung anvertraut zu haben. Der Hitzkopf Pedro de Alvarado hat eintausend Azteken niedermetzeln lassen und ein Aufstand gärt, die Spannung ist spürbar. Moctezuma soll vor dem Volk sprechen und es beruhigen. Doch der zaudernde Herrscher hat seine Macht verloren, er wird von einem Hagel aus Steinen und Pfeilen tödlich getroffen. Nun schlagen die Azteken zu. In dieser noche triste, am 1.7.1520, fliehen die Spanier aus Tenochtitlán und werden dabei arg dezimiert.

Hernán Cortés ist von den gesehenen Kostbarkeiten infiziert, Goldströme jagen durch seine Adern und er beginnt umgehend mit der Neuaufstellung eines Heeres und der Organisation von Verstärkung durch von den Azteken unterdrückte Stämme. Im Mai 1521 greifen er und seine Konquistadoren zusammen mit fünfundsiebzigtausend indianischen Kriegern an. Tenochtitlán wird eingeschlossen und ausgehungert. Nach fünfundsiebzig Tagen geben die Belagerten auf, die prächtige Stadt wird geplündert, angezündet und dem Erdboden gleich gemacht.

Zwar hat Cortés eigenmächtig gehandelt, doch die geraffte, bis dato unvergleichliche Beute, die ungeahnten Mengen an Edelmetallen, welche er Spaniens Monarchen Karl V. zu Füßen legt, lassen diesen entzücken, den Gesetzesverstoß gnädig übersehen und Cortés zum Generalgouverneur von Neu-Spanien erheben. Von 1521 an besitzt er den fetten Posten mit der Lizenz zum Ausplündern und Auslöschen. Ganz nebenbei führte er auch, zwei Jahre nach Amtsantritt, einen Feldzug durch Honduras und unterwirft Yukatan, eigentlich auf der Suche nach einer Passage weiter nach Indien. Alvarado lässt er derweil die Mayagebiete heimsuchen und berauben.

Doch nun wollen andere auch das, was er hat und durch derer Intrigen schwindet sein Einfluss. Spaniens König kratzt sich längst den Kopf, Cortés ist zu reich und zu mächtig geworden, da trudeln solch frohe Botschaften gerade rechtzeitig über den Ozean herbei.

Karl sendet eine Audiencia als Regierung. Enge Vertraute, welche nun in der neuen Kolonie die Geschicke führen werden. In deren Beamtenhänden sind die Länder der fernen Welt besser aufgehoben, als in den Pranken eines Konquistadors.

Nun verhielt sich Hernán Cortés dem Königshaus gegenüber stets loyal und dafür dankt man ihm auch. Karl beruft ihn nach Spanien und erhebt ihn ehrenvoll in den Stand des Hochadels. Nur, die politische Macht, die ist der Entdecker und Eroberer los.

Wieder in Neu-Spanien ärgert und streitet sich Cortés ohne Unterlass über und mit der Audiencia. 1536 segelt er entlang der Pazifik-Küste und entdeckt Kalifornien. Währenddessen haben sich noch mehr Neider zusammengerottet und die Kolonialbeamten weiter an ihrer Mauer gearbeitet.

Cortés platzt die Halskrause, er besteigt einen Schnellsegler und protestiert, erfolglos, im Mutterland gegen die Bevormundung der Paragrafenanbeter. 1541 nimmt er gar an einem Feldzug gegen die Mauren in Algier teil, aber auch das bringt das verlorene Prestige nicht wieder. So will Cortés zurück in die neue Welt, doch er erkrankt und stirbt am 2.12.1547 auf seinem Landgut in Castilleja de la Cuesta im Alter von zweiundsechzig Jahren. Seine Gebeine werden in Mexiko beigesetzt.

So können sich Gedanken in einer anderen Ebene der Zeit verfangen. Das Glutgestirn steht hoch am blauen Himmel, es bringt die Luft über den Steinplatten der Plaza zum Flimmern. Es ist heiß. In den Straßen und Gassen und selbst im Schatten der Gebäude stockt die Hitze. Er kehrt über die alte Brücke zurück zum anderen Ufer des Tormes. Der Bus steht geschützt unter einem großen Baum. So nah der alten Stadt und so ruhig, nur zwei Meter weiter fließt der Fluss gelassen durch ein Bett aus vielen kleinsten Inseln und Felsen. Nachts glitzern die Lichter Salamancas in seinem Wasser. Die Stadtmauern, die Kathedralen, die Türme und die herrliche Brücke sind von einem gelblichen Licht beleuchtet. Das ist seine Kulisse für einige Tage. Dann schiebt neben ihm vorsichtig ein Wohnmobil den Hintern mit deutschem Kennzeichen heran. Ein freundliches Paar stellt sich vor, fragt, ob sie zu nahe parken und als er lächelnd verneint, ob er hier schon länger steht und ob es Ärger mit der Guardia Civil gibt. Nun, zwei Nächte hat er hinter sich und nein, bisher war die Polizei nicht hier. Diesen Abend sitzen sie gemeinsam mit Wein zwischen ihren Fahrzeugen am Tormes. Das Paar erzählt, wie bei Erreichen ihres Rentenalters, er gleichzeitig in Vorrente ging und wie sie ihr Haus gegen eine pflegeleichte kleine, fast leere Wohnung und ein Wohnmobil tauschten. Jetzt kreuzen sie schon zwei Jahre quer durch Europa, rasten dort wo es ihnen gefällt, aber nie auf Campingplätzen und sie fühlen sich zum ersten Mal im Leben frei.

Am Vormittag darauf verabschiedet er sich von Nachbarn und Salamanca und erreicht schnell das Betonband der Autovia. Mit steilem Auf und Ab windet sich die Piste zur Extremadura durch eine felsige, aber grüne Landschaft. Es sind die Ausläufer der Cordillera central, welche hier Gebirgszüge und tiefe, fruchtbare Täler bilden, in denen Flüsse zum Atlantik entwässern. Einige Pässe darauf weitet sich die Welt, südlich des Rio Tajo beginnt das trockene Land der Ebenen, gebrannt von bis zu 47 Grad im Sommer. Die Route de la Plata durchzieht die sanft wellige Gegend mit grünbraunem, niedrigem Gras bis zum Horizont. Dazwischen Inseln aus blühendem Ginster, als krasser Gegensatz zu den schroffen Felsen, schwarz, wie ausgeglüht von der Sonne der Extremadura. Vereinzelte Stein- und Korkeichen wurzeln im Grasmeer, nur manchmal siedeln sie in kleinen Hainen. Zu knorrig und bizarr sind ihre Stämme und Äste, als das sie sich zum Verarbeiten zu Bohlen eignen. Dafür wurden einst alle anderen Bäume gefällt, die letzten unter den Beilen der Mauren. In weiten Distanzen passiert er tote Tankstellen, geisterhaft in der Weite und Menschenleere. Kaum eine Siedlung ist zu sehen, wenn, dann in der Ferne. Einsam gleitet er über den flirrenden desert Highway, begleitet von Neil Young, laut und in Dauerschleife aus den Boxen. *Unknown Legend. Like a Hurrican. Cortez the Killer. Long may you run.*

Wie oft laufen wir stur durch gleiche Straßen, mit suchenden Blicken, mit Gedanken und Händen die gefesselt sind, dämmern vor uns dahin, leer vom Warten, erschöpft vom Hoffen auf Veränderung. Freiheit. Das Wort kennt jeder. Auch seine Bedeutung? Oder warum sind dir so viele noch nie begegnet? Hier ist alles ganz weit weg, all der Kleinkram des Alltages, der unnütz belastet. Den Sorgen wachsen Schwingen und sie verirren sich in der Weite. Das Glück schießt durch die Venen, weitet Lungen und Nasenflügel, bringt den Körper zum Beben und Freiheit ist fühlbar.

Das römische Imperium hat mit Brücken, Aquädukten und Stadtgründungen seine Spuren hinterlassen und doch ist die Extremadura immer eine dünn besiedelte und arme Region der iberischen Halbinsel geblieben. Stets war sie Durchzugsgebiet für Reisende und Heere in Richtung Atlantikküste, Andalusien, Mittelmeer oder umgekehrt, in das Herz Spaniens. Mit dem Kahlschlag der dürftigen Wälder trocknete die Erde aus. Die Getreideernten wurden magerer, genügsames Gras breitete sich aus und über dieses wanderten nun immer größere Schafherden. Die blökenden Teufel fraßen alles sprießende Grün bis zu den Wurzeln ab und nur das selbst für sie fast ungenießbare Hartgras blieb stehen. Die Bauern verarmten. Früher bedeutete hier zu wohnen, ein entbehrungsreiches, karges Leben zu führen. Vielleicht ist das gerade der Grund, weshalb die Extremadura eine besondere Geschichte hat. Viele der Konquistadoren wurden hier geboren und wuchsen unter der Glutsonne auf, bevor sie aufbrachen, um in der Neuen Welt ihr Glück zu mache, mit Oro y Gloria. Überall trifft man auf ihre Namen.

Trujillo erinnert an zwei seiner Kinder, Francisco de Orellana und Francisco Pizarro. Letzterem hat man ein stolzes Reiterdenkmal gewidmet und es gibt die Ruinen des Schlosses der Pizarros aus väterlicher Linie. Francisco hat es nie gehört, sondern dem legitimen Erben, dem Halbbruder Hernando, der als einziger des Pizarro-Clans aus Peru zurückkehrte und in der Extremadura alt wurde mit dem gehamsterten Inka-Gold. Hernando hatte sich in die schöne Tochter Francisco Pizarros und einer Inkaprinzessin, in Francisca Pizarro y Yupanqui vergafft und gründete mit ihr eine neue Dynastie, welche im 18. Jahrhundert erlosch. Doch die Erinnerungen an jene bewegte Epoche sind im Gedächtnis und in grauen Steinen lebendig.

711 bis 719 fielen Araber und Berber in Europa ein, vernichteten das Westgotenreich und eroberten fast die gesamte iberische Halbinsel. Bereits 718 flammten erste christliche Rebellionen in Asturien auf und wurden damit Ausgangspunkt der Jahrhunderte währenden Rückeroberung. 1212 begann mit der Schlacht bei Navas de Tolosa die entscheidende Phase der Reconquista. Im Januar 1232 wird Trujillo erobert und dabei erstmalig ein Ritter namens Pizarro erwähnt.

Francisco Pizarro Gonzáles

Francisco wird um das Jahr 1475 in La Zarza, nahe Trujillo, geboren. Der Name des Dorfes verweist bereits auf die Kargheit der Gegend, sagt damit viel über die Situation seiner Bewohner und so wächst der unerwartete Neuzugang in einer der schilfgedeckten Hütten mit gestampften Lehmboden und einem Lager aus Strohsäcken auf. Seine Mutter, Francisca Gonzáles, welche wegen des Balges bereits einiges zu ertragen hatte, ist nun Bäuerin und den Spötteleien des Dorfes ausgesetzt. Erzeuger ist der Schlossherr von Trujillo, Don Gonzalo Pizarro. Man nennt ihn auch El Largo, der Lange, weil er groß und stattlich ist oder, je nach Anlass und Laune, El Tuerto, der Einäugige, denn bei der Eroberung von Navarra war ihm ein Auge abhandengekommen. Don Gonzalo pflegt die Leidenschaft, über Ländereien zu reiten und sich Mädchen anzustecken, gleich, ob im Heu, am Schafpferch oder in der Goldflut der Getreidefelder. Wählerisch ist er nicht und zudem erfolgreich beim Besteigen. Die genaue Zahl der gezeugten Kinder ist unbekannt, aber einige Halbbrüder kennen sich und ziehen gen Peru. Den einzigen legitimen Sohn, Hernando, der auch das volle Erbe antreten wird, den fertigt er zusammen mit Ehefrau Isabel de Vargas erst mit über fünfzig. Durch diesen Vater ist Francisco mit dem Adel der Extremadura versippt, auch mit Hernán Cortés aus Medellín und Francisco de Orellana, aber zwischen ihnen liegt die Grenze der Legitimität, protzig wie eine Festungsmauer.

El Largo also, der dauergeile Deckhengst, erspähte eines Tages die knackjunge Francisca Gonzáles auf dem Markt von Trujillo. Dort begleitete sie die Nonnen, bei welchen sie im Kloster San Francisco el Real zu Trujillo als Magd anstellig war. Aber er fand einen Zeitpunkt, wo er das hübsche schwarzhaarige Ding alleine abfangen konnte, ihr Keuschheit und Jungfräulichkeit nahm und den zukünftigen Peru-Eroberer pflanzte. Die frommen Nonnen waren empört, als sie Franciscas flaches Bäuchlein wachsen sahen und von dem Kind unter dem Herzen erfuhren. Untragbar. In einem Kloster! Sie warfen die Kleine raus und sie trabte zurück nach La Zarza, um Bäuerin zu werden.

Die Dorfgemeinschaft lästerte über sie, anstatt über den einäugigen Bereiter, den hohen Herrn, zu lamentieren. Der Junge wurde weder als Adliger, noch als Bauer geboren und Bastard ist die harmloseste Bezeichnung, mit der man ihn betitelt. Die Mutter nennt ihn, nicht eben einfallsreich, Francisco. Und damit man den Bengel von den unzähligen anderen Franciscos unterscheiden und zudem bösartig an den Erzeuger erinnern kann, hängt das Dorfpack, noch vor Mutters Namen, Pizarro dran. Francisco Pizarro Gonzáles. Er wird sich immer Francisco Pizarro nennen, was viel aussagt.

Francisco wächst in einer zertrümmerten Welt auf. Er hütet Schweine, auch Schafe und Gänse und er tut alles, was in einer bäuerlichen Gemeinschaft erforderlich ist. Lesen und Schreiben lernt er nicht. Selbst später, als Vizekönig in Peru, kann er nur mit ungelenker Hand seinen Namen mit vielen Schnörkeln zeichnen. An Intelligenz mangelte es ihm keineswegs, Francisco Pizarro hat einfach nie eine Notwendigkeit gesehen. Lange war es nicht her, dass ein Ritter es als würdelos empfand, zu lesen und zu schreiben, das ist etwas für schwächliche Stubenhocker und lichtscheue Mönche. Doch der Junge im Schweinekoben ist trotzdem anders als die Gleichaltrigen im Dorf. Er ist mutig, stark, beharrlich, besitzt die Gabe zur stillen Geduld, zur aufmerksamen Beobachtung, aber auch die Kraft, sich Gehör zu verschaffen und er trägt tiefe Unzufriedenheit mit den Verhältnissen in sich.

Mit etwa achtzehn dreht er La Zarza den Rücken und geht nach Süden, nach Sevilla. In diesem Jahr ist Unglaubliches geschehen. Spanien hat die Mauren vor sich her, zurück nach Afrika getrieben und eine Neue Welt ist hinter dem Meer entdeckt worden.

Francisco Pizarro erkennt die herrschenden Gesetze widerspruchslos an, will sich Verdienste bei der Krone erwerben und sein Leben nur für das Königspaar Isabella und Ferdinand riskieren. In Sevilla kann er beobachten, wie Schiffe zur neuerlichen Atlantikreise vorbereitet werden. Kurzzeitig überlegt er, wie das wäre, mitzusegeln in geheimnisvolle Ferne. Aber noch sind es erste Entdeckungsfahrten, Meeresabenteuer für Matrosen, Kämpfer braucht man vorerst wenige. So beginnt er als Pikenier im Heer König Ferdinands. Dieser muss sich, kaum dass er den letzten Mauren Beine gemacht hat, mit Frankreichs Raffzahn Karl VIII. herumplagen, welcher dreist Ferdinands Ärgernisse mit den Arabern und Berbern nutzte und nach dessen Besitzungen in Süditalien grabscht. Also zieht Francisco in den Krieg bis nach Italien. Dabei lernt er Umgang mit Pike, Armbrust, Büchse, Morgenstern und Schwert, dazu die unterschiedlichsten Methoden einen Gegner hurtig ins Jenseits zu senden, aber auch das Taktieren und Befehligen von Leuten. Dann ist plötzlich Frieden mit Karl und Ferdinands Heer wird nicht mehr gebraucht. Das siegreiche, jetzt rumlümmelnde Soldatenpack ist so unnütz wie ein Tripper und kostet nur Geld, welches Ihre katholischen Majestäten mühsam aus leeren Schatztruhen kratzen müssen. Also verfrachtet man es gnädig auf Schiffe und schüttet es an heimatlichen Küsten aus. Jeder kann sehen, wo er bleibt. Vom Dienst für den knickrigen König ist Francisco arg enttäuscht, trotzdem hat er viel gelernt. Jetzt flirtet er mit der Welt am anderen Ufer des Meeres. Dort dient er zwar erneut dem Königspaar, aber das ist weit weg und Gewinn lässt sich im Überfluss machen, so schleicht das Gerücht durch die finsteren und schäbigen Hafenkaschemmen. Zwar ist Spanien diesem Hochstapler Cristobal Colon auf den Leim gegangen, denn der hat nur wenig glänzendes Edelmetall gefunden, auch keine Seidenstoffe und Gewürze, dafür immerhin viel freies Land und primitives Indianerpack als Sklaven.

Pizarro wagt den Neuanfang, überlebt das Grauen der wochenlangen Überfahrt auf dem stinkenden Schiff bei null Hygiene plus übelster Ernährung und landet zirka 1504 auf Hispaniola. Er versucht sich als Pflanzer und verdingt sich zusätzlich, und das liegt ihm besser, als Soldat für den Gouverneur. Mitte November 1509 schmeißt er das Farmerdasein hin, will endlich besser leben können und zieht als Söldner mit Alonso de Ojeda. Dieser zwielichtige Kampfhahn hatte sich einen Landstrich an Südamerikas karibischer Küste verbriefen lassen. Zu seinem Ärger muss er die Beute allerdings mit dem listigen Diego de Nicuesa teilen. Nun segelt er eilig los, um, so legt es der Vertrag fest, in seinem Bereich zwei befestigte Siedlungen zu errichten und dabei den ungewollten Komplizen übers Ohr zu hauen. Der Zeitpunkt ist ihm geneigt, glaubt er, denn Diego Kolumbus hat Nicuesa gerade in den Schuldturm geworfen. Aber die Hoffnungen bleiben unerfüllt, nur wenig später kann dieser dank Bestechung wieder aus dem feuchten Loch kriechen und folgt mit einem vielfach größeren Söldnerhaufen.

Pizarro hat sich dem falschen Rudel angeschlossen. Schon bei der Anlandung strömen Indianer zusammen und stellen sogleich klar: Sie sind nicht zur freundlichen Begrüßung angetreten. Speere und Pfeile empfangen das bärtige Gesindel in Leder und Blech. Etliche treffen, da wo sie nicht gepanzert sind, und die bleichen Ziele verrecken unter fürchterlichem Geschrei an dem Gift. Mit Vorführung der Arkebusen und deren Knall und Blitz gelingt es die Indianer zu verscheuchen, um erst einmal Fuß zu fassen. Dann wird es aber schlimmer. Das Dorf ist geräumt und auf dem Trampelpfad im dichten Dschungel zum nächsten Nest, abseits der Küste, da schlagen die Einheimischen erneut auf die Blechlawine ein. Lautlos wie ein Insekt stechen die Giftpfeile, von den Schützen ist keiner auszumachen und die Konquistadoren fallen um wie ihre Sklaven in den Plantagen. Jetzt lernt Pizarro wie das ist, durch schwülheißen Urwald gehetzt zu werden, über die Leichen des eigenen Haufens springend und dampfend unter der Panzerung. Das Gebrüll der Kameraden ringsherum intoniert ein schauerliches Konzert und bestätigt die Treffsicherheit der Indianer. Wer entkommen ist, flüchtet auf die Schiffe. Und so geht das weiter. Selbst am Strand, kaum dass die Spanier einmal ihre von der Tropensonne glühenden Brustpanzer und Helme abschnallen, hagelt es Giftpfeile. Die boshaften Nackten haben genau hingesehen und schnell die verwundbaren Körperpartien ausgemacht. Die Spanier hocken vorerst ratlos am paradiesischen Meeresrand, klagen über ihre Verluste und Probleme und dann geht auch noch der Proviant aus. Ins Dickicht trauen sie sich nicht mehr. So schimmeln und hungern sie vor sich hin.

Irgendwann taucht in dieser erbärmlichen Situation zufällig tatsächlich Partner Nicuesa mit rettendem Vorrat an Nahrung und Söldnern auf. Jetzt wird brutal vorgegangen und Anfang 1510 gründet Ojeda die erste spanische Siedlung in Südamerika, San Sebastian. Pizarro wird zum Hauptmann ernannt. Wenig später lernt er Vasco Nuñez de Balboa kennen, auch gebürtig in der Extremadura. Balboa weiß die inzwischen verquere Situation auszunutzen. Ojeda war kurz zuvor dem Wahnsinn verfallen und zum Verrotten in einem Kloster geendet, Nicuesa von unzufriedenen Neusiedlern verprügelt und mit einem morschen Kahn aufs Meer gejagt worden, man sah ihn nie wieder. Balboa und Pizarro verstehen sich auf Anhieb, segeln unverzüglich in Nicuesas Landstrich, welcher nicht verseucht ist, von Fieber und Giftpfeilen. Santa Maria de la Antigua wird in Panama gegründet. Den dort ansässigen Indianern treten beide überlegter entgegen, mischen bei Stammesfehden mit und machen sich damit Freunde. Und es ist erstaunlich, die Frauen fühlen sich von den rauen, haarigen Kerlen angezogen und geben im Nachtlager gerne Auskünfte. Ab und an trommelt Balboa die Leute zu einer guten Tradition zusammen, einem Beutezug ins feindliche Hinterland. Da haben sie endlich Erfolg. Erst wollen mehrere Häuptlinge nichts von goldenen Kostbarkeiten wissen, können sich auf dem Rost jedoch genau erinnern. Jetzt raffen sie einiges Gold und die Gier entfesselt letzte Skrupel. Alle Häuptlinge der Gegend halten Kriegssklaven, führen grausame Fehden und Bestrafungen aus, so sind sie von dem Vorgehen der Spanier keinesfalls entsetzt. Ein Häuptling berichtet von einem Goldland im Süden, mit seinen Küsten an einem anderen Meer. Da bekommen Balboa und Pizarro lange Ohren.

Aber in Balboa wird auch der Entdecker wach. Er will diesen neuen Ozean finden und drängt seine Rotte zur Erkundung in die dampfende grüne Hölle. 1513 übersteigen sie den Isthmus von Panama und stehen am 29. September vor den blauen Fluten des Pazifiks. Auf dem Protokoll der Entdecker wird Pizarro nach Balboa und einem Geistlichen an dritter Stelle vermerkt. Sie schippern entlang der Küste, erbeuten Gold und kehren an die karibische Küste zurück, um den Königsanteil abzuführen. Balboa entsendet zwei Zentner Gold, dazu Perlen und Exotisches der Fauna und Flora nebst Bericht an den Hof im Heimatland. Seine Bitte um Statthalterschaft erfüllt man ihm nicht, dafür wurde bereits ein enger Vertrauter und verdienter Maurenbeißer ausgewählt. Pedro Arias Davila, genannt Pedrarias, segelt bereits mit fünfundzwanzig Karavellen gen Panama, auch beauftragt, eine Durchfahrt zum Goldland zu finden. Pedrarias landet mit fast dreitausend Siedlern und Konquistadoren, mit Zuchtvieh und Saatgut in Panama. Er mag Balboa nicht, weil der ihm den Ruhm genommen hat, das Südmeer zu entdecken und Balboa mag Pedrarias nicht, weil der nun Statthalter ist. Eine üble Konstellation. Pizarro wird wieder Pflanzer und beäugt die brenzlige Situation und Balboas Verhalten vorsichtig. Der ist gescheitert mit dem Versuch zwei Schiffe über den Isthmus zu schaffen, um das Goldland zu suchen. Deren Holz verfault nun im Dschungel. Pedrarias schnaubt ob dieser unverschämten Eigenmächtigkeit und verhängt über Balboa das Verbot die Siedlung zu verlassen. Während Pizarro auf seiner Plantage verharrt und die Geschehnisse genau beobachtet, hantiert der garstige Zausel fünf Jahre, zwar mit dem längeren Hebel, aber so lange braucht er doch. Dann lässt er 1519 Balboas Kopf vom Körper trennen. Pizarro, im Nebenverdienst als Hauptmann tätig, nahm den ehemaligen Weggefährten fest und reichte ihn an den Henker weiter.

Wenig darauf schreckt eine Sensation die Kolonie auf. Nur Tagesreisen entfernt ist ein Land mit unvorstellbaren Goldschätzen erobert worden. Pizarro kocht vor Zorn, da hat er sich fast zwei Jahrzehnte in Sümpfen mit Moskitos, Kaimanen und nackten Indianern herumgebalgt, es zu etwas Wohlstand geschafft und plötzlich kommt dieser studierte und eitle Vetter Cortés daher, unterwirft eigenmächtig das Aztekenreich und schwimmt im Gold. Auch Pedrarias zittert mehr als sonst und verlegt seine Residenz hastig an die Pazifikküste, mit Blick auf das andere sagenhafte Goldland, welches da auf Plünderung wartet.

Wieder vergeht viel Zeit, Pizarro scharrt mit den Hufen, doch ihm fehlt Einfluss und Geld für eine eigene Erkundungsfahrt. Da lernt er Diego de Almagro el Viejo kennen, auch aus der Extremadura, wie anders. Der betreibt ein paar mickrige Goldgruben und er kommt auch von ganz unten, ist als Findelkind irgendwann in den Jahren um 1475 an einem Brunnen aufgelesen worden und hat genug durchgemacht im Mutterland. 1514 kam er mit der Flotte des Pedrarias in Mittelamerika an. Jetzt sind beide entschlossen dem Glück mit einigen kräftigen Tritten ihrer Konquistadorenstiefel den Weg in ihre Richtung zu weisen. Sie finden in dem kränkelnden Pfaffen Fernando de Luque einen Geldgeber, bilden eine Compañia und nun geht es schnell. Im zweiten Monat des Jahres 1525 segelt Pizarro los, Almagro folgt als Nachhut mit der zweiten Brigantine. Aber die Expedition wird ein Desaster, in einem Sturm werden die Schiffe getrennt. Almagro kreiselt irgendwo weit auf dem Pazifik, während Pizarro an Land alte Bekannte trifft: Sümpfe, streitbare Nackte und spitze Pfeile. Pizarro wird von sieben Geschossen schwer verwundet. Und Schätze gibt's auch keine, dafür Hungertote, als der letzte Gaul verschlungen ist und dann elendig Vergiftete, welche sich unbekannte Wurzeln oder Früchte in den Rachen gestopft hatten. Pizarro verharrt mit dem reduzierten Blechhaufen am Fluss Biru und schickt sein Schiff zurück nach Panama, um Proviant und neue Leute zu holen. Denn aufgeben ist nicht, irgendwo muss das Goldland doch liegen. Wie aus dem Nichts trifft plötzlich Almagro ein, sein Rudel hatte ewig den Treffpunkt gesucht, dabei hier und da die Stiefel neugierig an den Strand gesetzt, um im Küstendschungel nach des Goldes Glanz Ausschau zu halten. Der blieb ihnen verborgen, die klappernde Blechmeute aber nicht den fratzenbemalten Indianern. Jedes Mal lichteten die Wilden die Reihen seiner Leute, gleich wie schnell sie zum Schiff rannten, die Pfeile blieben gerne Sieger beim Wettlauf. Auch diese Nackten hatten schnell kapiert, wo die Schwachstellen der bärtigen Unholde liegen und da trafen sie auch zielgenau. Almagro verlor bei so einer Hatz auf einem Trampelpfad ein Auge, seinen Kopf ziert nun die konquistadorenübliche schwarze Augenbinde.

Endlich, nach sechs Wochen ist die Brigantine zurück. Die Neuangeworbenen sind entsetzt über die zerflederten und ausgemergelten Jammergestalten am Tropenstrand, haben aber keine Wahl. Pizarro und Almagro ziehen weiter die Küste entlang, bis ihre Horde erneut auf ein Drittel geschrumpft ist, dann kehren sie doch enttäuscht zurück und erschrecken ganz Panama und den Compañero de Luque mit ihrem Anblick.

Doch das Triumvirat hat sich fest gebissen, wie ein Dorfköter in den Hacken eines Krämers. Schon im Jahr darauf brechen Pizarro und Almagro wieder auf, segeln weiter als zuvor und das Drama der ersten Fahrt bekommt ein Remake. Sie werden gejagt, hungern und bluten leer. Mit Mühen gelingt die Flucht auf eine Insel. Dort hockt das dezimierte Häuflein zerlumpter, verwundeter und abgemagerter Gestalten. Aber ihre Vorhut unter Bartolomé Ruiz bringt interessante Nachrichten. Sie war einem Handelsfloß der Inkas begegnet, ja, es gibt ein weiteres Goldland. Erneut wird ein Schiff nach Panama gesandt, um Proviant und frische Leute zu holen. Erneut müssen sie Wochen in Tatlosigkeit verbringen und sich gegenseitig die Wunden beklagen. Dann ist die Brigantine zurück, aber ein Hauptmann des Gouverneurs ist dabei, mit dem Auftrag die ganze Bande abzuholen, denn angesichts der verheerenden Fehlschläge ist ihnen ein weiterer Feldzug verboten. Jetzt erleben der Hauptmann und die anderen Männer einen Auftritt des sonst der Obrigkeit fügsamen Pizarro, das sie erstarren. Almagro linst mit dem restlichen Auge gebannt zum Freund und ihm wird klar, der setzt alles auf eine Karte und niemand kann ihn mehr stoppen. Pizarro tritt vor, ergreift sein Schwert, schneidet kraftvoll eine Furche durch den Strandsand, zeigt danach mit dem Schwert nach Süden und erklärt, dies sei der Leidensweg, welcher in das Goldland und zu Reichtum führt. Dorthin aber, er deutet nach Norden, geht es zum Ausruhen nach Panama und in die Armut. Sie sollen sich entscheiden.

Viele Verwegene sind es nicht, die auf Pizarros Seite kommen. Es ist der harte Kern und der Hauptmann des Gouverneurs ist unter ihnen. Und während der Rest gen Nord segelt, stoßen die Abenteurer an der Küste auf eine prachtvolle Vasallen-Stadt des Inka-Reiches. Keine armseligen Schilfhütten, sondern Steinbauten. Kein billiger Tand, sondern Gold, wohin man das Auge auch wendet.

Die Dutzend Spanier geben sich freundlich, sie hätten nicht die geringste Chance den vielen Einwohnern gegenüber. Pizarro nutzt die Situation um zu sondieren und er erfährt, ja, oben in den Bergen, da gibt es ein mächtiges Reich und Gold im Überfluss. Aber sie werden bereits hier in Tumbez beglückt und reichlich mit Geschenken überhäuft. Pizarro und Almagro nebst Spießgesellen kehren heim nach Panama, mit Kisten voller Gold und Silber.

Jetzt heißt es schnell sein, um sich den Feldzug zu sichern und Pizarro zögert nicht, segelt nach Spanien und erhält von König Karl V. den ersehnten Vertrag. Seine Partner de Luque und Almagro waren nicht mitgefahren. Der eine kränkelt vor sich hin und fürchtet die Seereisen nicht zu überleben, dem anderen hat Pizarro die Reise ausgeredet, so ungehobelt wie er immer auftrete und dazu die Augenklappe, was soll der König davon halten. So schließt Pizarro den Vertrag allein und pflanzt die Saat für Misstrauen, Rivalität und Katastrophen in der Compagnie und für die folgenden Jahrzehnte, denn er ist nun Inhaber der Capitulatión, der Erlaubnis zum Feldzug, und Statthalter und Generalkapitän über alle eroberten Gebiete. Pater de Luque darf Bischof im Seuchennest Panama werden und Almagro Statthalter in der eben entdeckten Stadt Tumbez. Die zwei sind entsetzt, als sie das erfahren und der rundliche Almagro bläht sich vor Zorn auf wie ein Maikäfer, so war das nicht ausgemacht. Aber Pizarro zwinkert ihm freundlich zu, er wird schon seine Beute machen. Kaum etwas beruhigt, erfährt er aber, dass vier Halbbrüder Pizarros unter dem in Spanien angeworbenen Gesindel sind. Diese familiäre Anhäufung in der Führungsebene geht Almagro zusätzlich gegen den Strich und die Reibereien beginnen einen Keil zwischen die Weggefährten zu treiben.

Francisco Pizarro ist Mitte fünfzig als er zum großen Schlag ausholt, da liegen andere schon fett und faul in ihren Hängematten und lassen sich vom Harem Futter ins Maul reichen. Im Januar 1531 segeln drei Schiffe mit 177 Männer und 37 Pferden in Richtung Tumbez. Die Pizarro-Sippe ist dabei, Almagro nicht. Der hat sich beschwatzen lassen, die Nachhut zu führen und weitere Männer zu rekrutieren, denn bei der Überfahrt und beim Marsch über den Isthmus waren mehr als erwartet verreckt. Dafür könne er, Francisco, nur einem Freund das Vertrauen schenken und das sei Almagro, welcher ihm näher stehe als die bucklige Verwandtschaft. Almagro weiß nicht recht, fühlte sich aber geschmeichelt, wippte mit dem Schädel, blickt nun zähneknirschend Segeln und Pizarros hinterher und wird das Gefühl nicht los, erneut betrogen zu werden.

Als Pizarros Schiffe Tumbez erreichen, erleben die Männer eine Überraschung. Die Stadt ist zerstört, verödet, die Bewohner sind verschwunden. Die Konquistadoren erfahren wenig später, dass es im Riesenreich der Inka zu tiefgreifenden Veränderungen gekommen ist. Der Inka Huayna Capac war gestorben ohne einen Nachfolger zu bestimmen und nun liegen die dreißigjährigen Söhne Huasca und Atahualpa miteinander im Krieg. Einen günstigeren Zeitpunkt für eine Eroberung kann es kaum geben. Pizarro hat auch keine Lust auf längere Spielchen und Plänkeleien, wie sie Vetter Cortez in Mexiko mit den Azteken betrieb. Die zu allem bereite Horde Spießgesellen rückt im

September umgehend ins Landesinnere vor. Sie haben erfahren, dass ein Inka sich hoch in den Anden zur Erholung an den heißen Quellen von Cajamarca aufhält.

Atahualpa

Atahualpa ist längst über die ungehobelten Fremden in seinem Reich informiert, sie werden auf Schritt und Tritt beobachtet, viel weiß er trotzdem nicht über sie. Nur eines ist klar, beim Anblick von Gold und Silber treten ihre Augen aus den behaarten Gesichtern hervor, Speichel rinnt aus den Mundwinkeln und sabbert in die Bärte. Er hatte ihnen mehrfach Delegationen entgegengesandt, angeführt von hochrangigen Angehörigen der Inka-Familie, Männer vor denen man den Rücken zu beugen und die Augen zu senken hat, und bestückt mit reichen Geschenken, um das vermeintliche Göttergeschlecht sanft zu stimmen.

Herrscher Atahualpa befindet sich in einer vertrackten Lage, bis vor kurzen stritt er mit seinem Halbbruder in endlosen Kriegen um den Thron und stürzte dabei das Reich ins Chaos. Dazu kam die Botschaft vom Eintreffen der bärtigen Wesen auf schwimmenden Festungen. Und das in jenem Jahr, in denen Weissagungen die Wiederkehr des bärtigen Gottes Viracocha angekündigt haben, welcher zu Anbeginn der Zeit über das Meer entschwunden war.

Gerade erst hat Atahualpa, der Sohn einer Nebenfrau, den männlichen Spross mit reinem Inkablut, Huasca, Sohn des Huayna Capac und dessen Schwester, in einer Schlacht besiegen und greifen können. Huasca durfte dann tagelang zuschauen, wie in einer Schlachtorgie das Blut seiner unzähligen Frauen und Kinder in Strömen über den staubigen Boden floss, bis auch er massakriert wurde. Zwar war der Nebenbuhler ausgemerzt, aber dessen Anhänger zuckten weiter herum, mussten mühsam gejagt werden und hatte man den einen in Stücke gehackt und den anderen gehäutet, schlugen die nächsten zu.

Atahualpa braucht erst einmal Erholung von Kampf, Blut und Problemen und genießt die geliebten heißen Quellen. Und neben den Verkrampfungen scheinen sich auch Sorgen aufzulösen, denn nach den ersten Berichten über die vermeintlichen Götter wird klar: Nein, Viracocha und seine Helden sind das keinesfalls. Trotzdem befiehlt der Inka den unheimlichen Wesen weiter Geschenke zu überbringen, er hofft sie so los zu werden - irgendwann muss ihnen die Traglast zu viel werden.

Aber die finsteren Gestalten sind nicht nur unersättlich, sondern lassen gegenüber den entrüsteten Adligen jeglichen Respekt vermissen. Einen haben sie gar, als er darauf bestand sich vor ihm zu verbeugen, erst schallend ausgelacht, dann die schweren Goldringe aus den Ohren gerissen, den Haarschopf abgesäbelt und mit einem Tritt in den herrschaftlichen Hintern den Bergpfad hinaufbefördert. Atahualpa, Gewalt gewöhnt, ist beeindruckt. Die wüste Horde will ihn sprechen, sie kommen in Frieden und um die Botschaft ihres mächtigen Königs zu überbringen.

Der Inka sagt zu. Soll es kommen nach Cajamarca, dieses Häuflein mit den seltsamen Tieren. Sein Heer von dreißigtausend Kämpfern lagert auf den umliegenden Hügeln.

Francisco Pizarro Gonzáles

Pizarro und Schergen staunen nicht schlecht, als ihnen eine prächtig geschmückte Gesandtschaft entgegenschreitet. Sie müssen sich auf die Lippen beißen, um nicht loszuheulen vor Glück, angesichts der Mengen an Geschenken aus Gold und Edelsteinen. Pizarro bemüht sich um höfisches Benehmen, so wie er es beim spanischen Adel abgekupfert hat, aber er ist ein Mann der Tat und des Schwertes und derlei Bemühungen laufen ins Leere. Der Abgesandte des Inka, voller Selbstvertrauen und trainiert in Rhetorik, zeigt keinerlei Regung. Auch nicht, als die Spanier ihm klarmachen, den Inka höchstselbst sprechen zu wollen. Welche Anmaßung! Ohne Antwort zieht die Gesandtschaft ab. Täglich kommen weitere Abordnungen und die Konquistadoren haben Not ihre Schätze zu schultern, stampfen Vasen und Krüge zusammen, hacken Figuren klein. Dann kommt die Einladung des Inka und die Geschenke bleiben aus. Die Wegstrecke wird nun beschwerlich, steile Pfade winden sich an tiefen Abgründen entlang, führen über langgestreckte Bergrücken und in der Ferne leuchten schneebedeckte Gipfel. Pizarro schärft den Männern ein, nur keine Schwäche zu zeigen, sie werden beobachtet. Irgendwann endet der Pfad auf einer gepflasterten Straße, welche Cuzco und Cajamarca verbindet. Sie passieren mehrere Bollwerke auf Felsnadeln, unerklärlich errichtet aus gewaltigen Steinquadern, millimetergenau zusammengefügt. Die Inkafestungen sind in tadellosem Zustand, aber verlassen. Einige Nächte müssen die Spanier noch in den von eisigen Winden heimgesuchten Berghöhen verbringen. Es ist verdammt kalt. Wurden die Kriegsgurgeln vorher von Gluthitze in ihren Panzerungen fast geröstet, so klappern ihnen jetzt die Zähne vom Frost im Blech. Mehrfach kommen Vertreter Atahualpas und wollen den Zeitpunkt des Treffens wissen. In der letzten Nacht funkeln nicht nur die Sterne am Himmel, in der Ferne auf den Hügeln brennen auch unzählige Feuer. Am Morgen erkennen die Spanier dann die riesigen Lager des Inkaheeres. Jetzt sind sie doch erschrocken, aber Pizarro bleibt hart und geht voran. Wie immer verlässt er sich auf seine Stiefel und Beine, auf ein Pferd steigt er nur zum Paradieren. Cajamarca ist verlassen, morgen soll hier der Inka eintreffen. Wieder hat Pizarros Meute keine Ruhe in der Nacht. Welche Chance haben sie bei derart vielen Kriegern? Aber Pizarro bewahrt Ruhe, sein Ziel ist zum Greifen nahe und er weist jedem seinen Posten zu.

Es ist der 16.11.1532. Atahualpa zieht, begleitet von fünftausend Kriegern, erst gegen Mittag in Cajamarca ein. Die Spanier verschwinden in Verstecken. Leibgarden betreten den leeren Marktplatz, dann folgt der Inka. Der Sohn des Sonnengottes sitzt auf seinem Thron, von Trägern auf den Schultern gehalten. Eine Weile geschieht nichts, es herrscht totale Stille. Dann watschelt zur Verblüffung der Inkas eine unförmige Gestalt aus einer Seitengasse herbei. Es ist der immer schmuddelige Padre Vicente de Valverde, welcher ungeniert vor den Sonnengleichen tritt, ihm frech in die Augen blickt und Bibel nebst Kruzifix zum Himmel hält. Dann entrollt er ein Schriftstück und beginnt seelenruhig das Requerimiento zu verlesen. Wie Pizarro hält er sich strikt an das vom Indienrat vorgeschriebene Ritual, bevor man losschlagen darf. Die ganze Leier dauert eigentlich vierzig Minuten und nicht wenige Konquistadoren haben diesen Unfug bereits gehörig verflucht, während sie mit Schilden den Pfeilhagel abwehrten. Padre de Valverdes piepsige Fistelstimme schwirrt über den Markt.

Atahualpa wartet auf das was folgen würde, beobachtet jede Geste, lauscht, verliert schließlich die Geduld und unterbricht schroff den emsigen Leser. Er versteht nichts und kann die Frechheit dieses lumpigen Wurmes kaum fassen. Der zuckt ob des rüden Tones zusammen und hält dem Inka die Bibel entgegen. Atahualpa greift danach, schüttelt das Buch, hält es ans Ohr und wirft es zu Boden. Das ist Anlass genug, da kann der Padre auf weitere Absätze des Requerimiento verzichten, auch auf die Bibel, er weiß was nun folgt und hastet zurück in die Gasse, wie eine Ratte in die Kanalisation.

Jetzt eröffnen die Spanier aus Kanonen und Arkebusen das Feuer, Armbrüste werden abgeschossen. Gleich zu Beginn wurden gezielt zwei Träger niedergestreckt, Atahualpa rollt vom Thron und stürzt in den Staub. Seine Krieger sind fassungslos, es gibt keinerlei Gegenwehr, sie versuchen nur zu entkommen. Die Konquistadoren treiben ihre Gäule, trainiert auf Menschenhatz, in das Durcheinander und mähen mit dem Schwert eine Schneise in die Inkakrieger. Die wirbelnden Zweihänder der Landsknechte durchschneiden Luft und Leiber.

Ihren Gottgleichen in derartiger Situation zu erleben, versetzt Heer und Volk in Schockstarre. In den folgenden drei Monaten schleppen die Indianer auf Geheiß des gefangenen Inka Schätze in nicht enden wollenden Trägerketten aus dem ganzen Reich herbei, sechzehntausend Kilogramm Gold und einhundertachtzigtausend Kilogramm Silber werden eingeschmolzen.

Erst am Karsamstag 1533 trudelt Almagro in Cajamarca ein, bringt die frohe Botschaft das Teilhaber Padre de Luque endlich gestorben ist, erkennt aber sofort das auch er Verlierer ist, weil er bei dem alles entscheidenden Sturz des Inka nicht an Pizarros Seite stand.

Vier Monate später wird Atahualpa mit der Garotte erdrosselt, danach Cuzco erobert. Almagro bekommt nicht was ihm versprochen wurde und als sich die Streitereien zuspitzen, erteilt ihm Francisco die Herrschaft über unbekanntes Land. 1535 zieht Diego de Almagro voller Hoffnung los und findet wüstenhafte Gegenden, aber kein Gold, keine Schätze. Ausgezehrt und halb verdurstet kehrt er zwei Jahre später zurück und fordert wütend Cuzco. Statthalter Hernado Pizarro lacht ihn aus.

Almagros Geduld ist ausgereizt, er sammelt seine Anhänger zusammen. Am 8.4.1537 nehmen sie Cuzco ein und werfen den einen Teil der Pizarro-Sippe in ein feuchtes Verlies. Das erbost den ehemaligen Wegbegleiter Francisco Pizarro und er verlangt die sofortige Herausgabe des Halbbruders. Jetzt lacht Almagro.

Und nun fallen die verfeindeten Konquistadoren in ewigen Kämpfen übereinander her. Im April 1938 wird Almagro`s Heer bei Las Salinas geschlagen. Unzählige Indios haben als Zuschauer auf den Hängen gesessen und zugesehen, wie sich die Eroberer gegenseitig zerfleischten.

Diego de Almagro wird gefangen genommen, in Abwesenheit von Francisco Pizarro am 8. Juli in Cuzco mit der Garotte erdrosselt und, als wäre das nicht hinreichend, anschließend geköpft. Scheinheilig feierlich setzt der Pizarro-Clan Almagro in der Kirche La Merced zu Cuzco bei. Dessen Sohn und seine Anhänger schwören bittere Rache.

Drei Jahre später ist es dann soweit. Francisco Pizarro sitzt mit Vertrauten in seiner Residenz in Cuidad de los Reyes, dem späteren Lima, zu Tisch. Es ist der 26. Juni 1541, ein Sonntag, die Mittagshitze Südamerikas flimmert auf der Plaza de Armas, als Almagro`s Anhänger den Palast stürmen, alle Wachen überrennen und Pizarro niederstechen.

Francisco Pizarro wird in der Kathedrale von Cuidad de los Reyes beigesetzt. Seine Frau, Atahualpas Schwester Ines Huaillas Yupanqui, seine Tochter Francisca Pizarro y Yupanqui und der kleine Sohn Gonzalo segeln Jahre später mit prall gefüllten Schatztruhen nach Spanien.

Auf Jahre ist Peru völlig außer Kontrolle, plündernde Banden ziehen durch das Land und bekriegen sich.

1607 werden Pizarros Gebeine in der neuen Barock-Kathedrale in einem Sarkophag umgebettet, auf dem Deckel schläft ein Löwe.

Zu gerne notieren spätere Chronisten die Geschichte von der überrumpelten Mutter, welche den Neugeborenen auf den Stufen der Kirche zu Trujillo ablegt, damit sich jemand seiner annehme. Doch da kam eine dreckige Sau mit ihren Ferkeln und so war die erste Muttermilch die eines grunzenden Schweines. Zu simpel will man damit sagen, dass in Francisco Pizarro von Anfang an ein Schwein gesteckt hat. Er war ein Kind seiner Zeit, vielleicht brachte er gewisse Charakterzüge mit, aber das Leben und die Gesellschaft formten ihn. Durch die Extremadura marschierten ständig Heere. Von Nord nach Süd gegen die Mauren, dann von Ost nach West gegen Portugal und gerade in Pizarros ersten Lebensjahren zogen kastilische und portugiesische Soldaten hier hin und her um Thronstreitigkeiten auszutragen. Zusätzlich gab es die ewigen Familienfehden der Barone. Er wuchs mit Gewalt auf. Banden aus verarmten Mob rangen miteinander und ums Überleben. Königin Isabella wollte mit wirkungsvoller Justiz für Recht und Ordnung im Land sorgen, bei deren Durchsetzung man dem Henker auf dem Markt zusehen konnte und die Ergebnisse geringerer Strafen traf man allerorten als Geblendete, Stumme, Ohrlose und Einhändige. Nur wenige Jahre nach seiner Geburt wurde die Inquisition eingeführt, um die Einhaltung des Glaubens zu überwachen. Sicher wird auch Francisco nicht nur einmal zugesehen haben, wie Ketzer auf den Scheiterhaufen geschleift wurden, wie die Flammen an den schreienden Körpern zu nagen begannen und wie die Holzstöße mit den menschlichen Fackeln niederbrannten. Einem aufmerksamen Beobachter wie ihm wird kaum der Zusammenhang entgangen sein, warum die Inquisition auch vor reichen Leuten nicht Halt macht. Es ist für Francisco eine wichtige Erkenntnis: Das meiste Geld wird nur durch seine Hände wandern, weiter zum König und zur Kirche, wenn er nicht in einem finsteren, nassen Dreckloch, an der Garotte oder gar auf einem Haufen Reisig enden will. Folglich muss die Beute so ertragreich sein, das auch er es sich gut gehen lassen kann. Die Rangordnung und der richtige

Glaube dürfen niemals angezweifelt werden. Die Kirche hatte, wie bei den Kreuzzügen, dazu ermächtigt alle Ungläubigen auszuplündern. Und die Inquisition pflanzte den Konquistadoren ihren frommen Eifer und die Brutalität ins Herz. Spanien stieß seine vergessenen Kinder, die Verlierer, von sich, über den Ozean. Entwurzelte, Männer ohne Hoffnung und Chancen auf ein Leben in etwas Würde, aber auch Abenteurer und Rebellen. Eine explosive Mischung, welche da in Amerika ihre Saat verstreute.

Francisco de Orellana

Die Welt ist klein, ein weiterer Mann aus der Extremadura macht in der Neuen Welt von sich reden. Wie Francisco Pizarro wird er in Trujillo geboren, nur später, so um 1511. Da lehrte den anderen gerade, bereits seit einem Jahr unter Alonso de Ojeda auf Raubzug im Dschungel der südamerikanischen Küste, schauderhaft bemaltes und wehrhaftes Eingeborenenpack das Fürchten und Laufen im wilden Gestrüpp. Auch Francisco de Orellana treibt es fort über den Ozean, in fremde Länder, wo Abenteuer, Gold und Ruhm locken. Er ist dabei, als der entfernt verwandte Pizarro das Reich der Inka erobert und erhält da gleich, als Einstand und nicht eben freiwillig, ein Markenzeichen mit Wiedererkennungswert verpasst: eine schwarzen Augenbinde verziert die von einem indianischen Pfeil leckgeschlagene linke Augenhöhle. Er bleibt an Pizarros Seite, auch als dieser den ehemaligen Freund Diego de Almagro und seine Spießgesellen in einer Schlacht besiegt. Im Jahre 1540 schickt Francisco Pizarro seinen jüngeren Halbbruder Gonzalo auf die Suche nach dem sagenhaften El Dorado und den angeblichen Zimtwäldern. Francisco de Orellana schließt sich dem wohl merkwürdigsten Haufen der jemals durch Südamerika zog an. Von Quito starten dreihundertfünfzig Spanier, viertausend Indianer als Träger, dazu Pferde, Lamas und viertausend Schweine, letztere als lebender Reiseproviant geplant, in das Hochland gen Osten. Auch wenn bereits in den Anden etliche Zwei- und Vierbeiner auf der Strecke bleiben, ohne das auch nur eine Spur von Zimt oder gar Gold gefunden wurde, die Bande ist zäh und aufgeben ein Fremdwort. Zu verführerisch der Sonnenglanz des gelben Metalls, zu schön die Mär vom El Dorado. Also kriecht der Zug über die Anden und hinunter in den dampfenden Dschungel. Hier beginnt das eigentliche Drama. Die Hochlandindianer sind Klima und Schindereien nicht gewachsen. Ein Teil macht sich Nacht für Nacht davon, zurück in die Kühle der Berge, die Zögerlichen sterben wie die Fliegen. Ähnlich ist die Situation bei den lastentragenden Lamas. Die lebende Wegzehrung, die Schweinemeute, kommt mit der Umwelt besser klar, nutzt die Gelegenheit der verminderten Aufsicht und verschwindet grunzend im Unterholz des Dschungels. Auch der klägliche Rest der Pferde und Lamas reduziert sich weiter, erst durch Hunger oder giftige Pflanzen, dann durch die Messer der Konquistadoren. Viel ist aber an den ausgemergelten Viechern nicht dran und bald ist der letzte Gaul verschlungen. Die Spanier sind in einem erbärmlichen Zustand, es gibt viele Kranke. Trotz der grünen Pracht ringsherum finden sie kaum Essbares und nun wandern Sättel, Zaumzeug, Stiefel, alles was aus Leder ist, in die Kochtöpfe. Gonzalo Pizarro lässt stoppen, ein Notlager errichten und beauftragt den zuverlässigen Francisco de Orellana einen schwimmbaren Untersatz zu bauen, um damit auf diesem verfluchten, überwucherten Urwaldfluss zu schippern und nach Nahrung zu suchen.

Ende Dezember 1541 stößt das stolz *Schiff* genannte Wunderwerk mit siebenundfünfzig Leuten und einem Großteil der verbliebenen und nicht essbaren Ausrüstung als Tauschware vom Ufer ab. Tagelang finden sie keine Siedlung, dann rauscht ihr Holzgebilde durch etliche Stromschnellen und ihnen wird klar das, wegen diesen und der durch die Regenzeit stetig stärkeren Strömung, an eine Rückkehr nicht zu denken ist.

Orellana ist Krieger, weiß mit dem Schwert umzugehen, aber er ist intelligenter als viele Gefährten und ein genauer Beobachter. Den mitreisenden Dominikanerpater Gaspar de Carvajal lässt er eine Chronik führen und er sieht die Indianer nicht als potentielle Gegner und Freiwild an. Das bewährt sich, als sie endlich auf eine Siedlung treffen. Orellana tritt den Eingeborenen freundlich entgegen, bittet um Hilfe und erreicht damit, dass sie versorgt werden und die durchaus wehrhaften Indianer helfen sogar ein zweites Schiff zu bauen und das alte zu überholen. Dabei lernen die Spanier den Kautschuk kennen, mit welchem die Urwaldbewohner die Kiele abdichten. Wo es denn Gold gebe, wollen die Fremdlinge schließlich doch wie beiläufig wissen und die Indianer zeigen weiter nach Osten, dort gibt es reiche Siedlungen. Es ist der 12. Februar 1542, als Orellana mit den Schiffen ablegt und auf dem Rio Napo wenig später einem riesigen Gewässer entgegen treibt, so groß, dass sie es für das Meer halten. Aber es ist Süßwasser, also ein Fluss und sie driften mit einer starken Strömung durch ein Gewirr aus Sandbänken, Pflanzeninseln und Seitenarmen stetig gen Osten.

Zu dem Zeitpunkt hat Gonzalo Pizarro bereits die Geduld verloren und treibt seine geschwächte Horde am Ufer des Baches vor sich her, Orellana nach. Lange geht das nicht gut, es ist kein Vorankommen und er hält es für sicherer umzudrehen und die Anden zu erklimmen. Den Pfad kennen sie wenigstens. Sie machen sich auf. Aber der Rückweg scheint länger als der Hinweg, fordert Tribut an Leben, Gesundheit und Kraft und sie brauchen ein Jahr. Dann taucht, zum Entsetzen der Wachposten, ein wankendes Häuflein von achtzig zerlumpten Skeletten in verrostetem Brustharnisch und mit ausgefransten Helmen vor den Tore Quitos auf.

Orellana ist da längst vom Eroberer zum Entdecker geworden. Irgendwann wälzt ein mächtiger Fluss seine schwarzen Fluten in den ihren und sie nennen ihn Rio Negro. Staunend registrieren sie welche Zeit es braucht, bis die Wasser vermischt sind. Zu essen gibt es reichlich, es wimmelt von schmackhaften Fischen. Immer wieder legen sie bei Siedlungen an, aber nicht alle Stämme sind ihnen wohlgesonnen. Manche empfangen die seltsamen weißen Wesen mit einem Hagel vergifteter Pfeile und klären damit ein für alle Male, dass sie auf einen Besuch keinen sonderlichen Wert legen. Hastig bemühen sich die Spanier ihre Schiffe aus Reichweite der gefürchteten Geschosse zu bringen und das Geheul, wenn sie sich gegenseitig die Pfeile ausreißen und die Wunden mit kochendem Öl ausbrennen, schwebt über den Fluss. Dumpfe Trommeln dröhnen nervenaufreibend aus dem dichten Dschungel und als sie bei der nächsten Flussbiegung von neuerlichem Pfeilhagel begrüßt werden, lernen sie, dass die unheimlichen Klänge wahrhaftig wenig Gutes bedeuten. Dann tauchen jenseits der Ufer Siedlungen auf, größer als europäische Städte, doch angesichts der nicht enden wollenden spitzen Botschaften, verzichten sie gerne auf Kontaktversuche. Aber, es gibt mächtige Städte, mitten in der schwülheißen grünen Pflanzenhölle, und so vielleicht auch Gold, Silber und andere Kostbarkeiten.

Irgendwann flaut der Beschuss ab, die Ausladungen enden. Aber die Spanier bleiben misstrauisch, können nicht in das grüne Uferdickicht blicken und werden das beklemmende Gefühl nicht los, das man sie ständig beobachtet. Ab und an steht ein bemalter und bewaffneter Indianer unbeweglich wie eine Statue an markanten Geländepunkten. Nun begegnet Orellanas Haufen neugierigen Einheimischen, aufgeschlossen und freundlich. Die Spanier wollen aufatmen, hoffen dass es jetzt so bleibt. Doch sie werden gewarnt, nein, nein, weiter flussabwärts, da leben von kriegerischen Frauen geführte Stämme. Jetzt wollen die Entdecker doch erst einmal bleiben, um das Vorausgesagte zu verdauen und bei der Gelegenheit gleich das Osterfest zu begehen. Sie putzen sich bestmöglich heraus, polieren die von Nässe und Blut rostigen Brustpanzer, Helme und Schwerter, Pater Carvajal wischt die Flecken von der Bibel und predigt würdevoll. Die Indianer beobachten interessiert die Zeremonie und lauschen verzückt den kirchlichen Gesängen der Fremdlinge, obgleich die Klänge aus den rauen Konquistadorenkehlen gewöhnungsbedürftig sind. Aber die Indianer sind begeistert und so angetan von den Ritualen des Paters, dass sie sich zu dessen Freude und ihrem Vergnügen in Scharen taufen lassen. Und dann wollen sie sich höflich bedanken, für den unerwarteten Spaß an diesem aufregenden Tag, aber sie erschrecken die ahnungslosen Spanier gehörig mit wilden Beschwörungs- und Kriegstänzen und Ganzkörperverkleidungen unter Dämonenmasken und flatternden Schilfbüscheln. Die Nerven liegen noch blank von dem tagelangen Beschuss hinter jeder kleinen Biegung und so fährt den sonst hartgesottenen Gesellen diese Art der Danksagung im flackernden Schein der Lagerfeuer heftig in Knochen und Gedärm. Aber das war freundlich gemeint und harmlos im Vergleich zu dem, was Tage später über sie hereinbricht. Sie kreuzen wirklich auf, die aggressiven Amazonen. Unzählige. Nackt, aber bedrohlich bemalt, mit dicken Köchern auf dem Rücken, prallvoll mit Pfeilen und einem Bogen in der Hand und mit blank rasiertem Seitenschädel und gekappter Brust, da wo die Sehen ihrer Waffen gespannt werden. Dieser Anblick und das fürchterliche Kampfgeschrei erzielen bei den Spaniern sehr wohl ihren Zweck. Die wären ja schon bei so einer Übermacht an Kriegern entsetzt gewesen, aber die unüberschaubaren Heerscharen todesmutiger, kreischender Furien lassen ihnen das Blut in den Adern gefrieren. Dazu schießen die Kriegerinnen unentwegt, surrend jagen die Pfeile herbei und bohren sich brummend ins Holz. Blitzschnell spannen sie ihre Bögen, feuern ab und legen schon den nächsten Pfeil an. Die Spanier werfen sich ins Zeug und rudern was sie können. Entsetzt müssen sie dabei sehen, dass sich die blutrünstigen Weiber nicht allein mit Beschuss aus dem Uferbereich zufrieden geben, sondern in etlichen Kanus die Verfolgung aufnehmen. Bald sind beide Schiffe derart von

Pfeilen gespickt, das sie wie Stachelschweine mit aufgestellten Borsten aussehen. Aber nicht nur das, etliche Geschosse haben auch getroffen, was sie wirklich sollten. Die Spanier stecken voller Pfeile, da, wo sie keine Panzerungen tragen. Zum Glück sind die Geschosse nicht mit Gift präpariert und sie nach all den Erlebnissen hart im Nehmen. An Armen und Beinen gespickt, rudern sie um ihr Leben und es gelingt die Schiffe in Flussmitte zu bugsieren und damit mehr Fahrt aufzunehmen. Die Kriegerinnen bleiben zurück, geben auf mit der Gewissheit, die haarigen Fremdlinge kehren nicht so bald wieder, senden aber als Erinnerung Schreie und letzte Pfeile hinterher. Von denen trifft noch einer Pater Carvajal, als er ängstlich nach hinten schaut und er bekommt seine Konquistadorentaufe. Eine Amazone zielte besonders gut und schießt ihm ein Auge aus. Nun wird auch er mit einer schwarzen Augenbinde herumrennen. Die geschockten Flüchtlinge finden endlich Zeit ihre neuerlichen Wunden zu versorgen. Die Lust in Ufernähe zu treiben, ist ihnen gehörig vergangen und sie hoffen endlich die Flussmündung zu erreichen.

Es dauert noch, aber im August 1542, nach über acht Monaten und über sechstausend Kilometern öffnet sich Orellana und Mannen der Atlantik. Sie haben kein El Dorado gefunden, dafür aber Zivilisationen, große Städte im Dschungel und sie haben den größten Fluss der Erde mit seinem gigantischen Wassersystem entdeckt und befahren - den Amazonas. Aus seinem Delta dümpeln sie entlang der Küste und erreichen zwei Monate darauf Trinidad.

Orellana lässt die Faszination für den Amazonas nicht los. 1545 kann er im Auftrag des Königs zu einer neuen Expedition an die Mündung zurückkehren. Ein Basislager wird errichtet, um von dort flussaufwärts zu erkunden. Im Jahr darauf bricht Francisco de Orellana, er ist jetzt im vierunddreißigsten Lebensjahr, mit einer Vorhut auf und wird für immer vom Dschungel verschluckt. Die verbliebenen Truppen warten lange, schicken Suchschiffe los, aber in dem riesigen Delta und weiter hinauf bleiben sie erfolglos. Sie kehren bald nach Panama zurück.

Allzu gerne wurden lange Zeit Francisco de Orellanas Schilderungen von Städten und Millionen Menschen, welche an den Ufern siedeln, belächelt und als Fantasterei abgetan. Dann fand man im Amazonasbecken meterdicke Schichten ungewöhnlicher Erde, von Menschenhand gezielt produziert. Terra preta wird diese Mischung aus Holz- und Pflanzenkohle, Fäkalien, Dung, Kompost, Fischgräten und kleinsten Tonscherben genannt und es ist die fruchtbarste Erde weltweit. Sie ist beste Voraussetzung für hohe Ernteerträge und nachhaltige Landwirtschaft. Auf Grund der bisher gefundenen Vorkommen gehen vorsichtige Berechnungen davon aus, dass dort mindestens zehn Millionen Menschen gelebt haben können. Und erst vor wenigen Jahren wurden durch kriminelle Brandrodungen, welche hektargroße Kahlflächen in den Urwald sengten, auf diesen eindeutige Spuren von großen Städten entdeckt. Nicht jeder, der vor unserer so klugen Zeit lebte, war ein Spinner.

Faszinierende Orte besucht er, übervoll an Geschichte, welche oftmals mit einer Gründung des römischen Imperiums greifbar wird. Er durchstreift Städte, die den mittelalterlichen Kern bewahren konnten. Massive Mauern umziehen enge, dunkle Gassen, winklig, vielfach nur auf wenigen Metern einsehbar. Steile Wege und ausgetretene Treppen leiten auf die nächste Ebene, denn die Orte klettern an Berghängen zum Gipfel empor. Unerwartet weichen die zur Gasse fensterlosen Steinbauten und auf kleinen Plätzen ragen Kirchen in den Sonnenhimmel. All die Baulichkeiten bezeugen eine unruhige Zeit. Städte wie Bollwerke. Keine Wunder, wenn seine Gedanken sich in der Ära der Konquistadoren verfingen.

Auch heute sind die alten Viertel bewohnt. Vieles deutet darauf hin, auch wenn er, abseits der Touristenzentren, menschenleere Gebäudeirrgärten erkundet. Außerhalb der Mauern mit den Wachtürmen, am Fuße der Hügel, beginnt die Moderne. Wie bei einem gefällten Stamm die Baumringe, so sind die Häuser der stetig neuen Generationen um die alte Stadt gewachsen.

Irgendwann befällt ihn Unruhe. Viel Geschichte hat er getankt, ihn überfällt Sehnsucht, es wird Zeit das Meer wiederzutreffen.

Notiz
Leben bedeutet Erfüllung, nicht Dauer
James Cook

Monster's Ball, *Part 4*

Wieder hatte ein erster Kampf getobt, in tiefer Nacht.
Am Rande der vom Mondlicht in kaltes Stahlblau getränkten Nebellichtung, nahe der sterbenden Bäume, bei den dichten Tannen und im Schutz finsterer Schatten lecken sie in tränenden Fleischgräben, atmen schwer und beobachten dabei einander genau aus blutunterlaufenen gelben Lichtern.

Das Monster schwingt vorsichtig mit dem Körper, um die tiefer in Obhut efeutragender Baumkadaver gewichene Feindin klarer auszumachen. Eine zarte Lichtlinie zeichnet ihre Silhouette und das Flammenhaar schimmert wässrig, das Funkeln der Augen jedoch bleibt unsichtbar. Die Schwarze Fee prüft den Schnitt quer über ihre schlaffen Brüste, welchen das Monster ihr zuvor sichelte.

Wäre der geeignete Punkt, sie zu zerreißen, kreiselt es in dessen Schädel. Der harte Punch war wirkungsvoll und die scharfe Kralle zog in geschwungener Linie den Graben im zähen Fleisch. Aber das Monster ist selbst geschwächt, vom Schlund, den der Dorn des Knochenschwanzes durch die Schulter tief ins Innere trieb. Also verharrt es unbeweglich und genießt den Tausch des glutheißen Odems in den pecheren Lungen gegen kühle Luft. Aber Schwäche zeigen, das wäre die Vorstufe zum Untergang, so schüttelt das Monster geräuschvoll den langen Schädel und Speichelfäden verschleimen die Blätter im Unterholz.

„Ahh, Schwarze Fee, angeschlagen? Vergaloppierst dich beim zu viel Lichter zündeln, aufm Ritt durch die Kloaken der Welten. Tust dich verausgaben, obendrein nutzlos! Dämliche Idee, ihn durch Europa und der Zeiten Wildnis zu treiben, da wirds Atmen oft schwere Arbeit, hä. Auch für dich, obgleich du nur Spaß suchen tust…Wo sindn deine Lichtkegel im Schacht? Mickrige Funzel tun flackern, dann is wieder Düsternis wie innem Bärenarsch und er stolpert an meiner Klaue weiter bis zur nächsten deiner Jammerkerzen."

Jetzt leuchten die gelben Augen grell im faden Schattenbild und dichtem Tann auf, die Schwarze Fee peilt ihr Gegner scharf an. "Hab viel Trümpfe noch innen Pfotn, wirst sehn! Ich geb ihn dir nich an die Klaun."

„Mit wieviel Fata Morgana willst weiter verblöden, hä? Gib auf."

„Du hast doch auch versagt! Besonders vormals, da, nebn Pandoras Büchse, am fließendn Wasser in Frankreich. Wohl leise vergessn?! Da is er nich versunkn, in Sprengkratern und Massengräbern. Hat ihn Gedankn durchn Kopf gewirbelt, über das was du präsentiern tatst. Aber die habn sich dann abgesetzt und fest eingenistet, in kleinen Kammern im Gehirn. Solltest mal *drüber grübeln*! Meine Lichter, immer sind sen Erfolg!

„Stümpereien! Schüttle meinen Kopf, dass er tut drauf reinfalln, auf deine langsame Seelenfresserei! Is billigstbillig einzukaufen mit Versinken in frühe Jahre und Vergaffen in nen dicken Elefantenarsch, hihi! Und dann…"

„Warn einst Seelenverwandte!", faucht die schwarze Fee scharf „Gibs nicht nur unter Menschn, nee. Is zwischn alln Kreaturn möglich! Habn sich von Anfang verstandn, das dicke Elefantentier und er!".

„… *Und dann!… Wieder* die Geschichten vom wandernden Völkchen *mit viel Freiheit,* dem Weglaufen vom eitlen Tieraussteller und von verblendeten Heilsverkündern, an der Hand mit erster Partnerin…"

„War kaum die erste."

„Bist ziemlich angepisst! *Hä?* Hab dich vorgeführt? Musst mir ins Gerede schwafeln, doch ändern wirds nix. Sind trotzdem Geschichten von verwester Zeit, *kotzlangweilig,* will keiner hörn! Und er paddelt jetzt im beschissnen Rundglas wien flossenlahmer Goldfisch dem die Lackierung bröselt und is am Ersaufen! Wolltest ihn doch da rauspolken, mit deinen dürren Greifern, haste vormals gebrabbelt…?", stachelt das Monster hämisch.

„Hab ihn auch rausgeangelt! Mit der Reise! *Gibt aber nich jedn Tag Champagner ausm Wasserhahn!* Manches, nee, das is nich zu vergessn, is nich dafür gemacht! Is so wichtig das es ewich bleibt, bis zum Verwehn! Anderes sendet Abwechslung vom zu viel Denkn und öffnet ne Kiste, *kostbar voll* mit Geschehn aus versunknen Weltn. Die Grenzn der Jahre verwischn, *Zeit ist nur ne Illusion in der Matrix,* sie is *nich das wahre Wahr!"*

„Ahh! Deshalb lässt du ihn lüstern unters Röckchen ner kampflustigen Göre glotzen, auf faulenden Holzsärgen zwischen stinkendem Gesindel übers Meer segeln und gierig Blut von Schwertern goldgeiler Schlitzer lecken?"

„Gift verspritzt du! Er weiß: Alles ist verbundn. Alles hat ne Ursache, welche ne Wirkung gebärn tut. Achtung trägt er für Vieles, *weil er hinterfragt* ! Hat weder die Jungfrau entzaubert, noch Blut gesoffn. Is genau andersrum!"

„Und wem tuts nützen, außer dir? Du schürst die Feuer. Er verbrennt sich dran und du wirst geil!"

Kaum ausgesprochen stürzt die Schwarze Fee aus dem Schattendunkel und schlägt die Nägel der dürren Finger in die Brust des Monsters, ihr Knochenschwanz peitscht den schuppigen Körper, der Dorn am Ende sucht nach Einlass in der Panzerung Lücken. Wie zumeist treibt das Monster seine säbelzahnigen Kiefer mit lautem Krachen in den dürren Hals der Schwarzen Fee und packt mit den Klauen den Lederleib.

Und wieder verschmelzen sie beim Ringen und Verstümmeln, obgleich so verschieden, zu einem Dämon der Nacht. Im kühlen Tann, im Stahlblau des Mondlichtes. Wieder vereint sich die Hitze der schweißnassen Körper, des Atems und des Blutes, fädelt als Wolkenfaden durch Baumwipfel, steigt empor zum Firmament und verliert sich in der Leere zwischen den Sternen. Wieder verlässt Blut zerfetzte Adern, regnet in weiches Moos und strömt in schwarzen Bächen zwischen Steinen, Wurzeln und Schnecken in die Senke im Wiesengrund. Dort, verborgen und behütet von wallendem Nebel, verfärbt es in dessen trübem Weiß und nährt weiter den purpurnen See.

Es ist wie in jeder Nacht, wenn die Schlacht der Unbesiegbaren tobt.

Und sie sterben nur wenn er es will.

Sie stehen engumschlungen,
ein Fleischgemisch so reich an Tagen.
Wo das Meer das Land berührt will sie ihm die Wahrheit sagen.
Doch ihre Worte frisst der Wind.
Wo das Meer zu Ende ist hält sie zitternd seine Hand
und hat ihn auf die Stirn geküsst.
Sie trägt den Abend in der Brust
und weiß dass sie verleben muss.
Sie legt den Kopf in seinen Schoss und bittet einen letzten Kuss.
Und dann hat er sie geküsst, da wo das Meer zu Ende ist.
Ihre Lippen schwach und blass
und seine Augen werden nass.

Der letzte Kuss ist so lang her.
Der letzte Kuss.
Er erinnert sich kaum mehr.
Rammstein

In Memory of Lynn

Eden

Irgendwann biegt er von der Autovia ab, hinter Trujillo, müde von gleichmäßiger Fahrt und der Wärme der anderen Sonne in diesem Land, und entdeckt schließlich und wie immer eher zufällig, einen schattigen Ort zum Rasten. Dort, mitten im Nirgendwo der glutheißen Hochebene der Estremadura beginnt ein Abenteuer, beginnt der Auftakt für eine Begegnung, wie sie Menschen nur selten vergönnt ist und wenn auch im Vergleich mit der Zeitspanne eines Dasein nur ein Wimpernschlag, so jedoch intensiv, unvergesslich. Ein Moment, in dem es Tage und Nächte gibt, Zeit dennoch nicht existiert und die Unendlichkeit greifbar wird.

In dem winzigen Pueblo mit Häusern aus Feldsteinen, manche verfallen, lange schon, denn Bäume bewohnen jetzt Mauergevierte ohne Dach, dort erkennt er die geschwungene Linie mit den Turmspitzen eines Glockenbogens und er verlässt die Hauptstraße. Kurvig und schmal verbindet sie seit Jahrhunderten bedeutendere Orte, als diesen Flecken in der Extremadura und teilt, wie ein Bachlauf, die unscheinbare Ansiedlung. Die Gegend ist sehr hügelig, mit einzelnen steinigen Berghöhen, und so nutzt die Carretera im Bestreben um Bequemlichkeit und Einfachheit die kleinen Täler, eher Nadelöhre zwischen den Hängen, und Pueblos erhalten so eine Arterie, befestigt gar, anders als die abzweigenden Gassen. Vielleicht suchte aber auch das Dorf Anschluss an die Welt und siedelte an den Ufern der bestehenden Schotterschlange. Wollte leichter erreichbar sein, leichter Handel treiben können und dabei doch nicht zu viel von sich preisgeben, denn die rauen, fensterlosen Rücken der Häuser und Gartenmauern verbergen das Herz vor Durchreisenden. Nur weil er langsam fährt, möglichst viel an Eindrücken gierig aufsaugt, um sie zu speichern für schlechte Tage, und weil Mauern unter der Last ihres Alters gestürzt sind, sieht er überhaupt das Zeichen einer Kirche und jetzt rechts unterhalb des grob gepflasterten, aufsteigenden Weges den winzigen, unebenen Marktplatz mit uralten Häusern und gleich zwei Kirchen mit ihren Glockenbögen aus mehreren Etagen. Das ganze Ensemble klemmt geradezu in der winzigen bebaubaren Lücke zwischen zwei Berghängen aus schroffen Felsen und dürftigem Bewuchs. Er ist auf eine Zeitkapsel gestoßen, steigt fasziniert aus und geht eine Treppe mit ausgetretenen Stufen und aufwendig verzierter, steinerner Balustrade hinab zu dem im Dornröschenschlaf ruhenden Häuserlabyrinth. Das Pueblo lebt. Eine Farmacia, eine Bäckerei, ein Laden für Lebensmittel, alle drei so winzig wie der Marktplatz, aber immerhin vorhanden. In Deutschland kennt er weit größere Dörfer denen nur die leeren Hüllen solcher Einkaufsmöglichkeiten geblieben sind. Sicher ist er längst bemerkt worden, ein Fremder alleine zwischen den hohen Mauern, das verdächtige Auto schräg am Hang daneben, aber niemand lässt sich sehen. Es ist viel zu heiß, um Neugier zu befriedigen. Die Sonne steht hoch, kein Schatten auf dem Platz. In den einmündenden Gassen, winklig und eng, hat sich die Wärme festgefahren, kein Laut ist zu hören, nur in der Ferne bellt irgendwo ein Hund. Viel Raum ist nicht zwischen den erstaunlich massiven Bauten, er ist schnell herum in diesem Ort voller Geschichte, obgleich er schlendert. Er steigt die wuchtige Treppe hinauf zum Auto und fährt weiter den Berg aufwärts, sucht einen Platz, möglichst hoch, um die Gegend zu überblicken.

So findet er, nach einem weiteren, noch kleineren Dorf, mit mehr Ruinen als Häuser, und einige Hänge höher, die Reste einer alten Klosteranlage mit klobiger Kapelle. Wie alles, was er bisher sah, errichtet aus grau-schwarzen Steinen. Idyllisch ruht das Gelände an die Felswand geschmiegt. Mehrere Ebenen, abgegrenzt mit kniehohen grob zusammengesetzten Mauern aus porösen Steinen und mit unzähligen Bäumen und blühenden Büschen. Aus der Felswand entspringt eine Quelle, nicht einfach Wasser, sondern der Lebensborn für das Kloster. Gebührend gewürdigt sprudelt die Kostbarkeit prunkvoll ummauert wie aus einem Altar, plätschert in ein flaches Becken und läuft von dort in einem Steinbett bogenförmig durch die oberste Ebene mit der Kapelle, fällt in ein Becken der nächsten Ebene, durchfließt auch diese und ergießt sich erneut einen Meter tiefer in den nächsten Speicher und versorgt so im bewährten Schema die gesamte Anlage. Einfach und genial schufen die Mönche inmitten der ausgebrannten Felsen eine Oase. Die Sicht gleitet weit über die Landschaft der vielen hohen Hügeln. Eben noch zu erkennen, die verblichenen, ockerfarbenen Dächer und Glockenbögen, eingekuschelt in das stumpfe Grün von Bäumen und Palmen der Pueblos. Die Siedlungen müssen einmal bedeutend gewesen sein, klein, aber viel Glaube beisammen - vielleicht war es doch die Straße, welche Anschluss suchte.

Er bleibt an dem schattigen und ruhigen Ort einige Stunden, genießt Landschaft und Ruhe und tankt an der glucksenden Quelle den Wasservorrat auf. Stunden später fährt er zurück und als er von der Gasse neben dem Marktplatz wieder auf die befestigte Hauptstraße einbiegt, da ist ihm nicht ein Mensch begegnet. Wie verlassen und verwunschen, jener schöne Flecken.

Auch die Carretera wird nicht befahren, er rollt Kilometer um Kilometer alleine durch die glühende Landschaft, passiert wenige Ansiedlungen aus zählbaren Häusern, sieht keine Bewohner. Die Hügel rücken beiseite, schrumpfen im Rückspiegel und das Land wird flach. Die Luft flimmert von der Hitze, die Sicht wird unscharf wie ein altes Polaroid. Stunden später meint er doch wieder die Autobahn nutzen zu müssen, der Diesel wird knapp und anders als erwartet, lag keine Stadt auch nur annähernd auf der Route. Doch dann will er seinen Augen nicht trauen, glaubt erst an eine Fata Morgana, so in der lähmenden Wärme, draußen und im schwarzen Auto. Die Klimaanlage verzweifelte schon längst und weit geöffnete Fenster sorgen für mehr Erfrischung. Aber er täuscht sich nicht. Da liegt mitten im staubigen Nirgendwo der Ebene eine Tankstelle. Drei, vier graue Häuser haben sich angegliedert, sonst nichts. Er fährt die Zapfsäulen an und während er zweifelt, ob hier wirklich noch Kraftstoff ausgeschenkt wird, in dieser Kulisse wie in einem David Lynch Movie, da nähert sich bereits eine leuchtend blaue Arbeitskombi mit bunten Aufnähern des staatlichen Betreibers. Die saubere Bekleidung ist schon ausreichend Kontrast zum grauen Staub und braunem Bodenbewuchs, aber die lächelnde junge Frau darinnen bricht alle Rekorde. Sie scheint nicht erstaunt über den Ausländer, welchen, zu ihrem Vergnügen, die Szene offensichtlich verwirrt. Sie tankt und beide beginnen ein Gespräch, Smalltalk, aber es reicht weit über das Betanken hinaus. Er findet es angenehm und sie hat Langeweile.

Und als er endlich weiterfahren will, bereits hinterm Lenkrad sitzt, kommt eine Frau aus der Tankstelle herbei. Mit der rechten Hand hält sie einen über die Schulter geworfenen Rucksack, mit der linken einen großen Becher Kaffee. Damit winkt sie ihm zu. Er wundert sich noch mehr, über das Getränk zuerst und das *die* Tanke tatsächlich einen Shop hat - *für wen denn wohl nur* - und dann über die zweite Schöne in der Einöde. Diese steht nun neben ihm, streicht sich die schulterlangen dunkelblonden, widerborstigen Haare vom Gesicht, mustert ihn kurz und fragt im schönsten niederländischen Slang, wohin er will und ob sie mitnehmen kann, in den nächsten größeren Ort wenigstens, oder, naja, besser etwas weiter, in Richtung Küste. Da möchte sie eigentlich hin, jetzt zumindest, erst einmal. Sie lächelt zaghaft, steht schief da durch die Last ihres viel zu großen Gepäckes auf nur einer Schulter, zuckt trotzdem mit beiden, weil er nur stur hinter seinem Dashboard sitzt und sie ohne Regung betrachtet. Sie sagt etwas, das er nicht versteht, ein Lob war es kaum, schaut zur Tankwartin und zuckt erneut mit den Schultern. Er fragt sich was hier los ist, ob er vielleicht durch ein verdammtes Wurmloch auf einen anderen Planeten gefahren ist, so undenkbar nicht bei dem Felsen- und Hügellabyrinth vorhin, oder auf ein Filmset, die Amys drehen ihre Schinken gerne mal in Spanien. Die sexy Tankwartin in ihrem unwirklich leuchtenden Blau, wo alles andere, aber auch alles, nicht nur die Häuser, der Weg, die Zapfsäulen, die mickrigen Palmen, auch sein Auto und er und die Zeitreisende neben ihm, einen unigrauen Staubschleier tragen - die kleine Schwarzhaarige beobachtet, interessiert am Ergebnis, und lehnt lässig Kaugummi kauend am Träger des Sonnendaches. Ungeduldig, als ob hier, ausgerechnet hier, die Zeit tatsächlich existiert, streift die Fremde den Rucksack ab, neigt den Kopf zur Seite, zieht eine Augenbraue hoch und fordert mit einem knappen *Und ?* eine Reaktion. Mit dem Wort holt sie ihn in den Moment zurück und er fragt sich, was diese magische Frau mit den verschlissenen engen Bluejeans, dem schwarzen Tanktop und dem überdimensionierten Gepäckstück in die Weite der Extremadura geweht haben mag und dann wird ihm bewusst, dass sie ihm die gleiche Frage stellen könnte. Er zieht die Mundwinkel zu einem flüchtigen Lächeln und antwortet, dass er Richtung Golf von Cádiz fährt, auf der Suche nach möglichst einsamen Fischernestern, hoch bis Tarifa, an die Straße von Gibraltar. Große Städte liegen hinter ihm, er weicht weiteren jetzt aus, fährt nicht schnell, stoppt an schönen Orten, doch sicher findet sich bald für sie eine Gelegenheit umzusteigen, auf ein schnelleres Reisegefährt, mit dem sie ihm vorauseilen kann, er wird kaum vor dem frühen Abend am Atlantik ankommen. Und, natürlich kann sie mitfahren.

Sie nickt, erleichtert dass er sprechen kann, streift wieder die bockige Strähne vom rechten Auge und sagt trocken, dass sei o.k., sie hat es nicht eilig, ihr läuft nichts davon und sie heiße Lynn. So steigt er aus, nimmt ihr den Rucksack ab, stellt ihn in den Bus, ist dabei erstaunt über das Gewicht und das dieses scheinbar zerbrechliche Wesen das Ding derart lässig bewältigen kann und öffnet die Beifahrertür. Behände steigt sie ein und er bemerkt sehr wohl den langen Riss am rechten Hosenbein knapp unterhalb ihres kleinen, knackigen Hinterns, und ihre braune Haut. Als beide vom Gelände der Tankstelle rollen, winken sie der dort ausgesetzten Schönheit zu, diese nickt, lacht, grüßt und bleibt zurück auf ihrem Eiland.

Unterwegs nun lernen sie sich näher kennen und geben etwas von sich preis, wenig nur, von den letzten Tagen ihrer Reisen. Beide erkennen, was sie im ersten Moment ihrer Begegnung spürten, beim ersten Blick in die Augen, das sie einander ähneln, im Denken und Fühlen, im Herumirren und bei der rastlosen Suche nach einem Sinn. Er spürt wie sie ihn mustert, scheinbar zufällig, während sie sich im Bus umsieht oder den geneigten Kopf am halb offenen Fenster stützt. Sie grübelt über die schaurigen Bilder im Bus und über ihn, bei der Wärme total in Schwarz, auf dem Rücksitz ein Kapuzenhoodie in gleicher Farbe, hinter dem Sitz am Tisch Kampfstiefel, und ob es wirklich eine gute Idee war einzusteigen. Ihr Blick gleitet zu ihm. Seit sie im Auto sitzt, trägt er die Sonnenbrille nicht mehr, aber der breite Schutz des Army-Cap verdeckt viel von seinem Gesicht. Jetzt dreht er den Kopf leicht zu ihr und sie sieht ihm tief in die Augen, er wirkt müde, nicht nur vom Tag, doch, sie lächeln ihr zu. Und in der Sekunde weiß sie, es ist gut so wie es ist und sie freut sich auf das Meer. Wie anders, natürlich ist er mehr von ihr, als der Landschaft gefangen, ihr Blick vorhin beschleunigte das Blut in seinen Adern. Instinktiv weiß er von ihrer Besonderheit und das auch sie eine Last mit sich trägt, die dunkler und schwerer als der Rucksack zu sein scheint. Sie ist jünger als er, aber auch in einem Alter, indem andere mit Sicherheit nicht als Drifter durch Europa ziehen, mit einem Schlafsack als Schutz, sondern Hotels mit Niveau buchen oder Kreuzfahrten mit Käptn`s Dinner und dem Irrglauben die Welt gesehen zu haben, in den paar Stunden, als man mit zweitausend Gleichgeschalteten im Crashkurs Häfen überflutete, oder aber wenigstens im übergroßen Wohnmobil reisen, gefüllt mit allem was der heimische Haushalt an Nutzlosem nur zu bieten hat, um damit die Straßen zu verunsichern. Und nach der Reise, zu Hause, sind Engstirnigkeit, Eigenheim und Garten Lebenszweck, gerne auch Sprachlosigkeit und Zwistigkeiten. Willkommen in der Finsternis! Von dieser Schablone hat sie sich nicht verbiegen lassen, soviel ist klar. Er will nicht aufdringlich erscheinen, hält sich bestmöglich zurück, muss aber häufig kapitulieren und nach ihr blicken. Sie lehnt weiter am Fenster, mit Haarsträhnen im Gesicht, die rechte Hand hinter dem Kopf, die linke auf dem flachen Bauch, die Beine angezogen ans Armaturenboard gestützt. Sie ist braungebrannt, ganz sicher bereits länger unterwegs. Ihre Blicke treffen sich oft, sie spüren, wenn sie angesehen werden. Sie bewegt die Mundwinkel nur wenig, doch die Augen lächeln und das ist viel mehr. Beide reden kaum, aber sie mögen einander, verstehen sich ohne viele Worte.

Abends erreichen sie den Atlantik, schauen gebannt auf das blaue Meer und strahlen sich an, es ist mehr als ein Lächeln und länger als vorher. Aufgekratzt suchen sie nach einem Platz zum Parken, möglichst nahe am anlaufenden Meer. Kleine, ruhige Küstenorte gibt es, die Saison hat noch nicht begonnen und viele Häuser sind unbewohnt, aber sie wollen nicht in einer Straße übernachten und so nähert sich die glutrote Sonne bereits dem Meer, als sie weit hinter einem Fischerdorf auf einen unbefestigten Weg abbiegen, welcher durch einen breiten lichten Pinienwald führt und nach einigen Kilometern tatsächlich am Strand endet. Der Bus holpert entlang der schmalen Dünen, bis sie ihren Platz gefunden haben. Sie sind in einer Bucht, an deren Enden schwache Lichter von Siedlungen glimmen. Es ist schön hier, einsam, unter den ersten Pinien am Strand, nur zwanzig Meter entfernt rollen seichte Wellen auf den Sand. Die Sonne ist halb abgetaucht, eine sanfte Brise streift vom Meer über das Land.

Sie hatte bereits unterwegs beschlossen, nicht auszusteigen, sondern eine Strecke ihrer Wanderung mit ihm zu gehen. Nun bändigt sie ihre Haare in einem kleinen Pferdeschwanz und als er den Motor stoppt, lachte sie ihn an und ihre braunen Augen glänzen vom Glück, zum ersten Mal seit ihrem Treffen. Er antwortet mit einem Lächeln, gefangen von der unerwarteten Situation und sieht fasziniert mit einem lange vermissten Gefühl von Wärme zu, wie sie aus dem Auto springt, sich im Laufen stolpernd der wenigen Sachen entledigt und in die Wellen stürzt. Völlig im Jetzt verfangen, freut sie sich zu dem warmen Nass, scheint mit der Kleidung auch andere Hüllen abgeworfen zu haben, springt lange vor den Wellen hoch und dann steht sie einfach nur knietief im Wasser, lässt den Ozean an ihrem braunen Körper brechen und blickt in die Ferne, die Arme ausgebreitet und ihre Hände liebkosen das Meer. Er lehnt stumm am Auto und kann sich kaum satt sehen an diesem Moment voller Schönheit, wie sie still dort steht, nackt, in dieser Pose und verzaubert dem Tauchgang der Sonne im Atlantik zuschaut. Als die letzten Lichtstrahlen auf den Wellen glitzern, dreht sie sich um und er erschrickt ein wenig über diese Wendung und diesen Blick. Ob er nicht baden will, nach dem heißen Tag, das Wasser sei warm, einfach herrlich und sie winkt ihm zu. So wird er aus seinen Gedanken gerissen, zieht sich aus und geht über den feinen Sand, der die Wärme des Tages in sich trägt, zu ihr ins Meer. Unaufdringlich interessiert sieht sie ihm entgegen, dann baden sie und albern herum und bald kommen sie sich näher, berühren, streicheln, küssen einander und stehen eng umarmt am Ufer. Er unterbricht die Magie, holt sein Badetuch und sie kosten einander von der Haut. Sie zumindest, so stellt er fest, schmeckt überall nach dem Salz des Meeres. Das Tuch ist knapp, zu klein für zwei, aber sie sind geschickt, finden beim ersten Mal hinreichend Platz. Doch wenig später ziehen sie das breite Nachtquartier im Bus vor, bei weit geöffneter Seitentür, mit Blick aufs Meer und zu den Lichtern der Fischernester, und einer Luft, übervoll mit dem betörenden Geruch von Algen, Ferne und Freiheit. Die Brandung ist stärker geworden, das Brechen der Wellen lauter, sie lassen sich ebenso gehen wie das Meer. Beide genießen die Berührungen von Händen, Lippen und Zunge, genießen die feuchte Haut des anderen, den Rhythmus ihrer Körper und das Paradies mit allen Sinnen. Sie befreien den Augenblick von Zeit. Als das tiefe Blau des Sternenozeanes zaghaft weicht, rutschen sie unter eine Decke und finden Ruhe in enger Umschlingung. Es sind Momente voller Glück und voller Hoffnung, so wie lange nicht mehr und beide denken nicht an gestern und daran, was vielleicht morgen ist, denn dann könnte es wieder wehtun.

Als der Morgen Wärme und den Duft der Pinien in den Bus fächelt, beginnen sie den Tag wie den gestrigen Abend und die Pause in der Nacht, schlaftrunken nur zu Anfang. Jetzt rollen die Wellen leise am Ufer aus.

Ihr Dasein reduziert sich auf essen und trinken, schlafen, in der Sonne liegen, baden und Sex. Immer wieder wandern sie kilometerweit in den auslaufenden Wellen, bis in die Nähe der kleinen Ansiedlungen, aber bevor ihnen jemand begegnen könnte, kehren sie um. Über jede größere Muschel, jeden bunten, vom Meer geschliffenen Stein kann sie sich freuen, muss sie aufsammeln, lange betrachten, entdeckt dabei immer neue Schönheit und hält die Funde vorsichtig wie zerbrechliche Kostbarkeiten in den Händen. Und er, er freut sich über sie. Über ihre Natürlichkeit, über jene eigenwillige Haarsträhne im Gesicht, über die Art wie sie sich bewegt und wie sie ihn ansieht. Er mag ihre leise Stimme, die Sommersprossen, das Zögern in den Sätzen, den Akzent. Die Weise, wie sie ihn berührt und küsst, für ihn nie vorhersehbar, und von flüchtig, fast schüchtern, bis fordernd variiert. Sie sprechen nicht viel, genießen die enge Nähe zum anderen. Öfter versucht er mehr von ihr zu erfahren als den Namen und das sie aus Holland kommt, was wirklich unüberhörbar ist. Aber sie antwortet nicht, lächelt ihn an oder legte den Finger auf seinen Mund und schüttelt, fast unscheinbar, den Kopf. Als er einmal drängt, legt sich ein Schatten über ihr Gesicht, sie hockt mit angezogenen Beinen und dicke Tränen rollen aus ihren Augen. Sie schluckt schwer und blickt aufs Meer, aber sie scheint viel weiter zu sehen, über das Meer hinaus, zum Horizont... oder noch weiter. Er erschrickt über die unerwartete Reaktion, stammelt um Verzeihung, streichelt sie, nimmt sie in den Arm. Sie lässt es geschehen, legt den Kopf an seine Brust, er küsst sie sanft und fragt nie wieder. Auch sie fragt nicht nach seiner Vergangenheit, nach dem Weg den er gegangen ist, nach den Tälern. Beide verstehen einander und sehen die Seelen.

Drei Tage und Nächte leben sie wie im Rausch an ihrem Strand.

Dann ist morgens der Himmel bedeckt, vom Meer bläst ein starker Wind in ihre Bucht und es regnet sanft. Sie entscheiden nach Cádiz zu fahren, er hatte ihr von dem großen Hafen erzählt, von wo er seine Reptilien in ein neues zuhause auf die Kanaren brachte und wo er fast einen Tag auf einem Hochsicherheitsgelände von der Hafenpolizei festgesetzt worden war. Wie er die Geschichte erzählte und ausschmückte, da hatte sie so lachen müssen, es war schön sie dabei zu beobachten. Nun will sie gerne von der Promenade das Gelände sehen und den Hafen und die lange Mole ins blaue Meer. Innerlich bewegt muss er, dort angekommen, seine Geschichte erneut erzählen. Doch, derart hautnah erinnert an den schweren Cut vom geliebten Leben, klingen seine Worte wie ein Kommentar, er hat schwer zu kämpfen mit dem nie Bewältigten. Sie schaut wie er verloren über den Hafen, hört gebannt zu, dann nimmt sie seine Hand und küsst ihn auf die Wange. So wird er aus seiner Vergangenheit in das Jetzt katapultiert. Sie lächelt ihn an, er sieht in ihre schönen Augen und denkt an seine Tiere und dass er, wäre er mit ihnen gegangen, diese faszinierende Frau nie getroffen hätte. Ob seine Entscheidung damals richtig war, er weiß es bis heute nicht, hat oft darüber völlig sinnlos gegrübelt. Es ist zu spät, nun ist er hier, er sollte das Wunderbare der Zeit sehen. Er umarmt sie fest, sie legt die Arme um seinen Hals, presst sich an ihn. Er spürt ihren Atem am Hals. Spaziergänger ziehen vorbei, ein Frachtschiff läuft ein, es ist windig und wenige Regentropfen perlen aus dem bedeckten Himmel.

Cádiz ist einzig durch seine Lage schön, die Stadt ist trist, da gibt es nichts zu besichtigen. Dafür entdecken sie im Hafen die Möglichkeit zu einer Rundfahrt entlang der Küste und sie zögern nicht. Das Schiff ist klein, es sind kaum Gäste an Bord. Beide stehen nur im Freien, genießen das Meer und die Sicht auf Cádiz und die Küste mit den weißen Häusern Andalusiens. Dort an der Reling macht er zwei Fotos von ihr. Sie ist überrascht, es gefällt ihr nicht, aber sie lächelt trotzdem ein wenig, fast verlegen. Die Bilder sind leicht unscharf, das schwankende Deck war auf ihrer Seite. Aber er ist froh sie zu haben, es wird bei diesen zwei Fotografien bleiben.

Auf der Rückfahrt zu ihrem Strand machen sie einen Umbogen und fahren in das nahe Fischerdorf, schlendern ein wenig herum und füllen im kleinen Supermarkt die Vorräte auf. Sie planen nicht, wollen vorerst in ihrer Abgeschiedenheit bleiben. Aber bei der Rückkehr an den Strand gibt es eine Überraschung in Gestalt zweier Wohnmobile mit englischem Inhalt an genau ihrem Platz und damit einen Abschied von dem verträumten Irrglauben, dies Eden ist nur für sie geschaffen. Willkommen in der Wirklichkeit. Sie parken mit möglichst weitem Abstand gleich am Ende des Weges, auch dicht am Meer und schweigen nun noch länger. Die zwei gut gefüllten Invasorenpaare haben sich breit gemacht, Fahrräder und Hausrat ausgeräumt, Wäscheleinen zwischen Pinien gezogen. Sie scheinen länger bleiben zu wollen und sie zerstören die Magie mit ihrer schrecklichen Musik, dem lauten Gerede, dem Küchengeruch, den bunten Sonnenschirmen, Windschützern und Sitzmöbeln am Strand. All so etwas brauchen sie nicht, beiden reicht sein Badetuch, sie hat auch eines, aber das nutzt sie nur gelegentlich beim Sonnen, zumeist sitzen und liegen sie eh nur eng nebeneinander. Wird der Wind zu nervig und schmirgelt mit feinem Sand die Haut, dann gibt es die Dünen mit ihren Mulden im Schatten des Sandstrahles. Und wenn sie abends auf das Meer sahen, waren Neil Young und Pink Floyd die richtige Untermalung ihre Gedankenwanderungen. Diesen halben Tag, den nächsten und zwei Nächte halten sie eben durch, fühlen sich beobachtet, baden aber weiter beharrlich nackt im Meer und in der Sonne und wandern ebenso weiter am Strand entlang, nur nicht bei den Eindringlingen vorbei. Die geben sich sowieso zugeknöpft und betrachten sie und ihn bestimmt auch als Fremdkörper mit zu viel Freizügigkeit und artuntypischen Verhalten. Beide gehen weiter zärtlich miteinander um, verlagern den Sex aber nun in Dünentäler und Bus und dort schließen sie dann die Tür, auch am Tage, bei der Wärme, und ebenso nachts zum Schlafen, die offenen Fenster müssen reichen.

Dann ist es genug und sie fahren weiter, finden Übernachtungen am Meer, aber jetzt haben sie stets Nachbarn. Das freie Leben ist vorbei und beide spüren deutlich, dass auch ihre gemeinsame Etappe zu Ende geht. Sie sind Gefährten auf Zeit und wären sie nicht auf ihren Strand gestoßen, hätten sie niemals all das Schöne erlebt. Wenige Tage später, hinter Cádiz, in Conil de la Frontera, einem schönen andalusischen Fischerort, finden sie noch einmal einen ruhigen Platz. Neben ihnen nur ein junges Paar aus Frankreich, mit einem Bus wie sie ihn haben. Den Tagesrest verbringen sie am Strand. Dieser ist breit, recht viele Menschen wollen wie sie das Meer genießen. Beide flüchten durch die Mündung eines kleinen Flusses, welche den Strand teilt. Das Wasser reicht bis über die Knie, doch den auf das Süßwasser rollenden Atlantikwellen können bald auch andere Körperpartien nicht vorenthalten werden. Egal, sie haben einen ruhigen Bereich Strand erobert, liegen in der Sonne und schauen stumm den wild kreuzenden Kite-Surfern zu. Sie kehren erst zurück, als in Conil die Lichter brennen. Am nächsten Vormittag erkunden sie ein wenig den alten Teil des Ortes. Das einstige Fischerdorf siedelte an der Naht von Fluss und Meer und überzieht einen Hügel mit einem Geflecht enger Gassen. Typische andalusische Häuser, klein, niedrig, mit geschlossenen Fronten und einem Gittertor zu einem Innenhof voller Blumenpracht. Es gibt winzige Läden im Erdgeschoss, wenige Quadratmeter groß, für Lebensmittel und Gemüse. Die Gasse wird zur Auslage genutzt, an den Wänden hängen Bananen, Ananas und Orangen in Netzen. In der Bäckerei liegen die Backwaren in Körben, die Baguettes stecken in ihnen wie Regenschirme. Der Platz für die Käufer ist beengt, Lynn kuschelt sich geschmeidig wie eine Schlange an ihn, um als dritte Person hineinzupassen. Sie nutzt die Gelegenheit ihn lange zu küssen und unsichtbar für andere, frech zu berühren. Schelmisch blickt sie ihn dabei an. Er, überrumpelt, zeigt wohl entsprechende Mimik, denn die dicke Bäckersfrau grinst. Lynn ist nicht zu irritieren und umschlingt ihn fest. Erst als sie dran sind, lässt sie unwillig von ihm ab, streicht die bockige Haarsträhne hinter das Ohr und lächelt ihm und der Verkäuferin mit großen Augen unschuldig zu.

Aus der Gasse sind laute Rufe zu hören. Zwei Fischer mit Körben voller unterschiedlicher Fische und einer Waage in den Händen rufen ihre Ware aus und ziehen von Haus zu Haus. Sie müssen den Fang schnell verkaufen, es wird heiß, die Sonne haucht ihre Wärme bis in die hintersten Winkel. Aus einigen der unzähligen kleinen Lokale klingt typisch andalusische Musik von Gitarren und Kastagnetten, Flamenco live. Beide mögen eindeutig andere Musik, aber jetzt ist es einfach wunderschön. Sie setzen sich und lauschen eine Weile. Ärger mit zu lauter Musik in dieser Enge von Wohnen, Leben, Essen und Einkaufen gibt es scheinbar nicht. Die Turmuhr der Kirche auf dem höchsten Punkt des Ortes schlägt halbstündlich, auch nachts. Der ganze Ort klingt. Wie mag es erst in wenigen Wochen sein, wenn die Saison beginnt und die Touristen einfallen? Die Strandpromenade wird gerade geschönt, als sie am Bus eintreffen, die Dünen gesäubert, die Palmen beschnitten und Buden errichtet. Am Strand verlegen Arbeiter Holzroste an den Zugängen, stellen Duschen auf und schließen sie an. Neben ihrem T4 parkt jetzt ein weiterer Kleinbus. Ein weißhaariges Paar lacht ihnen freundlich zu, kommt herbei und fragt, ob es hier Probleme mit dem Parken gibt. Sie unterhalten sich eine ganze Zeit. Die Zwei sind Engländer, wollen so lange es geht, kreuz und quer durch Spanien ziehen. Einfach ist das nicht mit einem kleinen Bus, wie genügsam der Mensch und trotzdem zufrieden sein kann.

Einen weiteren Tag bleiben sie. Und auch den nächsten verbringen sie am Meer, sie nun immer im Bikini. Sie sitzen lange bis in die Nacht am Strand und schauen still den Wellen zu, dem Tanz des Mondlichtes darauf und den in kühlem Silber glänzenden Schaumkronen. Die verbleibenden nächtlichen Schlafstunden verkürzen sie wie üblich, es wird schon hell, als sie einschlafen. Die aufgehende Sonne heizt den Bus auf und die Wärme in der kleinen Blechmaschine weckt sie unsanft. Als sie an diesem Vormittag nicht mit ihm ans Meer gehen will, ihn aber zärtlich umarmt und küsst, ahnt er warum, will es aber nicht wahrhaben und das Atmen fällt ihm schwer. Er bittet sie mitzukommen, aber Lynn schüttelt den Kopf, sie will nur duschen.

Ein Riss geht durch die Welt, seine Welt, und ein Abgrund tut sich auf.

Man hat sie wieder eingefangen und zurückgeworfen, einzeln, in ihre Goldfischgläser und erneut beginnen sie in Runden zu treiben und alte Barrieren zu streifen, als wäre es nie anders gewesen.

Er geht ans Meer, ist so alt geworden und weiß doch nicht wie er sich verhalten soll. Nur wenig später erfasst ihn Unruhe und treibt das Herz an. Er blickt zum Bus, der unbeteiligt an der Düne steht, mit seiner Schnauze zum Meer, und er eilt zurück. Lynn ist fort. So plötzlich wie sie in sein Leben trat, verließ sie es wieder. Nein, sie hat nicht aus einer Laune entschieden, sie war noch stiller gewesen am vergangenen Tag, jetzt wird es ihm deutlich.

Einen Zettel hat sie hinterlassen, ordentlich und sichtbar an eine Tasse gelehnt auf dem Tisch, unten mit zwei ihrer schönsten Muschel beschwert, damit ihr Gruß nicht hinunter wehen kann und er ihn sofort findet. Behutsam, wie es ihre Art war sie zu berühren, nimmt er die Muscheln auf und legt diese auf die Ablage des Armaturenboards, unübersehbar, für immer. Die Schrift ist schön, sie passt zu ihr.

Sie dankt für die wunderschönen Tage und Nächte, wohl die besten in ihrem Leben, und dafür, dass sie mit ihm ihre schwere Last vergessen konnte. Aber jetzt sei sie wieder da, wie so oft vorher, und sie weiß nie wie lange sie diese noch wird ertragen können. Dass er sie so, in einer hellen Phase in Erinnerung behält und nicht in der letzten möchte sie und das er nicht irgendwann an ihrem Schmerz zerbricht. Er soll sich keine Sorgen machen, wie er wisse sie wann es Zeit ist. Sie wird ihn nie vergessen, niemals, ganz bestimmt wird sie an die gemeinsamen Tage in ihrem Eden am Meer denken, bevor sie fortgeht. Bald schon. Vielleicht, vielleicht wird er es spüren können, wenn es soweit ist und sie die Tür öffnet? Er solle gut auf sich aufpassen, ihr verzeihen, versuchen zu verstehen, sie sind sich doch so ähnlich. Eine kleine lachende Sonne hat sie mit ein paar Strichen gezeichnet.

Und sie unterschrieb mit einem anderen Namen, als er ihn kannte.

Mathilde steht dort unterstrichen. Mathilde.

Er liest die Sätze und kann sich wie in einem Spiegel sehen. Den Zettel in zitternder

Hand, mit stillen Tränen, blickt er zum Meer und hinüber zur weißen Stadt. Unsagbar einsam fühlt er sich urplötzlich und völlig fremd in Spanien. Es hätte keinen Sinn sie zu suchen, schon in den engen Gassen würde er scheitern und sie will es so, so und nicht anders. Sie ist fort, zieht weiter allein auf ihrer erfolglosen Suche durch diese Welt, genau wie er. Sie war ein funkelnder Opal auf dem staubigen Pfad. Er vermisst sie schon jetzt, nie wird er sie vergessen. Wie schon andere früher, die ihm nahe standen, ist Lynn wieder abgetaucht in ihre Realität, verschwand im Nichts.

Nicht immer liegt das Nichts in der Ferne, oft beginnt es nur wenige Schritte entfernt, hinter einer Mauer, einem Gartenzaun oder in der nächsten Straße.

Vielleicht wird er sie eines Tages wiedertreffen, dann, wenn sich hinter ihm die geheimnisvolle Tür schließt. Vielleicht, so hofft er, wartet sie dort auf ihn, zusammen mit anderen, welche er in dieser Welt unendlich vermisst.

Ausgebrannt steht er am Bus, kann wieder nicht verstehen, dass sein Schmerz unbedeutend ist, die Sonne den blauen Himmel erklimmt, das Meer unverändert rauscht und Menschen lachend zum Strand ziehen, als wäre eben nicht Entscheidendes geschehen. Nein, die Welt hält auch nicht für ihn den Atem an.

Im Kopf spielen Pink Floyd *Great Gig in the Sky* und die orgiastischen, schrillen, die überirdischen Töne von Clare Torry und ihrer Performance von Himmel und Tod pulsieren durch sein Adergeflecht, löschen alle anderen Geräusche, auch das Rauschen des Meeres und lassen ihn in Leere versinken.

Notiz
Miss Juni

Nachts im Traum
stehst du vor mir
nimmst meine Hand
und führst mich fort von hier
aus „In stillen Nächten", Till Lindemann

117

Wer kann schon sagen, was mit uns geschieht.
Vielleicht stimmt es ja doch, dass das Leben eine Prüfung ist,
in der wir uns bewähren sollen.
Nur wer sie mit Eins besteht, darf in den Himmel kommen.
Und für den ganzen dreckigen Rest bleibt die Hölle der Wiedergeburt.
Als Tourist auf Ibiza, als Verkehrspolizist,
als ein Clown in einer Zirkusshow, den keiner sehen will.
Um diesem Schicksal zu entfliehen, sollen wir uns redlich bemühen.
Jeden Tag mit 'nem Gebet beginnen, an Stelle von Aspirin.
Nur wer immer gleich zum Beichtstuhl rennt, als wär es ein Wettlauf,
und dort alle seine Sünden nennt, der handelt einen Freispruch aus.
Wer Messer und Gabel richtig halten kann und beim Essen grade sitzt,
wer immer JA und DANKE sagt, dessen Chancen stehen nicht schlecht.
Wer sich brav in jede Reihe stellt, mit geputzten Schuhen,
wer sein Schicksal mit Demut trägt, dem winkt die Erlösung zu.
Wir sollen zuhören und aufpassen, tun, was man uns sagt,
unterordnen und nachmachen, vom ersten bis zum letzten Tag.
Immer schön nach den Regeln spielen, wie sie befohlen sind
und im Buch des Lebens steh`n, in Ewigkeit Amen.
Ich will nicht ins Paradies, wenn der Weg dorthin so schwierig ist.
Wer weiß, ob es uns dort besser geht - hinter dieser Tür.
Ich will nicht ins Paradies
und bevor ich auf den Knien fleh, bleib ich meinetwegen hier.
Ich will nicht ins Paradies,
wenn ich nicht rein darf, wie ich bin, bleib ich draußen vor der Tür.
Ich will nicht ins Paradies, wenn der Weg dorthin so schwierig ist.
Ich stelle keinen Antrag auf Asyl, meinetwegen bleib ich hier.
Die Toten Hosen

Hitze

Er fährt am frühen Abend ab. Solange wartete er, vielleicht würde Lynn sich anders entscheiden.

Auf einer gründlichen Runde hatte er zuvor das alte Conil durchstreift. In den Gassen saßen viele Menschen vor den Lokalen, langsam ging er vorbei, blickte in die kleinen

Läden. Und dann verlief er sich im Gassengeflecht, was ihm sonst höchst selten passiert. Die Suche war sinnlos, was sollte Lynn ausgerechnet dort in dem Trubel? Aber, er musste es einfach versuchen. Wieder am Auto ging er hinunter zum Meer, durchwatete *ihren* Fluss, stand lange, blickte auf Ort und Meer, sah die Kite-Surfer über die Wellen fliegen. Dann überfiel ihn Unruhe, er eilte zurück und lenkte den Bus auf eine Ausfahrtstraße, fuhr viele Kilometer, hielt an einer Tankstelle, stand eine Weile davor und ging mit klopfendem Herzen hinein, unschlüssig ob er richtig handelt. Der Shop war leer, die Bedienung schüttelte auf seine Frage den Kopf. So wendete er, Richtung Europas Ende. Es dunkelte, er fuhr gezielt langsam und besuchte eine weitere Tankstelle.

Für die Nacht parkt er in Barbate de Franco, unmittelbar an der Promenade, fünfzig Meter vom Meer. Die ersehnte Ruhe zieht einen weiten Bogen um den Bus und selbst die Flasche Rotwein unterstützt ihn nicht. Auf den Plätzen eines Karussells hocken die Scherben der jüngsten Vergangenheit, zeigen ihre Lichtbilder, angeführt von einer einsamen Tanke im Staub der Extremadura, und drehen ihre Runden, vorbei an dem stillen Beobachter. Irgendwann gesellen sich mehr und mehr Erinnerungen hinzu, drängeln auf der begrenzten Fläche und das Karussell biegt sich abwärts, wird zu einer Spirale, immer tiefer, zurück zum Anbeginn der Lebensreise. Dagegen ist Wein machtlos, Johnnie W. hätte energischer eingegriffen, aber den hat er nicht mehr einbestellt seit Lynn. Ewig sitzt er hinterm Lenkrad, kann den Strand im faden Licht unter dem Sternenhimmel sehen. Links beginnt die lange, hell erleuchtete Promenade, an deren anderem Ende die schrill-bunten Farbenspiele einer Kirmes flimmern. Das Heulen der Fahrgeschäfte, das Lärmen der Besucher und die laute Musik hallen bis in die frühen Morgenstunden herüber. Und wenn er glaubte, in seiner dunklen Ecke ruhiger zu stehen, er wird Besseren belehrt. Offensichtlich befindet sich hier ein beliebter Weg zurück in die Stadt, denn Heere von Familien mit aufgekratzten Kindern ziehen an ihm vorbei. Spanier unterhalten sich nicht unbedingt leise, auch nicht um drei Uhr in der Frühe und die Kinder äußern lauthals ihre Begeisterung vom Kirmesbesuch. Die vielen Gruppen Jugendlicher legen noch einen drauf. Wie in aller Welt meinen sie sich dem anderen Geschlecht bemerkbar machen zu müssen. Die Mädchen mit schrillen Gezeter und kokettierendem Gekicher. Die Jungs mit kräftigen, zwischen den Stimmlagen springenden Lautäußerungen, sowie als Imponiergehabe, Rangeln untereinander und Treten gegen Schilder, Flaschen und ähnliche Gegner. Welch Beweis für unsere von Instinkten getriebenen Urnatur. In einer Schimpansenmeute ist das nicht anders. Er atmet auf, als endlich die Kirmeslichter mehr und mehr versiegen, aber da dämmert schon der neue Tag. Vormittags geht er Richtung Kirmes und staunt über den Zustand der Geschäfte, sie wären selbst in den letzten Tagen der untergehenden DDR als überaltert angesehen worden. Winzige Karusselle für Erwachsene, die für Kinder haben Zwergmaße. Eine Grottenbahn, welche von ihrem Transportauflieger, nun die Grotte, abbiegt und unmittelbar dahinter entlangführt, um sofort den halben Meter höher in die lustige Höhle zu fahren, ist das Hauptgeschäft. In Deutschland würde man fragen, ob dies ernst gemeint sei, doch es kann offensichtlich Freude bereiten, dass allein zählt. Alles ist liebevoll frisch gestrichen und sehr sauber. Ein durchreisender Farbtupfer im abgewirtschafteten Ort. Barbate de Franco liegt an einer weiten Bucht, eine lange Mole schützt zusätzlich Strand und Hafen, in der Ferne verfließen Landmassen im lichten Grau, Afrika. Die Stadt hat ihre beste Zeit weit hinter sich. Einst gab es florierende Fischerei, solange bis die Thunfischschwärme ausgelöscht waren. Damit begann der Verfall, deutlich sichtbar an den abgefuckten, leeren und ruinenhaften Fabrikgebäuden und aufgegebenen Lagerhallen in der zweiten Reihe hinter der Promenade. Der ehemalige Fischereihafen, zwar von der Mole vor wütendem Meer geschützt, aber nicht vor den Auswirkungen der Gier, ist ein geisterhaftes Trümmergelände und wenige kleine Boote schwanken auf den Wellen an den bröckelnden Kais. Die Thunfische sind fort, nur noch vor Tarifa lauert man ihnen mit, durch die Markierungsbojen weithin sichtbaren, Fangleinen auf, bestückt mit verlockenden Ködern, damit die Tiere ihre Reise an den Haken beenden. Denn eigentlich wollen sie zum Laichen ins Mittelmeer, eine überalterte Entscheidung, wo doch gerade die Eier in Japan hoch bezahlt werden.

Fünfundachtzig Prozent des spanischen Thunfisch-Fanges werden an Japan verkauft, dort hechelt man nach allem vom Thun. Und bekanntlich weit gieriger nach Wal, nur kann Spanien diesem Wunsch nicht mehr nachkommen, trotz der betörend mächtigen Wesen vor seinen Küsten. Das Land hat das UN-Moratorium von 1986 zum weltweiten Walfang-Verbot unterzeichnet. Ein Jahr zuvor hatte dafür bereits die Sea Shepherd Consevation Society von Paul Watson einen Denkanstoß gegeben und mit ihrem Schiff die spanischen Walfangschiffe Ibsa I und II vor Vigo versenkt. So tötet Japan trotz Verbot des Internationalen Gerichtshofes Den Haag im Jahr 2015 eben beharrlich alleine weiter. Schert sich ein dreckiges Essstäbchen um Urteilsspruch, Recht und Tierschutz und mordet zudem im von den UN festgelegten Schutzgebiet der Antarktis.

Ein weiteres Land mischt gerne in dem schmutzigen Walmord-Geschäft mit, ein Land das mit Massenhaltung in Lachsfarmen seine Fjorde verseucht. Natürlich, Norwegen, welches nie das Moratorium unterzeichnet hat, in eigenen Gewässern mordet, sich damit allen Verboten entzieht und das sich angemaßte Recht auch mit Militärgewalt brutal, stehengeblieben auf Stufe der marodierenden Wikinger, gegen Sea Shepherd verteidigt. Wie bei den Japanern, stehen auch bei ihnen jährlich über eintausend Wale auf der Abschussliste.

Und dann trägt da Europa einen weiteren Makel. Auch Dänemark ist nicht kleinlich und unterstützt die primitiven Interessen einer Inselgruppe von Vasallen. Die Bewohner der Färöer-Inseln treiben wandernde Grind- und andere Kleinwale ins flache Wasser, um sie dort im sogenannten „Grindadráp" abzuschlachten. Auch hier jährlich weit über eintausend Tiere. Ganze Familienverbände werden komplett ausgelöscht. Aus reinem Vergnügen und guter Tradition. „Grindadráp" sind Volksfeste, in denen Männer, Frauen und Kinder sich am Mord beteiligen und im Blut waten. Seit Sea Shepherd eingreift, mischt die dänische Marine mit. Die Massaker der Färöer sind das europäische Taiji. Wieso wissen das so wenige und warum ist es dem *neuen* Europa und seinen „Politikern" völlig egal? Und da glotzen sie wieder aus dem Finsteren, Macht und Gier.

Noch zu Kolumbus Zeiten wimmelte der Atlantik von Fischen. Wie schnell sich alles ändern kann, er sieht es in Barbate de Franco. Die Promenade ist marode wie die Fischereigebäude, sie gibt einen Flickenteppich aus Löchern, Unebenheiten und Platten unterschiedlichster Farben und Größen. Die hohen Häuser an ihrer Seite sind Betonbauten erster Generation, hässlich, eckig, monoton, die Farben nur in Ansätzen zu erahnen, größtenteils ist der Putz lange ab, auch der Beton löst sich auf, rostige Stahlgeripre liegen offen, ein Horror-Trip fürs Auge. Ideale Kulisse für ein Endzeit-Movie. Würden ihm Zombies entgegenlaufen, er hätte sich höchstens wegen der Tageszeit gewundert. Wohl kaum das sich Ausländer hierher verirren, aber viele Menschen sind unterwegs, vorrangig alte, laut schnatternde Spanier und jeder zerbröselnde Betonbunker hat ein Lokal. Das Leben ist alt geworden in Barbate. Kontrast ist der Strand, welcher wie überall in Spanien gepflegt wird, feine Rillen im Sand bezeugten das regelmäßige Säubern. Mit steigender Sonne wird es heiß, doch nur eine riesige Hundemeute tollt und balgt am und im Wasser. Bis auf Hundebesitzer hat es niemanden an den Strand gezogen. Seltsam. Lange schaut er, auf der niedrigen Mauer sitzend, der wachsenden Hundemeute zu, es ist zu schön, wie die sich alle freuen. Dann geht eine junge Frau an ihm vorbei, hinunter zum Meer. Ein Westie eilt eifrig hinterher. Ein Rüde, aber wie kaum ein anderer zuvor erinnert er an seine Tiffany. Der niedliche Zwerg ist ebenso klein, kurzgeschoren, mit kerzengerade aufgerichteten Pinsel und er ignoriert völlig die freundliche Ansprache und die sehnsüchtigen Blicke. Hat nur sein lockendes Abenteuer mit den Artgenossen am Meer im Kopf.

Am späten Nachmittag fährt er weiter, biegt immer wieder von der Hauptstraße nach Tarifa ab, schwingt mit dem T4 über Hügel zurück ans Meer, zu abgelegenen Fischerdörfern. Wird in einem aus wenigen Häusern bestehenden Flecken erst neugierig von den Bewohnern gemustert, sie schlendern an seinem Stellplatz an der Düne vorüber, und dann von der Guardia Civil. Touris scheinen hier selten zu landen. So will man von ihm Näheres erfahren und die zwei Uniformierten geben sich cool mit ihren dunklen Sonnenbrillen. Sehr schnell werden sie aber lockerer, setzen sich zu ihm und sie reden lange, da nehmen sie auch die Brillen und Mützen ab. Nein, nein, es gebe keine Probleme, er kann hier campieren, nur: keinen Müll hinterlassen und, ach, was ist mit einer Toilette. Er zeigt seinen Bus und das Chemieklo. Na, da sei alles ok, *muy bien Señor*. Sie werden immer freundlicher, er müsse sich keine Sorgen in der Nacht machen, hier ist es friedlich. Und am nächsten Morgen stehen sie wieder mit ihrem Auto neben seinem. *Gut geschlafen? Ist alles o-kay?* Sie bringen Zeit mit, nehmen gerne eine Tasse Kaffee an und bleiben zum Reden über Wichtiges und Unwichtiges der Welt.

Ständig muss er an Lynn denken, ständig sieht er ihr lächelndes Gesicht vor sich. Hier hätte es ihr auch gefallen. Er fragt die Polizisten nach einer ungewöhnlichen Frau mit einem Rucksack. Nein, sie haben sie nicht gesehen, ganz bestimmt wäre sie ihnen aufgefallen und hier war sie ganz sicher nicht. Wohl weil er mehrfach nachfragt und vielleicht in seinem Gesicht mehr zu lesen ist, als er eigentlich preisgeben wollte, steigt ein Polizist ins Auto und spricht lange über Funk. Er beobachtet ihn dabei, hofft eine Geste deuten zu können. Aber der Mann kehrt zurück, zieht die Schultern fast unmerklich hoch und schüttelt den Kopf. Nein, keine Hinweise.

Er bleibt noch eine Nacht bei der mächtigen Wanderdüne, dem im Sand versinkenden Pinienwald und der Kulisse von Afrika am Horizont. Dann treibt es ihn weiter.

Endlich ein Hinweis für einen Strand. Er fährt ab vom Asphalt, auf Sand und groben Kies. Ein Felsen trennt beide Wege, seiner führt hinunter ans Meer. Die Zufahrt windet sich, dem Steilhang angepasst, in engen Kurven hinab. Er hatte nicht geahnt, bereits so hoch über dem Meer gefahren zu sein. Nun gibt es kein Halten mehr, wenden ist unmöglich, die Schotterpiste eng und der Abgrund so nah und tief, dass er sich besorgt fragt, was, wenn ihm ein Auto entgegenkriecht. Nur langsam rückt das Meer näher, endlich erkennt er einzelne Wellen. Einige Serpentinen später rollt er dicht an Hartlaubgewächsen und Kakteen aus. Zwei weitere Autos parken. Der Strand ist recht lang, doch sehr schmal, die ihn umarmende und verbergende Felswand ist steil und verliert sich in der Höhe. Da oben ruht die Straße, da muss er wieder hoch. Später. Erst einmal baden, im Meer und in der Sonne. Wellen der Straße von Gibraltar spülen ans Ufer. Gegenüber, klar und deutlich: Afrika. Rechts, einige Kilometer weiter, auf einer vorgeschobenen Felsspitze thronend, erkennt er den Leuchtturm des winzigen Nestes.

Auf der Karte hatte er es entdeckt, abseits der Hauptroute, vielleicht ein ruhiger Platz zum Übernachten, dachte er. Es gibt nur einen Weg in die Siedlung. Wie Schwalbennester kleben die alten Häuser zwischen Abgrund und Himmel auf mehreren Vorsprüngen im Fels. Die Straße sandte ihn auf eine kleine, schräge Freifläche. Im Rücken die Felswand, links eine hohe Grundstücksmauer aus Bruchstücken der Felsen, die anderen Seiten ein Abgrund, so stand er plötzlich mit dem Auto. Von Strand keine Spur, das Meer brandet einige Flugsekunden tiefer an die Felsen. Es bricht sich in Schründen und Klippen, peitscht wütend Fontänen durch Spalten und Labyrinthe in die Höhe. Eine Zeit sah er dem Schauspiel zu. Verbunden mit dem Blick von dem etwas vorragenden Plateau auf die Handvoll niedriger Häuser, ein schöner Fleck zum rasten. Dies war einmal ein Piratennest, viel Fantasie ist dafür nicht erforderlich. Es ist abgeschieden, versteckt in einer der vielen winzigen Buchten im hohen Fels, nur auf jener halsbrecherischen Straße zu erreichen und es überwacht weitflächig die Passage zwischen den Kontinenten. Sicher wissen die Bewohner bis heute, wie man schnell hinunter ans tosende Meer gelangt. Unten ist der Fels, von Wellen bearbeitet, zerklüftet, bildet winzige natürliche Schutzhöfe, vielleicht Höhlen. Zum Übernachten war die Ansiedlung ungeeignet. Hier konnte er nicht parken, musste ja schon rangieren, um wenden zu können und die Straße, welche nur so genannt werden kann, weil sie mit Asphalt der Moderne angeglichen wurde, holprig, mit üblen Wellen, sie ist schmal, sein Bus würde zum Hindernis. Also fuhr er schleichend zurück. Die Häuser sind uralt, er sah und hörte nichts außer das Meer und das Dröhnen der Brandung, und doch sind alle Baulichkeiten sorgsam instand gehalten. An jedem freien Platz stehen große Töpfe mit Blumen. Er passiert den Felseinschnitt mit dem Leuchtturm. Der Kleine, aus grob angepassten Natursteinen wie ein Zylinder auf eine einsame Felskuppe gesetzt, ist allein über einen Felsengrat und eine Brücke erreichbar. Einige Buchten weiter wird die Straße besser und breiter. Dort stoppte er auf einem knappen Parkstreifen, bei der Anfahrt hatte er ihn nicht bemerkt. Etwas voraus, auf der ansteigenden Straße, stand ein gebeugter alter Mann und hinter ihm zwei kleine, ebenso alte Hunde und alle Drei sahen zu ihm, dem Fremden. Er grüßte das Trio, rief ein paar freundliche Worte. Der Alte nickte, hob dabei die Hand ein wenig und trottete weiter bergauf. Seine Hunde schienen die fremden Worte des unbekannten Eindringlings in ihrer Abgeschiedenheit ebenso wenig wie ihr Meister verstanden zu haben und blickten gründlicher herüber. Schließlich trabten auch sie davon, hoppelten emsig hinterher um aufzuholen, doch sie drehten sich, im Gegensatz zu dem Alten oft um. Sie grübelten wohl, ob das wahr ist, was sie da sehen. Und ihm im schwarzen Auto ging es nicht anders. Nun, wo er da stand, bemerkte er auch das kleine, von der Zeit nachgearbeitete Schildchen mit der Aufschrift *Playa* und einen Abzweig von der Spur. Den hatte er dann genommen und ahnte nicht, auf was er sich einließ.

Jetzt, wo er schon hier ist, kann er auch bleiben. Hoch muss er soundso, aber nicht mehr heute. Er hat einen eigenen Strand, fast, die anderen Besucher gehören zusammen, lagern an den Felsen am Ende der Bucht. Das Wasser ist herrlich, doch das Ufer fällt steil ab, bereits nach drei Metern muss er schwimmen. Später, liegend im Sand, schaut er auf die Straße von Gibraltar. Eine ununterbrochene Perlenkette von Schiffen zieht in beide Richtungen vorbei, unterwegs in den Atlantik oder ins Mittelmeer. Täglich durchschwimmen dreihundert Stahlkolosse die sechzig Kilometer lange und vierzehn bis vierundvierzig Kilometer breite Straße, mittig unsichtbar geteilt von einem aus über eintausend Meter Tiefe aufragendem Unterseegebirge.

In der Ferne, an Afrikas Rand, ist Tanger am Atlantik zu erahnen. Auf Marokkos welligen Bergen entlang der Meeresenge stehen Batterien von Windrädern. Deutlich thront Ceuta an der Öffnung der Passage in das Mittelmeer. Wie auch Melilla, etwas östlicher gelegen, ist die Stadt seit Jahrhunderten spanischer Besitz. Schon immer saßen beide Enklaven wie ein Fremdkörper in Anderer Gewebe, vorgeschobene Posten, durch die Entfernung zum Mutterland vorrangig auf sich selbst gestellt. Dicke Mauern und eine Reihe von starken Festungen sorgten lange für Respekt und Sicherheit. Als die Welt sicherer zu werden schien, wuchsen die Städte über eigene Befestigungen hinaus und die Zeit begann an den Bollwerken zu nagen. Wenn auch auf dem schwarzen Kontinent, so zeigte sie hier weniger Respekt als den Pyramiden gegenüber, über welche man sagt, das der Mensch die Zeit fürchtet und Zeit die Pyramiden. Allmählich zerfraß sie in Ceuta und Mellila einstige Zeichen von Macht und Stärke. Dies ging in Ordnung, bis die neue Neuzeit mit dem uneins einigen Europa anbrach und dieser Teil der alten Welt zum Sehnsuchtsziel für ein besseres Leben wurde. Die inzwischen gepflegten Festungsreste helfen der Besinnung auf eigene Wurzeln, weniger gegen den Ansturm von Auswanderungswilligen. Jetzt sind die Abschottungshilfen nicht mehr viele Meter dick, eher filigran und doch hochwirksam. Ein breiter Streifen übersichtliches Niemandsland und sechs Meter hohe Grenzbefestigungen riegeln vom Umland ab. Beide Städte besitzen den Status der Autonomie, doch heute ist das Mutterland dank Flugzeugen und Fast-Ferrys näher gerückt.

Auf die Ellenbogen gestützt kann er ein Schiff erkennen, welches die Route der Handelsriesen in der Wasserstraße kreuzt und Afrika zustrebt. Eine wirklich wundervolle Landschaft. Das Panorama der gebirgigen Küste des anderen Kontinentes, das Türkis der Meere, das Blau des Himmels, die Wärme der Sonne. Ganz klar, dass hier schon unsere Urahnen siedelten. Gerade diese Region trägt besondere Geschichte, sie war der letzte Zufluchtsort, der letzte Außenposten der Neandertaler. Deren Vorfahren zogen in Clans bereits seit zweihunderttausend Jahren durch die Weiten Eurasiens. Als sich dann vor vierzigtausend Jahren das Klima verschlechterte und eine einsetzende Eiszeit die Heimat mit einem nicht mehr weichenden, sondern beständig wachsenden Panzer aus Schnee und Eis überzog, da wichen auch die im Nehmen harten Neandertaler aus, zogen der Sonne und Afrika entgegen und damit wieder dem Kontinent näher, wo wohl alles seinen Anfang nahm. An vielen Orten auf der iberischen Halbinsel haben sie ihre Spuren hinterlassen. Und was mag unentdeckt oder für immer untergegangen sein? Ihre Wohnstätten, ihre Höhlen, liegen stets in malerischen Lagen. Nur Zufall? Als der, wie die Forschung ihn betitelt, anatomisch moderne Mensch Europa für sich entdeckte und vor zweiunddreißigtausend Jahren hinter den Pyrenäen auch das Sonnenland zu besiedeln begann, zogen sich die Ureinwohner vermutlich in die Küstenbereiche am Mittelmeer zurück. Warum? Die Landmasse ist riesig und die Populationen bestanden damals auf beiden Seiten aus nur wenige Individuen. Auf Gibraltar liegt die Gorham-Höhle. Viele Jahrtausende wohnten dort unzählige Generationen Neandertaler, die Reste ihrer Küchenfeuer zeugen bis heute davon und beweisen den unfassbaren Zeitraum. Es ist sicher eine gefragte Wohnstätte gewesen, praktisch in der ersten Reihe. Heute ein Wassergrundstück, sie liegt knapp über den Wogen des Mittelmeeres, doch damals muss sich von ihrem Eingang ein grandioser Ausblick geboten haben. Während der Eiszeit waren Unmengen Wasser in den Eisschilden gebunden, der Meeresspiegel lag einhundertdreißig Meter tiefer und somit breitete sich unterhalb der Höhle eine weite, fruchtbare Küstenebene aus. Vor achtundzwanzigtausend, vielleicht, worauf jüngste Forschungen hindeuten, erst vierundzwanzigtausend Jahren, verlosch hier das Herdfeuer seiner Bewohner. Da lebten Neandertaler und moderner Mensch bereits viele tausend Jahre nebeneinander und es ist kaum denkbar dass sich beide Arten nie begegnet sein sollen. In der Gorham-Höhle gibt es den jüngsten Nachweis von Neandertalern, hier lebten die wahrscheinlich letzten ihrer Art, hier brannten ihre letzten Feuer. Als niemand mehr ein Scheit nachlegte, zog die Zeit einen geheimnisvollen Schleier über Ursachen des Verlöschens ihrer Kultur.

Über seine Gedanken und die monotone Schiffsprozession war er eingeschlafen und er schreckt von einem bedrohlichen Geräusch hoch. Etwas benommen wird ihm klar, da knattert ein Auto die Serpentinen zum Strand hinab. Das Ding dröhnt wie ein Panzer, ist aber schnell. Oder hat er es erst spät vernommen? Jedenfalls zwängt sich rückwärts ein alter Mercedes-Transporter auf den engen Platz neben seinen T4. Stumpfes Grün, braun überpinselte Rostflecken, auf dem hohen Dach eine Reling mit Kisten und am Heck Kanister und Reserverad. Typisches Aussteigermodell, denkt er. Oder Surfer. Ach, nein, da fehlen die Bretter. Wenig darauf staunt er nicht schlecht, als aus der Blechbox zwei junge Frauen springen. Knarrend und blechern knallen die Türen zu. Die Zwei sind sympathisch überdreht, freuen sich ausgelassen über ihre Ankunft. Vielleicht sind sie auch froh, den Weg lebend überstanden zu haben - mit dem großen Fahrzeug. Sie sind Hingucker, alleine durch ihre Lebensfreude und so schielt er von seinem Badetuch natürlich zu ihnen. Bereits an ihrem abenteuerlichen Gefährt streifen sie die kurzen Jeans ab und rennen ohne Zögern ins Meer. Ihnen ergeht es wie ihm vorhin, sie verlieren schnell den Boden unter den Füßen und kommentieren es mit reichlich Gelächter und Geplansche. Keine Frage, die Girls bringen Unruhe in die Stille. Aber sie haben einen Sonderbonus, so wie sie aussehen. Bald werfen sie ihre Badetücher in den Sand, wenige Meter entfernt, wo doch der Strand leer ist. Aber er kennt das, Spanier suchen nie die Mitte zwischen anderen. Er blickt trotzdem etwas unsicher zu denen dahinten an der Felswand hinüber. Aber von dort kommt keine Regung. *Die werden doch wohl noch leben?* Seine Nachbarinnen entledigen sich der Oberteile und beginnen einander einzucremen, dort wo eigene Hände Mühe haben. Winden, biegen und räkeln sich. Da soll Mann cool bleiben und so tun, als wenn er nichts bemerkt, ha.

Als er eine Zeit darauf von einer Abkühlung aus dem Wasser kommt, beobachten die Zwei ihn, auf die Ellenbogen gestützt, und lachen freundlich. Er antwortet mit einem Lächeln, dem üblichen *Hola* und kommt sich wie beim Schaulaufen vor. Da fragt die kleine Schwarzhaarige im besten sächsisch, ob er der T4 Fahrer ist. So klein ist Europa, in einer abgelegenen Bucht in den Felsen Andalusiens, neben einem Piratennest.

Jetzt gibt es zu erzählen. Um Mitte Dreißig werden sie sein, schätzt er und mit so brauner Haut schon eine Weile unter der Sonne. Und klar sind sie Aussteiger, ihre Art zu reden, zu erzählen, beweist es. Auch sie haben den Strand zufällig entdeckt, fanden aber im Gegensatz zu ihm die Abfahrt einfach nur cool und sie amüsieren sich gründlich über die Schilderung seines Entsetzens. Nun rücken sie dichter heran, geben sich völlig ungezwungen. Die Mädels quellen über bei den Schilderungen ihrer Abenteuer, fallen sich ständig ins Wort, albern herum und stets gibt ein Satz Anlass, eine neue Story in der unvollendeten alten zu starten. Seine Augen springen den Erzählerinnen hinterher. Aber bald dreht sich ihm der Kopf und er kann kaum folgen. *Welches Ziel sie haben,* gelingt ihm in einer knappen Atempause zu fragen, auch um wieder Anschluss zu gewinnen, und Lara, die mit den schulterlangen schwarzen Haaren, sagt nur, dass sie erst einmal in dieser Traumbucht sind, fertig. Später beschließen die Drei hier die Nacht zu verbringen. Kurz darauf ziehen die anderen Strandbesucher an ihnen vorbei und fahren mit den Autos davon. Das Dröhnen der Motoren hallt eine Weile durch die Schlucht.

Nun sind sie wirklich abgeschieden und er denkt an die Zeit mit Lynn an dem einsamen Ort an der Atlantikküste und eine dunkle Macht überrollt ihn, reißt ihn in einen finstern Schlund, trotz all des Schönen ringsherum. Mit voller Wucht wird er zurück geschleudert, in ihren gemeinsamen Moment. Wie mag es ihr gehen, wo mag sie inzwischen sein? Er sieht ihr Gesicht, ihre Augen, die leuchten konnten, wenn sie lächelte. Er fühlt die Magie der Stille, in denen kurze Blicke und sanfte Berührungen reichten, um glücklich zu sein, fühlt wie er gefangen war, von ihrer Art zu gehen und sich zu bewegen, auch im Liegen und auf allen Vieren. Deutlich sieht er sie nackt am Strand, die Haut braun und glänzend von Sonne, Ozean oder Creme und abends auf dem Bett, schimmernd vom fahlen Licht des Mondes und dem Wiederschein des Meeres. Er beobachtet die Perlen aus Schweiß, welche in die sanfte Niederung mit den feinen blonden Härchen rannen, als sie sich gegen ihn und den Kopf in den Nacken drückte und wie sie den Rücken empor rollten, wenn Lynn sich streckte. Und er erinnert sich genau wie ihn fröstelte, wenn er ihre Haut verließ, trotz der allgegenwärtigen Wärme. Schmerz umklammert die Brust, zieht sich zusammen wie eine Riesenschlange um die Beute, verhindert gleichmäßiges Atmen, als sein Kopfkino den leeren Bus und den Tisch mit dem Zettel unter den Muscheln zeigt und das Panorama von Conil. Er war bereit mit ihr zu gehen, gleich wohin, auch den kurzen letzten Weg. Er wäre es immer noch. Doch sie eilte schneller als er. Wie gerne würde er sie wiedertreffen, gleich wo, ob in seinem Wimpernschlag auf der Welt oder jenseits der Tür. Gedankenspiele wirbeln im Kopf, sinnlos, und trotzdem schalten sie das Jetzt unnachgiebig aus. Was wäre gewesen wenn, wo würden sie heute stehen? Und er möchte Lynn fragen, ob sie einsam war, nach ihm, oder ob sie sich frei fühlte und was sie gemacht hat, in der Zwischenzeit.

Er fliegt mit den Gedanken davon, landet erst Bruch, als Wasser aus vier Händen über ihn läuft und eine Stimme fragt, ob, hey, alles ok ist. Franzi streift das lange dunkelblonde Haar beiseite, nasse Strähnen kleben an ihren Schultern und sie kniet sich vor ihn hin, mit krauser Stirn. *Die Vergangenheit, die immer wieder die Gegenwart einholt.* Aha, sie nickt, ihre Lippen formen einen Hauch von Lächeln, sie blickt in den Sand, dann nach Afrika. Und die Art wie sie dies tut beweist, sie weiß genau wovon er spricht.

Der Tag ist lang und erst als es dunkelt, setzen sie sich zum Essen zusammen. Nun muss er erzählen und wenn er stoppt, kommen Fragen und er redet und redet. Berichtet auch von der schönen Zeit in Tarifa. Ja, da waren die Mädel natürlich auch, aber sie fanden keinen guten Platz, nur am Atlantik, wo die Kite-Surfer campieren, doch die waren ihnen zu nervig, da fuhren sie bald weiter. Naja, lacht er, zwei schöne Frauen, allein auf Tour... Er parkte direkt an der alten Festung, mit Blick auf Atlantik, Straße von Gibraltar und Afrika. Der Platz war zwar ein Parkplatz, eng, aber dort standen vorrangig Reisende mit Kleinbussen und er war schließlich viel unterwegs und am Meer. Nur wenige Schritte entfernt ist die Mole, welche zu der vorgelagerte Insel führt. Auf sie kommt man nicht hinauf, sie ist seit Ewigkeiten militärisches Sperrgebiet, eine einzige Zitadelle. Doch mit dem Rücken zu deren Tor bietet sich ein einzigartiges Panorama. Links die gebirgige Küste am Atlantik, welcher stets dunkelblau, rau und voller Wellen ist, weshalb der Strand Revier der Surfer wurde. Voraus liegt Tarifa, die kleine alte Festung auf dem Fels, dahinter der Hafen und der gewaltige Castillo. Rechts beginnt die Straße von Gibraltar, deren Wasser türkisfarben an den winzigen Strand unterhalb der Feste spülen. Afrika ist zum Greifen nahe, die Gebirgsketten und Tanger. Ein traumhafter Platz, oft hat er dort gesessen und an der Kante von Europa die Beine baumeln lassen. Und dann ist er noch weiter gekommen, über die Straße von Gibraltar hinaus, bis vor Afrikas Küste. In einer Nussschale von Boot. Einige Zeit konnte er bei einer Whale Watching Firma jobben, war manchmal über acht Stunden auf dem Meer, um Wale und Delfine zu beobachten und zu zählen. Das Boot war ein Schnellboot für zwanzig Leute. Oft waren die Wellentäler so tief, dass er, auf dem Dach der Bootsführerkabine in einer erhöhten Kanzel angeschnallt stehend, nicht über die Wellenberge blicken konnte. Von dort oben wies er den Bootsführer die Richtung einer Walsichtung an und die Touristen sich zu setzen, gut festzuhalten und wohin sie schauen müssen. Dann eilten sie von Wellenkamm zu Wellenkamm springend dorthin. An den Vormittagen benannte er von dort oben einer Mitstreiterin die Tiere, welche diese in Tabellen notierte, die Praktikantinnen aus halb Europa bestiegen nicht gerne den schwankenden Hochstand. Damals war er über sich selbst erstaunt, denn seine Höhenangst ignorierte das Auf und Ab und ließ ihn zufrieden. Das Herz ging ihm über, er konnte kaum atmen vor Glück, als die ersten Delfine und Pilotwale, zum Berühren nahe, neugierig am Boot schwammen und es begleiteten. Die Delfine sprangen gerne übermütig aus dem Meer, wenn sie schneller fuhren, und ihre Gesichter schienen zu lachen. Mehrfach führten Schulen Jungtiere mit. Die bis zu sechs Meter langen Pilotwale mit den mächtigen Köpfen gaben sich ruhiger, schwammen gerne knapp unter der Wasseroberfläche neben dem Boot oder kreuzten unter ihm hinweg. Die Wale waren wunderschön, so große Wasserwesen kannte er zuvor nicht. Delfine hatte er bereits gestreichelt, war ihnen hautnah in spanischen Erlebnisparks wenn er Kollegen besuchte. Nun, da er diese magischen Tiere in der Weite des Ozeans erlebte, wird er niemals wieder einer solchen Einrichtung, einem Zoo mit Delfinen und keinem Aquarium sein Geld geben. Alle Behauptungen der Betreiber, wie gut es ihren Tieren geht, werden zum eisigen Zynismus, wenn man ihnen in ihrer Welt begegnet. Die Pilotwal-Familien waren bereits beeindruckend, aber als sie, dem Blas folgend, neben einem Pottwal trieben, weiteten sich sein Nasenflügel vor Begeisterung und ihm kamen Tränen. Welche Riesentiere, bis zu zwanzig Meter lang. Still schwebten sie an der Wasseroberfläche, ruhten oder schöpften Kraft für den nächsten Tauchgang in tausend Meter Tiefe. Er vergisst niemals die Augenblicke, wenn er Blas aufsteigen sah, sie mit dem Boot über die Wellen dorthin flogen und dann schwamm dort solch ein Koloss. Einmal sogar zwei Pottwalgiganten nebeneinander. Das Highlight waren sieben Tiere auf einer Tour, Saison-Rekord. Bald wusste er auch vorher zu erkennen, wann der Wal abtauchen wird. Wenig später dann knickte der Riese leicht ab und seine mächtige Fluke ragte steil in den Himmel, wie ein Abschiedsgruß, bevor er im Dunkel der Tiefe zur Krakenjagd verschwand. Unvergessliche Tage. Wie hätte Lynn diese Wunder genossen.

Die zwei Mitgestrandeten sehen den Glanz in seinen Augen, lächeln zu der Geschichte und schweigen. Es ist Nacht geworden. Der Himmel über der Meerespassage und Afrika ist voller Sterne. Hinter ihnen ragt tiefschwarz die Felswand empor und zieht einen dramatischen Cut durch das Firmament. Drüben, auf dem anderen Kontinent brennen Lichter, wo sie sich zu einem Halo ballen, liegt Tanger. Schiffe schlafen nicht, in Endloskette ziehen sie, hell beleuchtet, vorbei. Lange sitzen die Drei nebeneinander am Meeressaum und wollen sich nicht trennen von dem Lebensmoment voller Unendlichkeit, aber nach dem vielen Reden, Lachen und Wein kommt Müdigkeit und sie kriechen plötzlich eilig in ihre Autos.

Sein Wagen schaukelt, davon wird er wach. Die übermütigen Dinger rütteln an ihm. *Aufstehen, der Kaffee ist fertig, ein neuer Sonnentag.* Mühsam erhebt er sich, es ist warm im Auto, trotz offenem Fenster. Er schiebt die Tür auf und da stehen die Zwei schon wieder lachend und nur im Bikini. Das am Morgen. Bei Lara und Franzi scheint in der gestrigen Nacht die Batterie leer gewesen zu sein, jetzt sind sie aufgedreht wie bei ihrer Ankunft. Ob die sich was einwerfen, fragt er sich. Ihm kommen sie vor wie zwei Erdmännchenfrauen auf Speed, so wie die schnattern und wuseln. Aus Wurzen kommen sie eigentlich, ja alles klar, dann ist es eine regionale Spezialität, denn, dort kannte er auch einmal ein Mädchen, die war ebenso liebenswert zappelig. Essen will er nichts, aber der aufgebrühte Kaffee ist verdammt gut, er nimmt der Bequemlichkeit wegen nur Löslichen. Er rasiert sich, geht baden. Die Beiden glänzen bereits in der Sonne, haben jede Hemmung und Kleidung abgelegt. Verwundert ist er keinesfalls, überrumpelt trotzdem. Nun ja, bei dem Anblick. Er ist verwirrt. Die Bucht scheint übervoll an prächtiger Natur. Er holt sein Tuch und will an den Girls vorüber, schicklich auf mehr Abstand, aber Franzi, auf dem Bauch liegend, klopft ohne aufzusehen mit der Rechten in den Sand. *Nicht so weit, wir wollen uns doch unterhalten. Oder hast du Angst vor uns?* Da gibt es kein Entrinnen. Es wird wieder heiß, sie erfrischen sich regelmäßig im Meer. Am frühen Nachmittag rumpelt es aus der Schlucht, die Drei erheben sich schwerfällig synchron, maulen und bekleiden sich. Es treffen die Leute von gestern ein, man grüßt sich, es sind Spanier, und sie verschwinden erneut am hinteren Ende und spannen Sonnenschirme auf. Langsam entrollt der Fels einen dürftigen Schatten, er flüchte hinein und bald folgen ihm die Girls. Das beschirmende Dunkel ist schmal, sie müssen sich hintereinander lang machen. Hier lässt es sich sanft Dösen und Schlafen. Die Mädels plappern nicht, es gelang der Mittagshitze tatsächlich sie zu überwältigen. Er genießt die Ruhe und Schönheit der Gegend und die von Franzi, welche vor ihm liegt und sich gelegentlich wendet.

Erst als die Sonne sinkt, werden sie munter und Lara ertappt ihn, wie er Franzis Rückseite mustert. Sie lacht über seinen Gesichtsausdruck, worauf Franzi erwacht und verschlafen länger braucht um zu verstehen, worüber sich die anderen amüsieren. Jetzt wird er erst einmal zum Mittelpunkt ihrer frechen Spötteleien, da muss er durch. Sie rücken wieder an das Meer und als wenig später Leben in den hintersten Strandwinkel kommt und der Trupp in und mit den Autos verschwindet, ist das wie ein Signal und die Drei stürzen sich ins Meer. Er kehrt als erster an den Strand zurück, Lara und Franzi sind weiter herausgeschwommen. Er hört sie albern und palavern, während er im Weinvorrat kramt. Dann sitzen sie beisammen und erzählen. Die Girls suchen eine Arbeit, als Bedienung, Verkäufer oder so. Sie müssen sich irgendwie durchschlagen, ihr altes Leben liegt hinter ihnen. Lara hat ihren Ehemann sitzen lassen, sein Machogehabe nervte immer mehr. Da wollte sie sich einfach eine Auszeit nehmen, hat mit der Freundin seit Kindertagen geredet, welche von ihrer Partnerschaft und dem Job die Nase voll bis oben hin hatte. Und dann sind sie still und heimlich mit Franzis altem Transporter auf und davon. Die Beiden biegen sich vor Lachen über ihr Raffinesse während der Vorbereitung und noch mehr bei der Vorstellung, wie doof die Kerle geguckt haben müssen. Eigentlich wollten sie nach Paris, dann ans Mittelmer und weiß der Teufel wann zurück. Doch, mit immer größerem Abstand machten sie neue Pläne und ein Zurück in das alte Leben gab es nicht mehr. Franzi warf ihr Telefon schon in Frankreich auf einen in Richtung Heimat fahrenden LKW mit russischem Kennzeichen, weil ihr neuer Ex sie mit Anrufen und Nachrichten bombardierte. Wie sie das so ruhig erzählt, stimmt ihn nachdenklich. Lara hingegen verschluckt sich vor Lachen am Wein und kann sich kaum wieder einklinken. Franzi zeigt mit dem Kopf zu ihr, sie besitzt noch ihr Handy, doch seit Paris ist es ausgeschaltet. Und sie fügt trocken an, wenn man sie suche, dann in Polen oder Russland. Lara, gerade beim Luftholen, mit Tränen in den Augen, bekommt den nächsten Lachanfall. Franzi bleibt trocken, sagt nur, ja und jetzt sind wir hier, keine Ahnung was wird. Ihre Gedanken ziehen auf breiten Schwingen davon, sie sieht ihn an, aber sie blickt durch ihn hindurch, weiter in die Ferne. Heute fragt er ob sie ok sei und sie nickt leicht. Lara hat sich beruhigt und nimmt die Freundin in den Arm. Vielleicht gehen sie nach Gibraltar, da gibt es unzählige Lokale und sie können Englisch, was sie von Spanisch nicht behaupten mögen. Er grübelt und hakt dann doch nach. *Wieso Gibraltar, diesem von Engländern und Affen bewohnten kahlen Felsen?* Lara pustet erneut los, Franzi bleibt stumm. Sind nicht mehr Chancen an der Costa del Sol mit den vielen deutschsprachigen Gegenden? Er würde gern ein kleines Café oder eine Bar haben, nicht in den schrecklichen Hochburgen, eher in ruhigen Winkeln, doch Geld ist keines da und oft fehlt auch die Kraft für einen Neuanfang.

„Das wär`s doch, wir drei", kommentiert Franzi, sie könnte es sich vorstellen, "Man müsste nur vorher ein paar fette Banken plündern."

„...oder einen Geldtransport", singt Lara dazwischen.

„Ja, wie Bonnie und Clyde", Franzi zögert „naja..." sie blickt die Freundin und ihn an "... und noch Eine! Und kreuz und quer durch Europa ziehen, auf der Suche nach Zufriedenheit und einem Sinn. Und leben so gut und so lange es eben geht."

„... Tod oder Freiheit, soll auf unserm Grabstein stehn! Leg deinen Kopf an meine Schulter, es ist schön ihn nah zu spüren und wir spielen Bonnie und Clyde...", Lara bietet eine beachtliche Performance, stimmlich und körperlich.

Franzi hängt unpassend passend „Verdammte Scheiße!" ran.

Ihm sind die Zwei noch sympathischer, weil sie die Musik und Poesie der Toten Hosen mögen. Über Bonnie und Clyde wissen sie nur Oberflächliches und so erzählt er deren wahre Geschichte.

Bonnie und Clyde

Der Zufall führte sie im Januar 1930 in Oak Cliff zusammen. Sie waren jung, Bonnie Elizabeth Parker gerade neunzehn, Clyde Chestnut Barrow zwanzig Jahre alt, und es traf sie wie ein Blitz, als sie sich sahen. Doch es war mehr als nur Liebe auf den ersten Blick, sie erkannten ihre verwandten Seelen.

Bonnie wuchs mit zwei Geschwistern bei der verwitweten Mutter auf, welche sich und ihre Kinder nach dem frühen Tod des Mannes als Näherin durch das Leben kämpfte. Bonnie war eine gute Schülerin, sie liebte Schriftstellerei und Künste, schrieb Gedichte und träumte davon, Sängerin oder Schauspielerin zu werden. Mit sechzehn heiratete sie Roy, beide kannten sich seit Kindertagen. Sie liebte ihn, trug das Tattoo *Bonnie and Roy* über dem rechten Knie und wird ihn trotz Clyde nicht vergessen, nahm nie ihren Ehering ab.

Clyde war eines von mehreren Kindern bettelarmer Farmer, ging geregelten Arbeiten nach, besserte aber seine mageren Einkünfte erst durch Diebstähle von Geflügel auf, dann versuchte er sich an Autos. Dabei erwischte man ihn und er erhielt eine Gefängnisstrafe.

Als sich beide begegneten, dort in jenem Kaff in Texas, da saß Roy eine fünfjährige Haftstrafe ab, Bonnie jobbte als Kellnerin, Clyde stand vor seinem Haftantritt. Sie besuchte ihn dann im Knast und schmuggelte eine Pistole ein, mit welcher er sich zwar den Weg in die Freiheit erzwang, doch nur wenig später eingefangen und zu höherer Strafe verurteilt wurde. Clyde landete in der berüchtigten Eastham State Prison Farm. Dort drangsalierten ihn nicht nur die Wärter, ein Mithäftling erkor den Neuzugang aus und missbrauchte ihn sexuell. Aus dem Kleinganoven wurde ein anderer Mensch, seine Schwester erkannte ihn nach der Entlassung nicht wieder. Clyde wehrte sich irgendwann gegen den Vergewaltiger, prügelte auf ihn ein, verlor sich in seinem Schmerz und Hass und tötete ihn dabei. Eiskalt und unsympathisch kann er nicht gewesen sein, denn ein Mithäftling, zu lebenslanger Haft verurteilt, nahm die Tat auf sich. Und aufsässig oder aggressiv wohl auch kaum, denn im Februar 1932 wurde Clyde vorzeitig auf Bewährung entlassen. Bonnie wartete auf ihn.

Es war die Zeit der Wirtschaftskrise, Millionen Menschen hungerten und kämpften um das tägliche Überleben. Gemeinsam mit Daniel Jones, Clyde`s Bruder Buck und dessen Frau Blanche zogen sie von da an durch Texas, Oklahoma und Louisiana, überfielen Geschäfte, Tankstellen, kleine Bankfilialen. Die Beute waren stets Peanuts, reichte für Sprit und Überleben, niemals konnten sie hohe Beträge rauben. Die Barrow-Bande, wie die Polizei sie nannte, war eine von unzähligen Gangs in jener dramatischen Zeit. Nur beweglicher, schneller waren sie, wechselten zwischen den Staaten. So wurden sie zu einem echten Problemfall für das Image der Polizei.

Im Juni 1933 übersah Clyde ein Warnschild für eine Brückensperrung, ihr Auto durchbrach die Absperrung, stürzte einen Abhang hinunter und überschlug sich. Dabei floss Schwefelsäure aus der Batterie und verätzte Bonnies rechtes Bein tief bis an den Knochen. Fortan waren Dauerschmerzen ihr Alltag, sie konnte nur schwer gehen, oft musste Clyde seine Gefährtin tragen. Er tat es ganz selbstverständlich, obgleich auch er hinkte. Um schwerster Arbeit auf der Gefängnis-Farm zu entgehen, um zu überleben, hatte er seinen Fuß verstümmelt.

Im Juli versuchte ein Aufgebot von Polizisten das Quintett in Iowa zu stellen. Es kam zu einer wilden Schießerei. Polizisten und Buck Barrow wurden getötet, Blanche verhaftet. Damit begann die Spirale der Gewalt. Die Sicherheitsbehörden verloren in ihrem Zorn jedes Maß. Bonnie und Clyde hatten nichts mehr zu verlieren. Im Herbst wurde Jones aufgegriffen. Nun zog das Paar alleine durch die triste Welt, entkam mit dem schnellen Ford V8 jedem Verfolger, führte ein Arsenal schwerer Waffen mit sich und Clyde schoss in gestellten Fallen den Weg frei. Ein Leben auf der Flucht. Sie schliefen zumeist im Auto, lauschend auf verdächtige Geräusche und Bewegungen. Und auch wenn das Firmament über ihnen in freier Natur erstrahlte, für Romantik wird selten Raum gewesen sein. Dann folgte ihr spektakulärster Überfall, vorrangig aber symbolträchtig. Januar 1934 griffen sie die Eastham State Prison Farm an, Clyde hatte nie die Demütigungen vergessen, nie die gewaltsame Veränderung seines Selbst. Er suchte Vergeltung. Fünf Gefangene wurden befreit, zwei Wärter getötet. Kurzzeitig begleitete sie Henry Methvin, einer der Geflohenen. Eine Verfolgungsjagd durch Texas und Louisiana begann. Bei einer Kontrolle erschoss Methvin zwei Beamte der Highway Patrol, einige Tage später einen weiteren Polizisten. Dann nahm in Zusammenarbeit mit dem FBI der pensionierte Ranger Frank Hamer mit seinem Ford V8 die Fährte auf. Eine dubiose Gestalt, stolz darauf dreiundfünfzig Gesetzesbrecher erschossen zu haben.

Am 21. Mai 1934 trafen Bonnie und Clyde Freunde am Black Lake. Sie verhielten sich inzwischen frei und ungezwungen. Es wurde ihnen als Selbstsicherheit und Überheblichkeit ausgelegt. Doch sie wussten, dass sie nur verlieren konnten, sie sahen ihr Ende. Die Familien kannten längst ihren letzten Wunsch und Bonnie hatte ein Gedicht verfasst, ihre ganz persönliche Beschreibung ihrer Leben. *The Story of Bonnie and Clyde*. Die gemeinsame Zeit, ein einziger Kampf. Zeitungen veröffentlichten es später und es wird nicht in Vergessenheit geraten.

Das FBI war über das Treffen informiert, hatte den Vater von Methvin unter Druck gesetzt und wusste nun von dem Weg, auf welchen die Zwei zurück nach Texas wollten. Am 23. Mai stellte Trophäen-Jäger Hamer bei Bienville Parish eine Falle in eindeutiger Tötungsabsicht. Vater Methvin, welchen Bonnie und Clyde gut kannten, gab den Lockvogel, täuschte eine Reifenpanne vor und versperrte den Weg. Hamer und Gehilfen lauerten schwer bewaffnet im Gebüsch. Als das Paar hielt, eröffneten sie sofort das Feuer. Bonnie und Clyde starben im Auto. Sie, so berichteten die Jäger, sie hat noch einige Sekunden geschrien. Die Feuergarben aus automatischen Waffen, Pump-Guns und großkalibrigen Revolvern entfesselten so heftigen Kugelhagel, dass der Ford in den Graben rutschte und die Täter vorübergehend taub wurden. 167 Kugeln durchsiebten das Fahrzeug. Bonnie und Clyde trafen jeweils über fünfzig tödliche Kugeln. Ihre Körper waren derart zerfetzt, das sie nicht einbalsamiert werden konnten.

Es existieren Fotos von jenem Tag. Das durchlöcherte Auto. Die blutüberströmten

Leichname, hinter deren Köpfen stolze Jäger posieren.

Die Macht und Rache der Behörden reichte über den Tod hinaus. Entgegen ihrem Wunsch wurden sie getrennt beerdigt. Bonnie ruht im Crown Hill Memorial Park, Clyde auf dem Western Height Cementry von Dallas/Texas.

Wenige private Fotos gibt es, von der Polizei in einem Versteck gefunden.

Bonnie lässig an ein Auto gelehnt, mit einer Zigarre im Mund und den Revolver in der Hand.

Bonnie hält Clyde eine Pump-Gun an die Brust, beide lächeln sich liebevoll zu.

Polizei und Strafverfolgungsbehörden missbrauchten die Bilder um eine Propaganda-Lüge aufzubauen. Doch Bonnie schoss nicht ein einziges Mal. Es sind Aufnahmen, entstanden aus einer Laune heraus, übermütig, in glücklichen Momenten.

Das bekannteste Foto zeigt das Paar neben dem Auto, Bonnie lächelnd auf dem Arm von Clyde.

Wenn er in die Gesichter blickt, dann ist die Zuneigung zu spüren. Für ihn waren sie zwei sehr junge verlorene Seelen, verängstigt und verzweifelt. Ihm stellt sich nicht die Frage, welche Personen skrupelloser und gewalttätiger in diesem Drama waren.

Am Ort ihrer Hinrichtung steht ein zerschossener Gedenkstein. Beide Gräber existieren noch heute.

Lara kniet neben Franzi und hat ihre Hand genommen, sie verstehen sich wirklich gut. Er sieht die beiden ungewöhnlichen Frauen dort im Sand und da tauchen Thelma und Luise aus dem Gedächtnis auf, ihre Geschichte, ihr Zusammenhalt, ihr Gefühl für Freiheit, ihre Lebensfreude. Ridley Scott muss bei seinem Movie an solche Frauen wie Lara und Franzi gedacht haben, keine Frage. Sie sind rar, aber wahrscheinlich gibt es sie überall auf der Welt.

Um die Stille und die Gedankenreise zu unterbrechen, erwähnt er, wie beiläufig, schon einmal in Afrika gewesen zu sein und beginnt die Geschichte von seinen Reptilien. So hatte er sie auch Lynn, oder wie ihr richtiger Name ist, Matilde, er ist uneins, welchen er für sie wählen darf, um ihr gerecht zu werden, vor einer Unendlichkeit in Eden erzählt, auch im Sand am Meer und unter demselben Sternenzelt. Wie er mit dem Spezialtransporter pünktlich in Cádiz anreiste, aber die Versorgungs-Fähre erst einen Tag darauf eintraf. Da stand er verwirrt und allein am geschlossenen Terminal, fiel wenig später der Hafenpolizei auf und die schlugen vor Entsetzen über seine Fahrgäste die Hände über dem Kopf zusammen. Einer fuchtelte gar wild mit seiner Waffe herum. Mit dieser todbringenden Ladung dürfe er hier nicht bis morgen warten und drei Polizeifahrzeuge mit Blaulicht und Sirenen begleiteten ihn kilometerweit über das riesige Gelände auf einen mit hohen Zäunen und Stacheldraht abgegrenzten Platz nahe der Mole. Dort erklärte der Chef der Garde, dass er aus Gründen der Sicherheit bis zur Verladung auf die Fähre festgesetzt werde. Alles Reden nützte nichts, nicht das Vorzeigen der Reisedokumente für die Tiere, auch nicht die Anfrage nach einem Wasseranschluss und einer Toilette. Eher er reagieren konnte, stiegen die Uniformen in die Autos, fuhren vom Gelände und verschlossen das Tor mit einem Monstrum von Vorhänge-schloss. Er rüttelte am Gitter wie ein wütender Pavian, nutzte aus seinem Sprachschatz auch Worte, die für noch weniger Sympathie gesorgt haben dürften und erhielt umge-hend Drohungen zurück und das man auf ihn achten werden, dass stündlich eine Streife kontrollieren werde ob er noch da sei. Wie bitte solle er denn wohl aus diesem Hochsi-cherheitstrakt mit Rundum-Flutlichtbeleuchtung abhauen können, schrie er dem Clown mit der Waffe hinterher. Die Autos mit Inhalt verschwanden ungerührt und er war al-lein. Eigentlich nicht wirklich, denn ganz nahe führt eine hochgelegene Promenade auf die Mole. Abends werden die Spanier munter und bevölkern derartige Baulichkeiten bis in den frühen Morgen. Und er in seinem King-Kong-Riesenkäfig wurde zur Attraktion, besonders wenn er die Streife zum Öffnen des Tores überreden wollte und da es nicht gelang, laut protestierte. Aber das brachte nur, dass die Polizisten beim nächsten Mal nicht mehr ausstiegen, sondern mit geöffneten Fenstern am Schloss vorbeifuhren. Die hörten nicht einmal mehr seine Forderungen und Verwünschungen. Irgendwann in tie-fer Nacht näherte sich bei der Kontrolle nicht das Fahrzeug der Hafenpolizei, sondern das der Guardia Civil. Die zwei Polizisten hielten und fragten, wieso er denn hier auf dem Sicherheitsgelände eingeschlossen sei. Als er seine Geschichte erzählte und um einen Wasseranschluss und Strom für die Heizung der Tiere bat, schüttelten beide ver-wundert die Köpfe, wollten Dokumente sehen und Details hören. Schließlich gingen sie zum Auto und sprachen miteinander, dann rief einer, sie seien sofort zurück und beide brausten mit Blaulicht davon. Ja, toll, dachte er und bekam Sorge hier weiter zu campieren, während die Fähre längst die Wellen auf hoher See schneidet. Doch die Guardia Civil hielt Wort, näherte sich mit Alarmsignal und öffnete Schloss und Tor. Er solle ihnen folgen. Wieder ging es lange durch das Hafen-Labyrinth, bis sein Auto auf einen Platz an einem Gebäude eingewiesen wurde. Es war die Dienststelle der Guardia Civil auf dem Gelände. Die Polizisten zeigten Warmwasseranschluss und Schlauch, das WC und die Dusche. Er könne dann ruhig schlafen, sie werden ihn pünktlich zu seiner Fähre bringen. Und sie hielten Wort. So war das damals. Nach drei Tagen auf See trafen sie auf den Kanaren ein, wo die Tiere seitdem ihre Heimat haben.

Sie haben ihm gelauscht. *Fuck* kommentiert Lara leise. Dann stoßen sie an und ver-treiben die miesen Erinnerungen mit Wein aus Plastebechern ins Nirvana, jedenfalls für heute. Irgendwann müde, entscheiden sie schlafen zu gehen und sind einstimmig für ihren Transporter, da ist das Bett hinten zwar nur eine Lage bezogener Matratzen, aber es ist geräumiger als seines. Dort angekommen eilt die Schläfrigkeit von dannen und vertreibt sich anderswo die Zeit. Die Drei vermissen sie nicht, finden hinreichend Be-schäftigungen aneinander. Als die steigende Temperatur in der Blechtruhe sie kampf-unfähig zu machen droht, kommt Franzi, wohl weil sie gerade Freiraum hat, die Idee beide Hecktüren weit zu öffnen. Einfach ist das nicht, sie muss kräftig stoßen und tre-ten, was durchaus schöne Anblicke bietet und wert genug ist, anderes kurzzeitig zu un-terbrechen, um sie schnell wieder mit einzubeziehen. Jetzt sehen sie dabei Afrika, die Schiffsperlenkette und die Sterne und, wenn sie nicht so übermütig sind, hören sie das

Meeresrauschen. Schweiß perlt ihnen dennoch von den Körpern. Später, zum geplanten Einschlafen wird er verdonnert, die Türen zu schließen. Die Dinger widersetzen sich vehement, stellen einen echten Problemfall dar, ächzen in den Angeln und er muss sogar raus, um zu drücken. Lara und Franzi genießen das Schauspiel, können sich vor Schadenfreude und über den Anblick, wie er da, nackt und Afrika im Rücken, mit den verzogenen Antiquitäten rangelt, überhaupt nicht beruhigen.

Ihr Lachen, das Knarren und Knacken und seine Flüche rollen als unheimliche Geräuschkulisse über das Wasser, hinüber zum schwarzen Kontinent, wo sie einem einsamen Angler die Augen weitet und einen eisigen Schauer über den Rücken treibt.

Nach seinem Sieg über die eigensinnigen Bleche erfrischt er sich in den warmen Wogen, die Mädel folgen, machen ihn weiter zur Zielscheibe ihrer Spötteleien. Lara parodiert ihn, wie er die Türen bezwingt. Franzi krümmt sich vor Lachen. Er lacht auch und scheitert mit den Einwänden, so und so und schon gar nicht so hätte er sich bewegt. Also bitte, die schlucken doch was anderes als Wein oder sind sie schlicht glücklich über den Augenblick? Danach jedenfalls sind sie hellwach, aufgekratzt, erregt und erneut bereit für alles andere als schlafen.

Als sie am späten Vormittag erwachen, muss das offene Dachfenster für ausreichend Luft sorgen, sie wollen vermeiden bei weit offenen Türen von den Strandgängern aus der hinteren Reihe überrascht zu werden. Die mögen sich ihren Teil denken, sehen müssen sie trotzdem nicht alles. Das Rudel rückt wirklich bald an, in den Händen Strandsitze, Sonnenschirme und Kühltaschen. Da hockt das Trio sittsam beim Essen.

Sie überprüfen die Vorräte, gut, einen Tag können sie gewinnen, dann ist aber das Trinkwasser aus. Der Tag vergeht wie der vorige. Sonnen, Baden, Reden, Schweigen.

Die dunkle Tageszeit vergeht auch wie die vorige. Die Türen öffnen sie diesmal gleich und schließen die Widerborstigen auch erst am Mittag des neuen Tages, als sie fix noch einmal baden gehen, solange sie alleine sind. Dann packen sie stumm.

Alles, einfach alles wird vorüber gehen. Immer wieder gibt es solche Tage, zu wenige nur, aber an denen wünscht er sich Unendlichkeit.

Sie fahren vor ihm, er misstraut ihrem Fahrzeug ein wenig, hält Abstand, falls es auseinander fällt. Das Vehikel kriecht langsam, aber sicher, den Steilhang hinauf. Vorne winkt ihm Franzi, die Fahrerin, bei jedem Sichtkontakt zu, hinten arbeitet eine Nebelmaschine und nimmt ihm mit einer blauen Wolke Sicht und Atem. In der nächsten Kurve hängt Lara weit aus dem Fenster, die Wolke bleibt wie sie ist. Die Zwei haben Spaß, Vertrauen zu ihrem Oldtimer und zur Piste auch. Vielleicht wär`s ihnen sogar egal, wenn sie über die Kante rollen würden. Sie haben gelebt. Da winken wieder Thelma und Luise aus ihrem breiten Cabriolet, beim Brettern über die Hochplateaukante das Colorado River.

Er quetscht von Höhenangst geplagt das Lenkrad und findet die Fahrt viel zu lange, die Abfahrt ging schneller, wann sind sie nur endlich oben, der Himmel ist doch schon derart nah. Endlich krabbelt der alte Mercedes über den Felsenrand und stoppt wenig später. Die Mädels springen heraus und tanzen ausgelassen herum. Er parkt hinter ihnen. Sie meinen, *geile Tour* und nach einer kleinen, einer winzigen, aber bedeutenden Pause, *geile Tage und... geile Nächte, ja und der Strand war auch ganz o-kay*. Lächelnd nickte er zu den Beurteilungen. Eine Zeit stehen sie beisammen, der Abschied jedoch macht unruhig und unsicher, das Gespräch stockt und bevor es zu sinnlosen Floskeln mutiert, umarmen sie einander lange und wünschen sich Gutes für ihre Leben.

Bis nach Gibraltar wollen sie hintereinander fahren. Lara und Franzi möchten doch erst auf den Felsen mit den Affen und Engländern.

Die Carretera windet sich durch Felsformationen, führt hoch und hinab. In weiten Abständen stehen einzelne Häuser an der Felskante zur Meeresenge. Dann taucht Gibraltar auf, in der Bucht liegen unzählige Schiffe. Eine Autofähre dümpelt in Richtung Afrika, Ziel entweder Melilla oder Ceuta auf spanischem Hoheitsgebiet. Oder Tanger, dann wird sie an *ihrer* Bucht und an Tarifa vorbeischippern. Die Autos durchqueren auf einer vielspurigen Straße Algeciras, eine große, unruhige, hässliche Stadt. Landwärts eine nur von Seitenstraßen unterbrochene Reihe verkommener Hochhäuser, rechts nicht enden wollende hohe Gitter einer riesigen Hafenanlage. Schnell liegt die Stadt hinter ihnen, wenig später teilt sich die Straße. Costa del Sol. Gibraltar. Die Mädchen hupen Dauerton, winken aus beiden Fenstern. Er antwortet mit der Lichthupe. Der gesprenkelte Transporter zieht rechts raus, er sieht noch kurz Franzi, ihre Blicke treffen sich. Jetzt tauchen sie in einer Autokolonne ab und entschwinden in ihre Abenteuer.

Sein Weg führt entlang der Costa del Sol. Er hätte die Zwei gerne länger an seiner Seite gehabt, zu leben war leichter.

Notiz

Jede Begegnung und jede Gabelung auf dem Weg eröffnet neue mögliche Richtungen.
Oft sind die Entscheidungen im Leben ein Würfelspiel, nicht weit genug überschaubar
und nur von Augenblick zu Augenblick zu verstehen.
Man fällt sie, weil etwas geschehen muss und zeigen sie sich als die falsche Wahl,
ist es meist zu spät für eine Umkehr.
Das sind jene Phänomene, welche gemeinsam mit Kräften, die sich lange vor
der Geburt entwickelten, den Verlauf dieses Hiersein bestimmen
und weit über den Tod hinaus wirken werden.

Monster's Ball, *Part 5*

Ein erster Kampf ist geschlagen. Doch anders, als sonst in tiefer Nacht. Ohne die Energie der Leidenschaft.

Im Schutz von schwarzen Schatten dichter Tannen, bei den toten Bäumen mit den kahlen, knorrigen Ästen, am Rande der vom Mondlicht in kaltes Stahlblau getränkten Nebelwiese, stehen sie einander gegenüber und blicken sich aus blutunterlaufenen gelben Augen an, das Monster und die Schwarze Fee.

„Hast diesmal viel Mühe dir gegeben, wahrhaft wahre Wunder gezeugt, jaa. Tu schwer mich, *mit derlei Lobeslob*, doch verdienst dafür Achtung und n Kopfsenken.", das Monster wendet die Klauen nach oben und deutet mit dem Schädel ein Nicken an, dabei entblößt es seine Reißzähne. „Warn ziemlich dicke Prengel diesmal, deine Kerzen im Tunnel, zündelten mächtig mächtiges Licht… mit Wärme obendrein."

Die Schwarze Fee hebt Augenbrauen und Ungesicht: "Wunder mich, gibst dich besiecht?"

„Besiegt? Träum weiter! Hab dem Zauber deiner Laterna Magica auf n Moment folgen wolln. *Nur auf n Moment!* Gut Freunde sind wir deshalb nich! Aber Feinde können einander auch n Respekt zolln, ja können se! Wollt deine Inszenierungen ansehn, in Ruhe. Schlachten tun wir alsbald genug noch austragen… und im gerinnenden roten Schweiß uns baden." Zur Bestärkung seiner Worte schlägt das Monster mehrfach geräuschvoll das zähnestarrende Maul zusammen und sämiger Speichel flieht in Fäden auf das flauschige Moos.

„Lass zurück, deine prollign Gebarn! Ich war des Wunderns nur voll… und jetzt nich kleiner, ob deines *Nichttuns*. Speist doch mit Freude hässliche Worte ausm Rachn, wenns um Sex sich dreht."

„Ähhh! Unwahr! Ohne Gedanken an Boshaftigkeit schwatz ich drüber", das Monster schüttelt den Schuppenkörper und arbeitet mit den Klauen, das sie knacken, „Is ganz ohne Spott, tu ich schwatzen von Knackärschen und Titten bei den Süßen vom Rand der Straße, mit denen er gern mal reitet. Sind *hier* nur *ziemlich falsche Worte. Wenn…* Wenn auch… nur mit n Augen beglotzt… wahrlich treffend, oh ja, kann man nich anders quatschen! Aber hier wars n tieftiefes Mehr als feste Körper, weiche Haut und Fleischgefechte. War bei den ruhelos quasselnden Duracell-Häschen so und n *vielvieles Mehr obendrauf* bei der verlorenen, stillen Schönheit mit den vielen Sommersprossen."

„Beide Treffn habn ihn verwirrt. Die Wimpernschläge in seinem Hiersein mit der Muschelsammlerin brachtn Sonne ins Herz, er würd das Erlebn nich umtauschn wolln, nee, gewiss nich. Aber! Liebn ist auch, ne andre, ne fremde Seele in der eigenen wohn zu lassn. Und wer weiß es nich?! Is n gefahrvolles Spiel, heiß, sehr heiß und gern Schmerz das kleistriche Anhängsel… Hihi… treu und schwerlich abzuschütteln. Trotzdem, blieben nur knappkurze Gefechte für uns beide übrich."

Das Monster schweigt, nickt nur ruhig. Und als es offensichtlich nichts beizutragen gedenkt, fügt die Schwarze Fee an: „Die Begegnung mit der Drifterin war n Geschenk auf Zeit, klar war die Situation ihm, auch durch ihr alles Tun und seltn Schwatzn. Und doch, ihr Fortgang ins Nichts hinterließ ne böse Lücke…" Sie reibt sich die feuchten Knochenhände.

„*Bei ihr auch!*", fügt das Monster laut ein und macht die Feindin damit kurz stutzig.

„… Jaaa, vielleicht wars Glück übervoll von mir gezeichnet. Wollt ebn mein Spaß! Aber…immerhin! Hab ihm am Ende dazu n Rauschn von geiler Musik in die Lauscher gesandt, als kleines Gutmachn."

„Gutmachen! Nee, um ihn neuerliche Last ans Anhängsel zu heften und dich nochmals zu befriedigen, Heuchlerin! *War böseboshaftig übertrieben!* Hat ihn auf die Knie gezwungen."

„Quid pro quo! Geht nich rein in dein dusselign Schädel, was? Und.. Wieso übertriebn? Bei *dem* Finale dudeltn Pink Floyd richtigrichtige Begleitung, untermaln doch oft sein Empfindn, einfach so, ohne Anfrage."

„Is so, ja. Aber du willst foltern tun! Die Worte von den in Seelen schauenden Zwei, von… ähh… Waters und Gilmour - die können arg quetschn."

„Wohl wahr. Aber, solltest besser hinhörn, mit Text war nich so viel, oder? Und die Notn sortiern tat einer der Durchsichtichn in der Band. Wright, der Keyborder, der wars - hat alle sprachlos gemacht damit."

„Is wohl eher die Stimme im Song, die durch Venen und Nerven prescht...", wendet das Monster ein und knirscht mit den Zähnen.

„Nich zu bezweifeln. Die Torry, die da im Studio ausm Nirgendwo kam und nach ner Handvoll Minuten dahin wieder entschwand, an n Tod sollt se denkn. Hat se dann auch ziemlich ernst genommn und rückte da, ohne probiern, dies Gekreische, diese überirdischn Klänge raus, einfach so, ja!… Und gleich dauerhaft aufs Vinyl!"

„Schön, schön… Is aber n neuer Stachel mit Widerhaken in der Seele, die Erinnerung an die Schöne vom Meer. Nur um dich an Qualen zu ergötzen hast du so vieles Bunt gegeben."

„Bin doch nich da um Trost zu reichn, nee! Du trägst bitter Ernst mit dir, willst ihm nur das Frei im Licht zeign. Ich will vorher meine Freude noch und geb ihm auch n wenich davon ab. Darum sind du und ich auch Feinde. Kannst nich ertragn dass ich nur gewonn hab auf der langn Tunnelstrecke. Du musst bettln, ich nur n wenig quatschn, fixschnell springt mein Angebot in seine Ohrn und er grabscht zu." Die Schwarze Fee kichert vor sich hin.

„Is wohl das, was Menschen Hoffnung nennen tun." Das Monster schiebt die Krallen bedächtig wechselweise über die jeweils andere Schuppenklaue, die Töne schneiden sich durch Fleisch und Tann. Aus gesenktem Schädel schielt es von unten zur Schwarzen Fee und fährt fort: "Hoffnung auf immer irgendwas, bis es zu spät is, weil das Vergehen sich hinterlistig *leiseleise* angeschlichen hat, nu im Geheimelichen lauert, um zulangen zu könn und da isses plötzlich zu nah am Ende und zu spät fürs freie Entscheiden. Du hast oft gewonnen, trotzdem wandert er auch mit Vertrauen an meinen Klauen…" Und da sie nicht reagiert, nur mit ihren gelben Lichtern unter buschigen Brauen herüber blickt: "Das… das mit der sommersprossigen Muschelsammlerin, das war…"

"… Ahh!!! Wiedersehn wird er sie! Hegst *daran* du wahrhaft n Zweifel?", fällt ihm Schwarze Fee hart ins Wort und peitscht mit dem Knochenschwanz das Unterholz.

„Hmm! Bei aller Bosheit, hast n Überfluss gemalt mit *ihr*, so mein ich zu bemerken müssen. Is auch bei dir nich flinkfix vorüber geflutscht! Hast dir und mir seltsam neue Gedanken und Grübel in die Schädel getrieben. War n fetter Klecks Freude zu viel verschüttet, könnt sein, oder?"

„Muss n Ja zugebn, Monster." ist die leise Reaktion. Stille kriecht aus dem Wiesengrund und haucht ihr zartes Gewebe über die Ungeheuer, während die Erde sich anderen Galaxien zuwendet und irgendwo in den Tiefen Sterne in Eiseskälte explodieren.

Dann fragt mit ruhigem Klang das Monster:" Wird dir doch nich ne Zähre über die lederne Fratze rinnen, hä?"

„Nee, Monster, is nich, nee… Wollt nur kurz verharrn… Die stille Schönheit… sie war auch son Kind der Nacht, ne verlorne Seele. Nur viele Schritte vor ihm im Tunnel, auf flinkren Füßen unterwegs. Da, wo sie nu is, da is Zeit unbekannt, sie wird ihm zusehn und ihn begleitn auf sein Restpfad…" Das Ungesicht wiegt sich zwischen Schatten und einem Mondstrahl, welcher Durchschlupf zwischen Ästen fand und gierig vom Moos eingesaugt wird. „Und!… Und sie wird wartn, da… *hinter der Tür und ihm dann viel zu sagn habn… Ja, das wird sie. Jaa.*", flüstert die Schwarze Fee fast magisch in die Nacht, so, als wisse sie mehr von allen Welten.

Sie schaut empor zum Firmament und unwillkürlich folgt das Monster ihrem Blick.

So stehen sie, der Gedanken voll, am Rande der dichten Tannen, unter kahlen Ästen toter Bäume, bis der Mond sein Licht scheu dimmt und ein Zeichen pflanzt. Nun stürzen sich die Ungeheuer eilig aufeinander, treiben Zähne und Krallen in den Gegner und im Tanz der nackten Körper verschmelzen ihre Umrisse im weichenden Dunkel zu einem Dämon der Nacht. Eine Wolke aus Hitze des Schweißes, des Odems und Blutes windet sich als Spirale in den verglimmenden Sternenozean. Blut hastet aus zerfetzten Adern in weiches Moos und strömt in schwarzen Bächen in die Senke im Wiesengrund. Dort, verborgen und behütet von wallendem Nebel, verfärbt es in dessen trübem Weiß und nährt weiter den purpurnen See.

Es ist fast wie in jeder Nacht, wenn die Schlacht der Unbesiegbaren tobt.

Und sie sterben nur wenn er es will.

Erst wenn das Ende kommt werden uns die Fehler klar,
die jeder Mensch im Lauf der Zeit immer wieder macht.
Was willst du behalten außer deiner Erinnerung?
Sie wird das Allerletzte sein, was du noch geben kannst
Erst wenn wir das Ende sehen, beginnen wir zu verstehen
worum es eigentlich für uns im Leben geht.
Wenn vor uns das Ende liegt und wir alleine sind,
erkennen wir das Glück, das wir sonst nie sehen.
Wie ein Netz wirft sich der Regen über das Land,
klopft an unser Fenster und erinnert uns daran,
dass es kein Leben ohne Schmerzen gibt,
ohne Suche nach dem Sinn.
Keine Chance etwas aufzuhalten,
keine Chance etwas zurückzudrehen.
Erst wenn es zu Ende ist, sehen wir, dass es keine Ziele gibt
und dass das meiste, was wir tun, Zeitverschwendung ist.
Die Toten Hosen

Träume

Gibraltar liegt Tage zurück. Die Suche nach Übernachtungsmöglichkeiten ist mühsam. Sie finden sich nicht mehr am Strand, sind wenig idyllisch, aber immerhin mit Meersicht. Eine Urbanisation schließt lückenlos an die nächste, des Schöpfungs Kronjuwel, es schwelgt in einer Vergewaltigungsorgie und schändet mit Leidenschaft die Natur. Homo sapiens, der wissende, der weise Mensch? Vermutlich hatte bei der Namensfindung jemand gerade keinen Spiegel im Haus. Die vom Homo arrogantia gezeugten Betonwüsten verstecken, hinter bis zu zehnstöckigen Bauten in den ersten Reihen am Strand, ihre Ursprünge. Sie sind schwer auffindbar, doch inmitten wuchernder Hässlichkeit dämmern kleine Viertel mit Häusern aus alter Zeit. Dort ist es eng, die Bauten sind niedrig, selbst die Kirche vermag selten ihre Spitze über die Architekturverbrechen zu strecken. Der Keim, das Alte, verbannt auf einen Hinterhof. Schön ist in den Urbanisationen allein das Wetter.

Mühsam kämpft sich sein Bus durch die vermauerte Küste mit den Retortenstädten. Die Autovia windet sich mittig hindurch. Längst ist der Platz an der Küste ein Hochhausgebirge und der Beton fraß sich unzählige Tunnel unter dem großzügigen Asphaltband und wuchs danach ungehemmt landein. Die vielen Castillos auf Hügeln und Felsen am Meer, sie haben Jahrhunderte gehen sehen, waren Machtzeichen von Spaniern, Mauren und wieder Spaniern und sie schauten weit über schönes Land. Nun hat man sie eingeklemmt mit Parkplätzen, Einkaufscentren und am Fließband produzierten Häuserschluchten.

Er findet sich in einer anderen Welt, kommt, nach der Idylle der letzten Zeit nicht klar. Hält hier und dort, ordnet sich am Strand in die Reihen der anderen Gäste ein, um in der Sonne liegen zu können, doch Erholung ist etwas anderes. Dicht an dicht stehen Strandbars und verpesten mit ihren Ausdünstungen den Geruch des Meeres. Dicht an dicht stehen Sonnenschirme und Liegen wie Kreuze auf einem Soldatenfriedhof, mühsam nur findet er dazwischen Lücken. Und als ob die Musik der Bars von links und rechts das Rauschen der Wellen nicht hinreichend kontaminieren würde, schreiten in Endloskette aufdringliche Verkäufer mit Sonnenbrillen, Handtaschen, Armbanduhren, Schmuck, Schund und Fälschungen jeglicher Art zwischen den Sonnenden herum. Jeder zweite besitzt ein Megafon, mit welchem er seine Waren ausruft, mit einer Sirene seine neuerliche Ankunft wie drohendes Unheil verkündet oder mit Musik seinen Wirkungskreis beschallt. Wie bitte ertragen die anderen die tagtägliche Marter der Sinne? Derart abgestumpft ist er nicht, nie hält es ihn lange und schließlich erst einmal auch nicht mehr an der Küste.

Er biegt ab, über die Serrania de Ronda Richtung Olvera. Nach kurvenreichen Gebirgsstraßen durch wild zerklüftete Natur dehnt sich das Land und in der Ferne taucht ein markanter Hügel auf, dessen Spitze mit Schnee bedeckt erscheint. Aber in der Hitze Al Andalus ist dort ein Pueblo an den Hängen hinab gekrochen und die typisch weißen Häuser leuchten in der Sonne. Olvera liegt an der Ruta de los Pueblos Blancos, welche Cádiz und Granada verbindet. Er fährt durch enge Straßen mit niedrigen Häusern, hoch zur Kuppe, auf welcher eine Burgruine und die auf den Resten einer Moschee errichtete Pfarrkirche thronen. Der Bus hüpft über bockiges Kopfstein. Federn, Sitze und Einrichtung quietschen im Untakt. Geschirr, Gläser und Besteck klingeln aus ihrem Verlies, die Muscheln tanzen auf der Ablage. Als er stoppt, endet das Konzert. Behutsam ordnet er die Kostbarkeiten auf dem Dashboard. Lynn schaut ihm dabei sanft mit Lippen und Augen lächelnd zu, beobachtet, ob er sie sorgsam behandelt, die Erinnerungen an sie. Er kann ihr Gesicht deutlich sehen. *Shine on you crazy diamond.*

Von hier oben präsentiert ein grandioser Rundumblick die Ebene, mit den an der Stadt endenden Olivenhainen und Kornfeldern und die sie umarmenden Sierras. Er sitzt lange auf einer gealterten Natursteinmauer, meint die Geschichte des Ortes spüren zu können, sieht Bilder von zerflossenen Kultur-Epochen und deren Menschen.

Die Türen der Häuser auf dem schmalen Vorplatz werden geöffnet, ihre Bewohner treten hervor, stehen herum, verschwinden in den Gassen. Ein Hund springt fröhlich aus einem Eingang und wuselt an der Stadtmauer herum. Schnell kehren alle geschäftig zurück in ihre Heimstatt und schließen hinter sich die Türen. Doch nur kurz, dann kommen erneut Bewohner heraus, aber sie sind älter und der Hund ein anderer. In stetig beschleunigtem Rhythmus öffnen und schließen die Türen, tauchen Menschen auf und unter, ihr Kleidungsstil ändert sich und mal sind es mehr, mal weniger, mal sind sie jung, mal alt, aber ständig sind es neue Gesichter. Auch die Vierbeiner zeigen sich in unterschiedlicher Kopfzahl, gar in Gangs und in einer Vielfalt an Alter und Aussehen. Leben und Epochen rasen vorbei, Zeit schießt durch die Venen.

Die Bilder der Zeitschleife stoppt ein leises, freundliches *Buenas tardes, Señor* und schleudert ihn damit zurück ins Heute. Er blickt zur Seite, zieht die Augenbrauen hoch, braucht einige Wimpernschläge um sich einzufangen und erwidert den Gruß. Vielleicht sitzt er auf dem angestammten Platz des Alten mit Strohhut und Krückstock oder jener ist ganz einfach neugierig wegen des seltsamen Fremden, jedenfalls nimmt der nun lächelnd neben ihm auf der Mauer Platz, die Hände auf die Gehhilfe gestützt. Sie beginnen ein seichtes Gespräch, doch es stockt bald, der Alte glaubt, weil der Fremde spanisch spricht, versteht er alles. Der jedoch versteht schon rein akustisch wenig und kann die Rotation von Wörtern und Sätzen im Kopf nicht mehr bremsen, verliert den Faden und muss oft nachfragen. So bleibt es bei Nettigkeiten. Der Alte scheint dennoch zufrieden, blickt über die Ebene und hakt gelegentlich unerwartet nach. *Ah, turista y eres de Alemania. Soweit mit dem Auto, da erlebt man viel, aber warum nicht mit dem Flieger und warum allein.* Seine Fragen untermalt er mit Gesten und einem frohen Lächeln, die Antworten quittiert er zusätzlich mit großzügigem Kopfnicken. Beide sitzen und schweigen, schieben nur ab und an Sätze hin und her, bis der frühe Abend beginnt und die Einheimischen ihr Leben aus der Kühle ihrer Häuser auf die callejas verlagern. Sein Nachbar lächelt viel. Spät verabschieden sie sich und als er wieder hinter dem Lenkrad sitzt und den Mann im schneeweißen Hemd dort auf dem Mauerrest hocken und winken sieht, fällt ihm der Alte am Meer ein, jener, welcher bei Rammstein ausdauernd mit seinem Fächer das Meer glättet und über Lebenserfahrung philosophiert.

Die Bebauung des ursprünglichen Olvera ist geblieben, nur vom Fuße des Hügels spült die jüngere und neue Zeit ihre Spuren in die Ebene. So sind die Straßen oberhalb wieder nur Gassen, mit rechtwinkligen Abbiegungen, urplötzlich steil und niemals vorher einsehbar. Da heißt es erst einmal mit der Schnauze vorsichtig um die Ecke linsen. Der Verkehr ist gering und fließt ohne Reglung durch Schilder oder gar Ampeln, schlicht auf Rücksicht beruhend. Jener, welcher durch die Gegebenheiten leichter ausweichen kann, tut es eben auch. Mehrfach muss er sich den Steilhang rückwärts um die Hausecke schieben, weil ihm ein Auto in der erst jetzt für ihn überschaubaren Gasse entgegenkriecht.

Er folgt der Straße der weißen Dörfer bis Santa Fe. Der heute belebte Ort verdankt seine Gründung einem Heerlager, welches Ihre Katholischen Majestäten im Jahre 1491 in der Vega de Granada zur Belagerung der letzten maurischen Stadt auf der iberischen Halbinsel anlegen ließen. Granada mit der gewaltigen Feste Alhambra und die mächtigen Höhenzüge der Sierra Nevada sind in Sichtweite. In Santa Fe erfüllte sich, nach sieben Jahren des Bittens und Wartens am portugiesischen und am spanischen Königshaus, für Cristóbal Colón endlich der Traum von der Seereise über den Atlantik.

Cristóbal Colón

Über Mittelsmänner öffnet sich dem Genuesen 1486 der spanische Königshof, aber längst nicht die Tür zu Ihren Majestäten Isabella I. von Kastilien und Ferdinand II. von Aragón. Ungeduldig bittet er wieder und wieder um Audienz und endlich, in Cordoba, leiht ihm Isabella Gehör. Interessant ist es schon, was dieser aus Portugal gekommene Italiener zu sagen hat. Er kann die Königin für sich gewinnen, sie ist fasziniert von dem Mann, seinen selbstsicher vorgetragenen Ideen und Plänen und ihr wird schwindlig bei den Gedanken an Berge aus Gold, Edelsteinen, edlen Hölzern und Gewürzen. Schätze, welche Spanien dringend gebrauchen kann, wo es sich seit Jahren mit den Mauren raufen muss. Also, sie wollen seine Pläne beraten, aber etwas Geduld werde er doch haben, erst gilt es das Land von der Fremdherrschaft zu befreien und die ungläubigen Berber und Araber dorthin zu jagen, wohin sie gehören, übers Meer nach Afrika. Was weiter kann Cristóbal Colón, wie ihn die Spanier nennen, tun, als warten und im Gefolge Ihrer Majestäten dem kämpfenden Heer, den mühsamen Rückeroberungen und weichenden Mauren durch die Landschaften der iberischen Halbinsel hinterher zu trampeln. Ab und an gibt es kurze Audienzen, nein vergessen habe man ihn nicht, aber, Geduld, nur Geduld. Und nebenbei versuchen Gelehrte, vertrocknete Bücherwürmer, bleich vom Hocken in düsteren Kammern und voller Angst vor Licht und anderer Weltsicht, seine Pläne zu blockieren. Ganze fünf Jahre geht das so, fünf Jahre! Colón braucht wahrhaftig eine an Totenstarre erinnernde Geduld. Aber 1490 rückt sein Ziel deutlich näher. Das letzte maurische Emirat ist zerschlagen und das spanische Heer hat in der fruchtbaren Ebene um Granada ein riesiges Heerlager errichtet. Es ist kein vorübergehendes, schmuddeliges Feldquartier für Soldaten, sondern ein Ort mit dauerhaften Gebäuden und zwei Hauptstraßen, an deren Kreuzung ein Marktplatz liegt. Alles schwer gesichert von Gräben, Mauern und achtzig Wachtürmen. Santa Fe nennen sie den Flecken, stolz in Erinnerung an die Erfolge bei der Reconquista und als Hinweis für die übrig gebliebenen Mauren was ihnen blühen wird. Santa Fe, Heiliger Glaube. Das Königspaar verlegt den Hof im April 1491 von Sevilla dorthin, als Zeichen ihres Triumpfes für den in der Alhambra hockenden Muhammad XII. Trotz der vielen Polster auf denen er sich bettet, es zwickt hier und da, wie einzelne spitze Kiesel unter nackten Fußsohlen. Die haben ihm Isabella und Ferdinand in dem Augenblick unter das erlauchte Gesäß geschoben, als er von den Zinnen seiner Feste auf die Vega blickte, wo ringsherum die Banner ihrer Heere gepflanzt sind. Im Rausch der Siege strotzt das Paar vor Selbstbewusstsein, lauert wie in der Logia einer Plaza de Toros dort in Sichtweite und froher Erwartung auf den Untergang Granadas und will, ähnlich einer Corrida, das Finale erleben. Sie geben sich völlig gelassen, versuchen weiteres Blutvergießen zu vermeiden. Ihre Soldaten müssen nicht mehr zum Angriff auf Burgmauern stürmen, in welche zuvor Kanonenkugeln Breschen bissen, nicht mehr mit Armbrustgeschossen Licht in Körper bringen, nicht mehr mit dem Morgenstern Hirne verspritzen und mit dem Zweihänder Glieder abtrennen, Leiber zerteilen und ausweiden. Stadt um Stadt fiel so und die Heere badeten genug im eigenen und fremden Blut. Bereits im Jahr zuvor hatten

Einheiten in einem weiten Belagerungsring Granada eingekesselt, die Ernten auf den umliegenden Feldern systematisch vernichtet und damit die Stadt von Lebensmitteln abgeschottet. Granada quillt über von Geflüchteten, die Zeit ist absehbar, wann das Grauen des Hungers durch Häuser und Gassen schleicht und mit der Zermürbung beginnt. Dessen bewusst, versuchen die Mauren in letzten Verzweiflungskämpfen eine Lücke in den spanischen Würgegriff in Richtung Küste zu reißen.

Colón mangelt es an königlicher Geduld. Was soll das ewige *Geduld Señor*, wenn doch nur noch in Granada die Mauren Besseren belehrt werden müssen! Und weil der bockige Genuese bei den Audienzen der Berater Ihrer Majestäten resistent für Beschwichtigungsversuche bleibt, wütend mit den Füßen stampft, sich immer häufiger im Ton vergreift und penetrant nervt, schickt man ihn zu einem endgültigen Disput in die Universität nach Salamanca. Da ist er erst einmal beschäftigt und weit fort.

Denn auch Muhammad und sein Anhang sind zickig und zäher als erwartet, obgleich der Belagerungsring sich stetig enger zieht. Im Sommer 1491 enden die Metzeleien vor den Stadtmauern, Granada verschanzt sich. Aber die Stadt hat keine wirkliche Chance, zu wenig Nahrung, zu viele Mäuler die zu stopfen sind und zu groß die Übermacht der Spanier. Wie sollten sie hier je überleben können? Am zweiten Tag im Januar 1492 kapituliert in Al Andalus der letzte arabische Herrscher Muhammad XII. und auf Granadas Alhambra weht weithin sichtbar das königliche Banner von Ferdinand und Isabella. Das Königspaar ist vorerst gut gelaunt, die Mauren dürfen ihren Besitz behalten und mit diesem Spanien innerhalb von drei Jahren verlassen.

Colón trifft auch wieder in Santa Fe ein und ärgert sich weiter über die skeptischen Professoren und egozentrischen Kardinäle und deren giftigen Spott und Hohn in der altehrwürdigen Universität zu Salamanca. Von seinen Theorien überzeugen konnte er sie nicht, aber er hofft weiter auf die halbseidene Zusage, welche ihm das Herrscherpaar einmal gab.

Und mit dem Fall Granadas ändert sich tatsächlich alles. Nun lechzt das Königspaar nach mehr Eroberungen und Gold in Strömen. Wie vielversprechend und süß klingen da die Worte des Colón in den hochwohlgeborenen Ohren. Wenn es auch in Salamanca vielerlei Einwände gegen seine Theorien gab, die Raffgier des Herrscherhauses siegt. Aber, warten muss Colón weiterhin. Zwar ist Andalusien, abgesehen von ein paar läppischen Plänkeleien an der Küste um Salobreña, nun fest in spanischer Hand, doch es gibt zu feiern und weit mehr zu regeln.

Erst im Frühjahr ist es endlich soweit. Doch nun ist Colón anmaßend, selbstsicher, geradezu überheblich und fordert Unverschämtes. Isabella und Ferdinand sind empört, jagen den Dreistling vom Hof und doch wenig später einen Boten hinterher. Der Glanz des Goldes, stärker als Andalusiens Sonne, blendet wieder die Augen und peitscht den Kreislauf hoch. Ja, so solle es sein, er bekomme was er fordere.

Der Genuese kehrt eilig um und erhält am 17. April 1492 die Capitulatión von Santa Fe. Mit dieser beauftragt Spanien Cristóbal Colón einen westlichen Seeweg nach Ostasien zu suchen und ernennt ihn zum Admiral aller Weltmeere und zum Vizekönig und

Gouverneur aller von ihm entdeckten Länder.

Isabella und Ferdinand vergeben gnädig die Erlaubnis zur Expedition in königlichem Auftrag, riskieren aber nichts, pressen ihre Hintern fest auf die Schatztruhen, wie eine Glucke den ihren auf Toneier, und sie reiben sich in Vorfreude auf fetten Gewinn die schweißnassen Hände. Zum Glück hatte Colón Finanziers gefunden, die Santa Hermandad, eine Organisation welche für öffentliche Sicherheit zuständig ist, zahlt den Hauptanteil, private Förderer bringen den Rest auf. Zwei Karavellen stellen die Pinzon-Brüder aus Palos und sie werden auch gleich von ihnen als Kapitäne kommandiert.

Vier Monate später, am 3. August, legen drei wurmstichige Nussschalen, Santa Maria, Niña und Pinta genannt, im Hafen von Palos ab und nehmen Kurs auf die vermeintlich asiatische Küste jenseits des Horizontes, am anderen Ende des Atlantiks. Weit kommen sie erst einmal nicht. Die von Colón geführte Karacke Santa Maria arbeitet sich sicher durch die Wellen, aber die Niña, das Mädchen, die dümpelt wie eine Ente auf einem Dorfteich und bleibt ständig zurück und bei der Pinta, dem Farbtupfer, da bricht das Steuerruder. So lädiert erreicht die Expedition mühsam die Inselgruppe der Kanaren und läuft Gomera an. Die Reparatur an der Pinta wird vorgenommen und die Niña erhält ein anderes Segel, um endlich Fahrt machen zu können und nicht mehr im Kielwasser der anderen am Horizont zu verschwinden. Erst am 6. September stechen sie wieder in See und die Fahrt in unbekannte Gewässer beginnt.

Die Reise ins Ungewisse sorgt bei den Mannschaften für Ängste, auch, weil selbst die Offiziere offen skeptisch auftreten. Mehrfach liegt die Spannung von Meuterei in der Luft und zudem intrigieren die Pinzon-Brüder emsig, führen Colón regelrecht vor. Flauten tragen auch nicht unbedingt zur Beruhigung der Stimmung bei und die immer mehr von Norden abweichende Kompassnadel schürt zusätzliche Bedenken. Außer Colón und einige Getreue glauben alle in ein Gebiet vorzustoßen, wo die Gesetze der bekannten Natur nicht existieren. Da musste er sich jahrelang mit eigener Geduld, überheblichen Gelehrten und schleimigen Hofberatern herumgrämen und nun, endlich auf See, ärgert ihn abergläubisches und hysterisches Schiffsgesindel. Colón führt zwei Logbücher, ein geheimes mit realen und eines mit beschönigten Daten, mit welchen er die Mannschaften zu beruhigen versucht. Auf Gomera hatte er laut verkündet, von dort direkt Quinsay, die von Marco Polo beschriebene Stadt des Großen Khan in Kathai, in einundzwanzig Tagen anzusteuern. Nun, der Genuese ist ein Schlitzohr und nannte eine Reisedauer, an welche er selbst nicht glaubt. Proviant ließ Colón für achtundzwanzig Tage bunkern, dann spätestens, das meint er wirklich zu wissen, tritt er als stolzer Abgesandter der spanischen Krone dem Khan entgegen. Jetzt aber ist Anfang Oktober, Essen und Wasser müssen längst rationiert werden und die Nervosität der Mannschaften steigert sich zu offenen Protesten. Colón schwingt flammende Reden von mutigen Männern, welche über sich hinausgehen müssen, dann erwartet sie Ruhm und Ehre. Und, die Windstillen, die bringen die Verzögerung. Es gelingt ihm wieder und wieder die Mehrzahl zu beruhigen. Dann umkreist eines Tages ein Seevogel die Santa Maria. Weiter als einhundert Meilen treibt es so ein Tier nicht auf das Meer, das Land ist nahe.

Später fischen Seeleute frische Äste und Pflanzenteile aus den Wogen, jetzt ist klar: sie sind in Küstennähe.

Am 12. Oktober 1492, nach sechsunddreißig Tagen auf See, sichten sie eine Inselgruppe (die Bahamas) und landen wenig später auf einem Eiland, welches die Einheimischen Guanahani nennen. Colón tauft sie San Sebastian, Heiliger Retter. Auf der Suche nach Festland wird Kuba entdeckt. Dann bohrt sich die Santa Maria am 25. Dezember vor der nächsten Insel in den seichten Grund und muss aufgegeben werden. Colón befiehlt so viel als möglich zu retten und aus den Materialien ein etwas überheblich als Festung bezeichnetes Gebilde und einige Hütten zu zimmern. La Navidad (Weihnachten) wird die erste spanische Ansiedlung in der Neuen Welt genannt und die Insel, als erste Kolonie, La Isla Española.

Mitte März 1493 landen die Niña und die Pinta nach fast zwei Monaten Rückfahrt, ein schwerer Sturm hatte die beiden Seelenverkäufer tüchtig auf dem Atlantik herum gewirbelt, endlich wieder in Palos. Gold war kaum aufzutreiben, aber es reicht Colón, um zusammen mit exotischen Menschen, Tieren und Pflanzen vor Isabella und Ferdinand zu protzen und frisches Geld für eine neue Expedition locker zu machen.

Zu dem Zeitpunkt, als der Admiral aller Weltmeere im Mutterland seine feierliche Prozession für den Königshof inszeniert, haben die auf La Isla Española zurück geblieben Spanier bereits das Vorspiel für zukünftiges Grauen präsentiert und die Einheimischen sorgfältig massakriert.

Auf seinen Entdeckungsreisen von 1492 bis 1500 kreuzt Cristóbal Colón wild in der Karibik herum und steuert vor allem immer wieder die Großen Antillen an. Er schippert an der Küste Südamerikas herum, nur wenige hundert Kilometer von den Schätzen der Azteken und Maya entfernt, verliert sich aber völlig in seiner Suche nach einer Passage zu den reichen Ländern Kathai und Zipangu. Denn, das er nicht am Ziel der Sehnsüchte angekommen ist, das ist ihm längst klar, angesichts des in armseligen Schilfhütten hausenden Indianerpacks. Er glaubt vorgeschobenen Inseln in einem China vorgelagerten Archipel entdeckt zu haben und hält immer wieder verständnislosen Nackten die Sendschreiben Isabellas und Ferdinands stolz unter die Nasen. Immerhin, die Eingeborenen bestärken ihn, ja, dort weiter, am Horizont, liegen Länder mit Gold im Überfluss. Wieder und wieder versucht Colón den verhassten Archipel zu durchdringen, um das Land des mit Kostbarkeiten gesegneten Khan von Kathai endlich betreten zu können. Selbst die Begegnung mit einem Handelsschiff der Maya lockt ihn nicht auf eine andere Fährte, er stößt sich in sturer Besessenheit immer wieder an der mittelamerikanischen Landbrücke die Nase, wie ein Brummer am Schaufenster einer Metzgerei. Und während Colón weiter um sich kreist, zicken die spanischen Siedler auf Hispaniola rum, beklagen sich im Mutterland wegen untragbarer Zustände unter dem großkotzigen Colón-Clan und das sendet Richter Bobadilla, welcher kein Mann langer Worte ist.

Colón hat seinen Mythos als Held und Entdecker verloren, außer bunten Blumen und Vögeln gibt es nur zimperliche Nackte, die auf den Plantagen wie die Fliegen krepieren. Das versprochene Gold ist, bis auf klägliche Ringe und anderen Nippes, unsichtbar geblieben. Und die Besiedlung Hispaniolas vermochte er auch nicht zu organisieren. So handelt Bobadilla kurz und knapp, lässt Colón und seinen Bruder in Ketten legen und eilt mit dem entsetzten Duo zurück nach Spanien.

Es ist nicht zu klären wie, aber Colón gelingt es erneut Isabellas Gunst zu erwerben. 1502 bricht er mit vier Schiffen zu seiner vierten Entdeckungsfahrt über den Atlantik auf. Diesmal erreicht er bei Honduras Festland, irrt am riesigen Orinoko-Delta vorbei, nur fixiert auf eine Passage zu den Goldländern. Im Sommer 1503 zerbröseln seine wurmzerfressenen Seelenverkäufer unter den Füßen und müssen vor Jamaika aufgegeben werden. Die mühevolle Rettung nach Hispaniola dauert Monate.

Erfolglos und gedemütigt kehrt der Träumer der Neuen Welt den Rücken. Auf seinen vier Reisen verlor er neun Schiffe, ein trauriger Rekord.

Wenige Tage nach seiner Ankunft in Spanien, Ende des Jahres 1504, stirbt seine Gönnerin Isabella. Cristóbal Colón zieht nach Valladolid, lebt zurückgezogen, von der Öffentlichkeit unbeachtet, und stirbt dort im Alter von fünfundfünfzig Jahren am 20.5.1506. Bis zuletzt begriff er nicht, einen anderen Kontinent für Europa wiederentdeckt zu haben und hielt halsstarrig am Glauben, in Indien gewesen zu sein, fest. Er wird in der Kathedrale zu Sevilla beigesetzt.

Granada ist unruhig, die Alhambra übervoll an Touristen, auf der überlasteten Stadtautobahn stockt allerorten der Verkehr. Mehrfach verfährt sich der schwarze T4 im öden Straßennetz der lauten Stadt, bis er die Ausfahrt Richtung Costa Tropical findet. Entlang von Ausläufern der Sierra Nevada leitet das flirrende Berg- und Talband schnell an das glitzernde Meer. Durch die Nähe zu Granada und den stetig verbesserten Anbindungen expandierten einst winzige Fischernester im eigenen Big Bang zu Betonlabyrinthen monströser Ausmaße. Je weiter die Baulichkeiten sich vom Anfang entfernen, umso einheitlicher, eckiger und riesiger öden sie dahin. Grauenhafte Hochhäuser, gegossen als Zweckbauten, Lichtjahre fern jeder Ästhetik.

In Salobreña, unterhalb des Zuckerhut-Felsens mit den weißen Hausgevierten und der Maurenfeste, findet er einen Stellplatz. Ruhig und umgeben von den bis an den Strand wachsenden Schilfwäldern. Einige Wohnmobile parken, sonst ist der Hirte mit seiner Ziegenherde am Morgen und Abend die Attraktion. Die schlappohrigen Gehörnten sind neugierig und umzingeln in Gangs die Camper. Er wird überrumpelt am ersten Tag, am Tisch sitzend, und staunt nicht wenig über das hemmungslos durch die geöffnete Seitentür einsteigende und laut meckernde Überfall-Kommando. Die kunterbunten Tiere sind angstfrei, er hat Mühen sie aus dem T4 zu schieben, auch weil, kaum dass eine Besucherin raus ist, eine neue in die geschaffene Lücke nachdrängt. Als er energischer beim Abschieben wird, zeigen ihm gleich mehrere Teufel die Hörner. Hektisch schiebt er Ziegen aus dem Auto und gleichzeitig die Tür zu. Von draußen hört er Gezeter der anderen Camper. Der Hirte zieht gelassen schmunzelnd vorbei, hebt die Hand zum Gruß und lässt sein Invasionsheer marodieren. Jenes ist hier zuhause, dessen Stoffwechselprodukte auf der trockenen Wiese bezeugen es. Die in ihren Räder-Tipis, die aus der Ferne, das sind die Eindringlinge. Nun liegen auch in seinem Bus verstreut Rosinen, im Gemenge irgendwelchen Spionen ganz nebenbei aus dem Hintern gerollt. Er muss lachen über die Situation und die etwas zu stark parfümierte, aber lustige Ziegenarmee. Lernfähig ist er auch, denn, naht die meckernde Übermacht, schiebt er die Tür zu. Da können sich die Ziegen nur vergrämt am Bus schubbern.

Am Platz vorbei führt ein staubiger schmaler Weg weiter zu der Handvoll Häuser am Meer. Das Badezimmer Granadas schiebt sich kilometerweit auf der anderen Seite der Felsenstadt am Strand entlang. Hier aber verhindern die sumpfige Schilfebene und die wild zerklüftete Hügelkette, an deren schwarzen Graten und Schründen das türkisfarbene Meeresende in Gischt und Fontänen zerstäubt, vorerst das Sprießen ockerbrauner, ausgehöhlter Betonklumpen. La Cuardia wuchs einst auf einem trockenen, ebenen Zipfel Land dazwischen. Die Zufahrt mit ihrem einmal wie zufällig ausgeschütteten Asphalt zerkrümelt, sie endet zerflossen als Plätzchen inmitten der Häuser, doch dort mit Blumen und Palmen reich verziert. Durch eine Gasse blinzeln freundlich zarte Schaumkronen von Wellen und nach wenigen Schritten zieht eine halbherzig errichtete und in die Jahre gekommene brusthohe Schutzmauer eine Grenze. Sie stemmt sich wacker gegen die Kraft der bei Sturm in der kleinen Bucht angreifenden Wellen. Feiner Sand, in sanften Ablagerungen und Mauerwinkeln verfangen, hart gebrannt von der Sonne, aber beweist, gelegentlich erstreitet das tosende Nass einen Durchbruch. Grobe Steinstufen ohne Geländer, mehr Hühnerstiege als Menschentreppe, helfen zum Strand. Das Gestade ist ebenso schmal wie der Zugang. Dort wo die Wellen auslaufen, ist eine Flut an geschliffenen kleinen Steinen.

Er stromert knietief durch den warmen Lebensrhythmus des Meeres, blickt in die Ferne und plötzlich, wie aus dem Nichts, kommt ihm Lynn lächelnd entgegen, den Kopf leicht geneigt, die widerspenstige Strähne im Gesicht. Sie bückt sich unentwegt, sammelt und spült die entdeckten bunten Schönheiten. In der Hocke, türkisfarbenes Wasser wirbelt Sand um ihre Füße und wirft sich in sanften Fetzen und Perlen über ihren braunen Körper, blinzelt sie mit verzogenem Gesicht zu ihm empor, zeigt glücklich einen besonderen Fund. Ihre braunen Augen blitzen durch die Lidspalte vor Freude. Starr steht er, geht dann neben ihr in die Hocke und wird nun auch überall vom Meer berührt. Lynn formt den Mund zu *ihrem* Lächeln, schiebt die Strähne hinter das Ohr und schaut ihm jetzt tief in die Augen. Er genießt ihre Gesten, ihr Gesicht, jede einzelne Sommersprosse. Dann fragt er, wie es war, ihr Leben ohne ihn und ob er ihr gefehlt habe. Wellen werfen sich rauschend ans Ufer und lassen beim Zurückweichen die bunten Kiesel rasseln. Lynns Lippen bewegen sich, doch er kann ihre Worte nicht verstehen.

So stark ist der Eindruck, so stark das Empfinden ihrer Gegenwart, dass die Luft in seinen Lungen stockt und das Atmen zur Qual wird. Weit und breit ist kein Lebewesen, er ist allein und im Kopf erklingt Musik. *Wish you were here.* Sein Körper verkrampft in Schmerz, Tränen netzen lautlos die Wogen. Feuer entfacht in ihm, die lodernden Flammen speien Rauch und schwärzen die Welt. Die Zeitebenen, sie sind oft derart verflochten und gedreht, dann existiert kein Gestern, kein Heute, kein Morgen, alles scheint ein Ganzes. Ewigkeiten steht er stumm im Spiel der Wellen, sieht das wundervolle Meer, den Strand, das dichte Schilf, dann sammelt er besessen Steine.

Später, im T4, sortiert er die schönsten aus und fleht Johnnie Walker um Hilfe, des Nachts, während Fels und Castillo mystisch in gelbem Licht glimmen, Frösche quaken und Sterne das Himmelsgewölbe fluten. Er fühlt sich unendlich einsam. *Open the door, i`m coming home!* Pink Floyd sind an seiner Seite. Die Lider geschlossen, schießen irgendwann die Träume im Roller Coaster durch sengende Höllenschlünde und über sonnenwarme Blütenwiesen. Der Schlaf ist launisch, wirft ihn wieder und wieder in die Realität zurück. Dann spürte er wie das Rot, angetrieben vom unruhigen Hohlmuskel, durch sein Adernetz eilt und er lauscht dem Rauschen der inneren Flut. Hellwach tritt er vor den Bus und zieht schwer die warme Luft der Nacht in seine Lungen. Das Schilf scheint zu leben, seine Blätter flüstern, zeugen Geräusche wie leises Stimmengemurmel, der König aller Winde streichelt die hochgewachsene Pflanzengemeinschaft. Die vielen Kiesel im kleinen Bach entlocken dem sprudelnden Nass eine zarte Melodie. Er genießt die Klangsymphonie unter dem Schein des Mondes und der Sternenpracht. Doch zurück, müde auf dem Bett, spielt der abgebrochene Traum seine Fortsetzung.

Sie kommen zu uns in der Nacht, Dämonen, Geister, Schwarze Feen...

Das ursprüngliche Salobreña klebt am Felsen wie eine Kolonie Schwalbennester, nur die dem Meer zugewandte Seite ist als senkrecht aufragende Wand unbebaut. Direkt an ihrem Fuße sprudeln einige kräftige Quellen und bewässern breitflächig die schmale Küstenebene. Eine einsame Zufahrt ringelt sich am Zuckerhut empor zu der von Mauren ausgebauten Festung. Beidseitig der kaum fünf Meter breiten Kopfstein-Gasse folgen wild geschachtelte Häuser, an manchen Stellen durch den abfallenden Fels keine zwei Meter breit. Hin und wieder zweigen Durchgänge wie Schlupflöcher ab, führen über abgenutzte Treppen oder steile Wege in hintere Wohnbereiche. Sie alle laufen sich fest, entweder an Tür, dem Fels oder einer kleinen Terrasse mit grandioser Weitsicht auf die Küste oder die schneebedeckten Gipfel der Sierra Nevada. Die Zufahrt ist eine Herausforderung, steil ansteigend und mit urplötzlichen Knicken, um das Terrain überhaupt erschließen zu können. Dann eröffnet sich zumeist ein Blick auf die nächste Etappe der Holpergasse, steil hinauf in den wolkenlosen Himmel. Ab und an dröhnt ein Auto an ihm vorbei, weiter hoch oder quietschend nach unten. An den Häusern parkt, geradezu mit der Wand verwachsen, hier und da ein PKW. Seine Beinmuskeln wollen klagen und er grübelt, wie alte Menschen hier ihren Tag bewältigen und wie Rettungswagen hoch kommen können oder gar die Feuerwehr. Für mehr als einen Kleinbus ist selbst auf dem Hauptweg kein Platz, allein wegen der vielen harten Kehren. Endlich auf dem Dach des Felsens, von den Mauern des Castillo, ist die Sicht auf Meer, Küste und Gebirgskette atemberaubend.

Er genießt den stillen Strand der bunten Steine, den Klang, wenn nachts, durch leichten Windhauch vom Meer, die Blätter des Schilfes aneinander reiben und ein lautloses

Feuerwerk das Firmament zündet.

Dann ist Freitag und ein Konvoi aus Wohnwagen, Wohnmobilen und Transportern zwängt sich durch das Nadelöhr zwischen Hügel und Felsenstadt und eilt zielstrebig durch brachliegende Orangenhaine und Schilfdschungel. Der Ziegen-Abenteuerplatz wird Wochenend-Heerlager von Erholung suchenden Großstädtern. Am frühen Abend ist der T4 eingebaut zwischen Feldsteinmauer, fahrbaren Wohnbehältern und Zelten. Hektisch stülpen unzählige Grillroste eine Dunstglocke über die Wanderkolonie, Musik und Stimmenchaos füllen sie mit Hintergrundrauschen. In der Nacht pulsiert das Leben wie in einer Metropole. Irgendwann endlich eingeschlafen, wecken am Morgen laute Motorengeräusche. Die nächste Angriffswelle Ausflügler rollt an und die lenken ihre Fahrzeuge durch die Reihen auf Suche nach einem freien Platz. Zwei Zufahrten hat das kleine Areal und beidseitig dringen Ankommende ein. Schnell ist alles dicht, nichts geht mehr. Schnauze gegen Schnauze blockieren sie einander und um zurückfahren zu können, müssten die ganz hinten erst einmal abfahren. Da wird gehupt, gezetert und gestritten. Eine Zeit hat er sich das totale Chaos angesehen, dann will er nur noch fort. Doch dazu muss er sich bis frühen Nachmittag gedulden, vorher ist kein rauskommen. Und als er endlich los will, versperren ihm links und rechts ein Wohnmobil den Weg. Beide erheben Anspruch auf die frei werdende Fläche, wollen weder dem anderen weichen, noch begreifen, dass er nicht abfahren kann, ohne dass einer von ihnen zurückweicht. Als dann keifende Weiber aussteigen, um für den Platz zu streiten, schiebt er den T4 wieder zurück, verbeugt sich und zeigt: jetzt fährt er nicht mehr ab. Nun greift ihn eine wütende, dicke Kampfhenne mit drallen Kindern im Schlepp an, welche mit seine Entscheidung unzufrieden ist und sich um die angepeilte Beute betrogen fühlt. Da platzt ihm aber doch der Kragen, laut kann er auch und ebenso problemlos bissig sein. So leicht entzündet sich Zorn, obgleich man Erholung sucht. Endlich gibt eine Partei auf und fährt zurück, aber er bleibt trotzig stehen, bis auch die andere Minuten später entnervt verschwindet. Später gibt er Gas, nur fort aus diesem Tollhaus.

Zuerst in die Sierra Nevada, dann die Küste entlang bis zur Costa blanca.

Wer zu Lebzeit gut auf Erden
wird nach dem Tod ein Engel werden.
Den Blick gen Himmel fragst du dann
warum man sie nicht sehen kann.
Erst wenn die Wolken schlafen gehen
kann man sie am Himmel sehen.
Sie haben Angst und sind allein.
Gott weiß, ich will kein Engel sein.
Sie leben hinterm Sonnenschein,
getrennt von uns unendlich weit.
Sie müssen sich an Sterne krallen,
damit sie nicht vom Himmel fallen.
Erst wenn die Wolken schlafen gehen
kann man sie am Himmel sehen.
Sie haben Angst und sind allein.

Gott weiß, ich will kein Engel sein.
Rammstein

Collateral

Denia hat sich der alten National-Straße genähert, ist fetter geworden in der Zeit seiner Abwesenheit und hat eine Decke aus unbarmherzigen Beton über Mandelbäume und Orangenhaine gezogen. Gleich nach dem Revier der Mädchen, an und im wächsernen Dunkelgrün mit den orangefarbenen Früchten beidseits der carretera nacional, und kaum ausgeschert in Richtung Meer, da kündigt sich nun bereits die Stadt an, mit Kreiseln und doppelspurigen Richtungsfahrbahnen, in Form gehalten von Hallen der Gewerbegebiete. Eine Anfahrt wie der Zubringer einer Industrieanlage. Der einst schöne Ort, verschandelt mit der Globalisierung, wird weltweites Standard-Mitglied, beliebig austauschbar.

Der alte Kern um den Castillo am Strand ist bisher entkommen, doch bereits das vormals wilde Areal um die Marina zu seinen Füßen ist verändert. Zwischen Mole und Hafen wurde ein riesiger Parkplatz geschoben und ein wuchtiger Terminal für die Fähren. Das kleine Gebäude mit dem schmalen Fähranlieger parallel der Strandstraße, unmittelbar am Herz des Ortes, hat ausgedient. Der drastisch gestiegene Seeverkehr, mit täglich mehrfachen Ab- und Anfahrten und High-Speed-Fähren hinüber zu den Baleareny, verlangt andere Dimensionen. Der ehemalige Kai ist jetzt Heimat für einen Katamaran und Nichts und sein Beton zerspringt. Ein moderner Glaskubus am Hafenbecken ersetzt die Stände der historischen Fischhalle, deren Bögen sind vermauert, das Dach eingebrochen. Dort in der neuen, viel größeren Halle, gibt es Fisch und Meeresfrüchte satt. Frisch angeliefert aus aller Welt. Der Fang der vier nebenan dümpelnden Fischkutter ist allenfalls ein Nischenprodukt, das Mittelmeer ist leer gefischt.

Nach einem ersten Rundgang fährt er zum Strand, wo er und Tiffany ihren Stammplatz hatten. Vom letzten Besuch weiß er, wo ihre alte Zufahrt zwischen den hohen Residencias verborgen liegt. Er parkt vor der Düne. Der Strand ist breit, das kleine alte Dörfchen am ausgetrockneten Rio, dort wo immer die Hundemeute wartete, existiert noch, ist jetzt aber nicht nur wie ein Fremdkörper zwischen den Klötzen mit den Ferienwohnungen eingekapselt, auch das Meer vor seinen flachen Häusern hat man entfernt. Früher schlugen die Wogen oft bis an die dicken Mauern der Grundstücke, dann, wenn das Meer zornig war. Das ist ihm jetzt verboten, die Residencias benötigen breite Sandstrände für ihre Bewohner in den zwei Monaten der Saison. So wurde ein künstliches Kap aus Betonquadern und Steinen errichtet und dadurch eine weite Bucht mit breitem Sandstrand geschaffen. Das einstige Riff dort, welches immer wieder Muscheln an den Strand verschenkte, es liegt tief unter aufgeschwemmten Sand begraben.

Wie musste er hier damals mit Tiffany laufen, als ihnen der Tsunami auf den Fersen folgte! An jenem Tag standen beide verblüfft auf der hohen Düne, weil das Meer weit fort war und Tiffany empörte sich lautstark bei ihm über das Ungeheuerliche. Dann folgte er bedenkenlos dem Wunsch der Abenteuerin zum täglichen Toben in den Wellen und sie spazierten dort wo sie sonst schwimmen mussten, über trockenliegende Riffe und Sandbänke, zu ihrem Meer. Bei einem Blick zurück erschrak er, wie weit die Düne entfernt lag und kam ins Grübeln, aber da flutete ihnen das geliebte Meer bereits langsam, aber stetig entgegen. Erst da begriff er die Gefahr und sie flitzten zurück, Tiffany schneller als er. Das Meer jedoch fing sie ein und spülte seine unfreiwilligen Badegäste bis hoch an die Düne, wo er Tiffany weiter hinauf ins Trockene schieben konnte und er ein hartes Agavenblatt am Strunk zu fassen bekam. Sie hatten damals wirklich Glück.

Heute ist an der Stelle feiner Sand und Muschel gibt es nicht mehr, als Ersatz aber Lagerstätten von Menschentrauben, welche sich dennoch alleine wähnen und wie eine Herde Dscheladas im abessinischen Hochgebirge palavern. Man hat dem Strand die Ruhe genommen, der Zauber ist verflogen. Ist es geschehen damit er loslassen kann?

Ein weiteres Übel wartet. Der kleine Rio, zumeist nur ein Rinnsal, doch an wenigen Tagen, gespeist von Regenfällen in den nahen Bergen, ein wütendes Flüsschen - man hat einen Kanal aus Beton gegossen, damit es dann nicht wie eine zornige Natter wild mit dem letzten Ende am kultivierten Strand herumwedeln kann. Artig entwässert der Rio nun in stets gleicher Bahn über den viel breiteren Sand ins Meer. Als er ihn besucht, schafft es das wenige Gebirgsnass nicht bis zum Meeresende und versiegt bereits auf halber Strecke im Kanal. Dort, wo es in heißem Sand und Beton verlebt, schwimmt und rudelt ein umfangreiches Sortiment Plastik.

Immer im Herbst, nach starken Unwettern im Gebirge, welche das sommerliche Rinnsal in einen Sturzbach verwandelten, trieben Schilf und andere Pflanzen in das Meer. Dann waren Schlangen auf unfreiwilliger Reise, irgendwo von den Fluten dem zuhause entrissen. In der Mündung konnten sie mit Hilfe der anlaufenden Wellen ihre rasante Wildwasserfahrt beenden. Sichtlich geschwächt hasteten die armen Dinger trotzdem durch den heißen Sand in Richtung Schilfgürtel. Auch Heere von Flusskrebsen spülten ins Meer und bemühten sich ebenso Salzwasser und Strand zu entfliehen. Aber sie hatten schlechtere Karten, denn clevere Zweibeiner lauerten der schmackhaften Bande auf und bildeten eine unüberwindliche Barriere zum Schilfwald. Tiffany ahnte erst als ein dicker Krebs seine Scheren in ihren Backenbart verankert hatte, was diese seltsamen Entdeckungen womöglich noch drauf haben könnten. Ihr Entsetzen über das anhängliche Monster in den Haaren war groß und er brauchte eine Weile den Krebs zu lösen. Nun war Tiffany aber Terrierin und erst richtig sauer über das Verhalten der ihr vorher unbekannten Panzerkrieger. Sie stellte und zwickte die Krebse, egal wie protzig die ihre Scheren zeigten. Pah, sie war mit ganz anderen Erscheinungen fertig geworden! Was ist ein Krebs gegen einen Tiger, Bären oder Löwen? So wurden sie beide Sammler und auch die beiden jungen Alligatoren hatten Freude an den Mitbringseln.

Er verlässt den Strand, fährt nach Denia hinein. Ungebremstes Baufieber verseucht den Ort bis in kleinste Baulücken und mit Einheitshäusern das Umland, welche die Berge bis zu den Kämmen besetzen. Natürlich bleibt er einige Tage, campiert direkt am Strand, kreist durch die Altstadt, besucht den Castillo. Der Ort hat sich gewandelt, als ob mit Gewalt alte Erinnerungen auslöschen werden sollen. So ist er entschlossen, es wird sein letzter Besuch. Er hat ruhigere, faszinierende Orte gefunden, ursprünglicher, vergessen aber wird er Denia nie.

An einem Vormittag fährt er zum alten Safaripark. Schnell findet er die gewohnten Schleichwege durch die Orangenhaine, durch das winzige Dörfchen mit dem Supermarkt, wo er früher stets einkaufte, und weiter durch den Irrgarten der Einheits-Fincas ohne Gesichter und Charme. Da er die Eintönigkeit schon von der letzten Reise kannte, hat er die weiße Betonwüste schnell durchquert. Damals verfuhr sich der T4 erbarmungslos in der Ödnis, weil er noch die einst ansässigen Orangen- und Mandelhaine kannte. Nach Querung der Autobahn, liegen voraus die Konturen der Bergketten wie Scherenschnitte. Rechts beginnt eine weite Dschungelebene, links leitet ein Felsrücken die kurvige Straße. Wenige Kilometer hinter den Felsen liegt an einem Hang mit grandioser Sicht auf Berge und Meer eine riesige Höhle der Neandertaler. Hinter dem Dschungel schließt erst eine Orangenplantage, dann Spaniens größtes Reisanbaugebiet an. Die Carretera windet sich entlang der Hänge, der Urwald rückt näher. Bockig verweilen weiterhin die alten Hinweisschilder des Parks an der Straße, doch die Zufahrt haben Oleander und Gummibaumgeflecht zur Urwaldlichtung umgestaltet und vor den rostigen, überwucherten Toren endet die einstige Allee. Auf ihrem geborstenen Asphalt läuft die sanfte Invasion der Grashalmheere. Dahinter, im alten Park, regiert längst die grüne Natur. Das kleine Eingangsgebäude mit dem Sitz der Direktion gedeiht zur malerischen Ruine, Pflanzen ringen es zu Boden, kontrollieren das Innere, winden sich durch Resteglas der Fenster und durchbohren das Dach. Zwischen all den Zweigen, Blättern und Ranken lugt ein Schild zum Besucher. Die Farbe ist verblasst und trennt sich nach eigenem Ermessen von einzelnen Buchstaben, aber er kann deutlich lesen: *Safari Costablanca.*

Nur wenige Hundert Meter weiter lebte er einige Jahre, neben einem Bach und inmitten von Hibiskusbüschen und Gummibäumen. Er war mit Tiffany und den Reptilien hierhergekommen, voller Hoffnung auf einen Neuanfang. In der Allee verbrachten sie die erste Nacht, weil er sich verfahren hatte und am späten Abend vor verschlossenen Toren eintraf. Tiffany wuselte damals ganz aufgekratzt, nach der tagelangen Fahrt und der Aufregung der letzten Stunden, durch die Büsche und er war glücklich hier zu sein. Und als sich dann das Ende abzeichnete, baute er eine neue Nummer mit dem erweiterten Reptilienbestand auf und kehrte mit neuer Hoffnung nach Deutschland zurück. Auch bei der Abfahrt stand er in der Allee längere Zeit, es war früher Morgen und der Himmel kündigte einen weiteren schönen Tag an. Aus dem Park erklangen erste Tierlaute, es war die Zeit, als er sonst täglich mit Tiffany durch den menschenleeren Safari-Park joggte. Der Abschied war unsagbar schwer und er träumte davon, eines Tages wieder in diesem wunderbaren Land leben zu dürfen.

Er steht heute lange in der Einfahrt.

Krokodile und Riesenschlangen

Aufgeregt hat er sie mitgebracht, in einem Leinensäckchen, geschützt unter der Kleidung, warm an seinem Körper geborgen. So war sie durch das winterliche Berlin gereist, als Schwarzfahrerin in der S-Bahn. Das neue Zuhause stand seit Tagen bereit, eingerichtet mit Badebecken, Kletterbaum, einem Rindenstück als Shelter und einer Wärmelampe mit Thermostat. Eine Miniaturwelt im Wohnwagen. Vorsichtig öffnet er das weiche Transportbehältnis und kann selbst kaum glauben, für wen er sich als Haustier entschieden hat. Ein kleines kringliges Etwas liegt dort. Über die kastanienbraune Grundfärbung ein schwarzes Netz mit weißer und gelber Schattierung gestreift, im silbernen Hellgrau die Flanken und einzelne Dreiecke und dazu orangefarbene Augen. Eine wahre Schönheit. Ruhig wickelt er eine Windung ab und erntet ein zaghaftes Fauchen, mehr Angst als Drohen. Er fasst langsam nach und hält schnell den Zwerg in beiden Händen. Fingerdick und etwas mehr als einen halben Meter von der Nase bis zur Schwanzspitze. Der winzige Netzpython züngelt aufgeregt, oft wurde er in seinem kurzen Leben bisher nicht berührt, und schiebt sich durch die geöffnete Glasscheibe in das Terrarium. Dort entdeckt er schnell das Badebecken und empfindet das warme Wasser offensichtlich als tolle Gegebenheit. Mit dem Netzpython-Mädchen beginnt die Leidenschaft für Reptilien. Sie reist im Wohnwagen durch halb Europa, auch unter dem damaligen Eisernen Vorhang hin und her und ihr Abteil muss beständig wachsen. Netzpythons sind die längsten Riesenschlangen der Erde und lassen Anacondas, entgegen anreißerischer Behauptungen, meterweit hinter sich.

So startete damals im Winterquartier Berlin-Hoppegarten seine private Reptilienhaltung, in den Zeiten des Staatszirkus, als seine beruflichen Pfleglinge die Elefantengruppe um Pia und Jana war. Als er Jahre darauf seine spätere Ex-Frau kennenlernte, entstand die Idee vom Aufbau einer eigenen Show mit Riesenschlangen und Krokodilen, damals in der DDR ein Novum. So wuchs mit den Jahren die beinlose Gesellschaft langsam an, mit Abgottboas, Dunklen Tigerpythons, weiteren Netzpythons und Anacondas. Während eines Gastspieles im Berliner Plänterwald bekam er dann vom damaligen staatlichen Tierhandel den Anruf, dass auch Krokodile eingetroffen seien. Endlich! Aber in der Station angekommen stellte er fest, es sind nicht die erwarteten Alligatoren, sondern Brillenkaimane. *Nö, Alligatoren kommen ausschließlich aus den USA, dorthin gibt es keinen Kontakt mehr. Also. Was? Die Kaimane oder nichts Krokodilähnliches?* Begeistert war er nicht. Diese Kaimane sind mit kaum zwei Meter Länge recht kleine Panzerechsen und bekannt für ihr gern launisches Wesen. Doch er kaufte sie, sie wollten unbedingt mit Krokodilen arbeiten. Das Quartett Baby-Kaimane war temperamentvoll und brauchte lange zur Akzeptanz für direkten Kontakt. Als er und seine Partnerin mit dem Training für die Show begannen, waren die Kaimane halbwüchsig und hatten eine mehrjährige Gewöhnung hinter sich. Stundenlang saßen beide zwischen den Tieren auf der Erde und überließen den Vierbeinern die Wahl zum richtigen Zeitpunkt der Kontaktaufnahme. Das Misstrauen schmolz schlagartig, als eines Tages Kaiman Cacama auf seinen Schoß kletterte, den erhöhten, warmen Platz für gut empfand und zum Erstaunen seiner Artgenossen den Mut nicht mit dem Leben bezahlen musste. Von da ab begann das große Krabbeln über die Zweibeiner und die nutzten die Situation schamlos aus und berührten wie zufällig die Krokodile mal hier, mal da, hielten ein Bein sanft fest oder hoben die Vorderkörper an. Dann durften sie die Tiere aufnehmen und mit ihnen gehen, sie am Körper tragen. Trotzdem blieben die Kaimane ihr Leben lang inneren Empfehlungen treu und waren oft launisch und kompliziert im Umgang. Und so ist es kaum verwunderlich, dass die schwerste Verletzung in über dreißig Jahren Leben und engsten Arbeiten mit Groß-Reptilien nicht von einer Fünfzig-Kilogramm-Schlange oder einem Drei-Meter-Alligator stammte, sondern von Brillenkaiman Xanadou. Der Biss hinterließ zwar bauliche Veränderungen an der Hand, aber es war nur ein launischer Abwehrbiss, zupacken, mehrfach nachfassen und wenig darauf loslassen. Geschehen ausgerechnet in einer Show in Belgien, erfüllte der Unfall die Erwartungen des Publikums von einem bösartigen, hinterlistigen Reptil. Aber die Schuld traf ihn als Trainer, nicht das Tier. Abgelenkt von unschönen Ereignissen unmittelbar vor der Show, übersah, ignorierte er Xanadous Drohungen. Routine mit Tieren ist gefährlich. Der Trainer muss sich auf das Tier einstellen, nicht umgekehrt. Zum Glück ist der Rachen eines Kaimans klein und weder Zähne noch Bisskraft auch nur im Geringsten mit denen eines Alligators zu vergleichen. Doch, in die Knie ging er dabei auch, musste geflickt und geschient werden und stand am nächsten Tag mit Verband wieder in der Manege, jedoch vorerst ohne gewichtige Partner. Ein großes Krokodil hätte die Hand abtrennen können, einfach so, nebenbei. Es ist wie mit allen Tieren, niemals wird der Pfleger die volle Kontrolle über sie haben, zum Glück, sonst wären sie keine lebenden Wesen mit eigenem Willen.

Alle seine Reptilien kamen sehr jung zu ihm, da altert man gemeinsam und lernt sich gut kennen, weiß die Grenzen des Anderen zu akzeptieren. Als zukünftige Partner in einer Darbietung und als Persönlichkeiten bekam jedes Tier einen Namen. Nie sprach er unpersönlich von *einer* Boa oder *einem* Krokodil. Jede Minute Freizeit gehörte dem Umgang mit den Reptilien, die Kleinen sollten sich an ihn gewöhnen, den hautnahen Kontakt als Normalität empfinden. Schließlich werden sie fast alle einmal, artbedingt, große Tiere sein und über entsprechende Kräfte verfügen. Zwar sind die Muskeln einer Riesenschlange deren tödliche Waffe, aber auch ein Biss mit den vielen nadelspitzen Zähnen hinterlässt nachhaltige Erinnerungen. Kein Python, keine Boa und keine Anaconda hat Gift, sie töten durch Umschlingen, aber der Biss muss sitzen, die wie Widerhaken angeordneten Zähne müssen sich so einbohren, dass auch große, zappelnde Beute fixiert ist und die Schlange sie umschlingen kann. Die Tiere sind weder grausam noch Mörder, die schönste Beute ist ihnen gleich, wenn sie satt sind. Sie töten niemals aus Bösartigkeit, sondern ausschließlich um zu überleben.

Ungewöhnlich blieben im Umgang stets die Netzpythons - sein Stolz bei den Schlangen. Er hat ungestüme Artgenossen in Zoos erlebt und bei Längen um locker sieben Meter sind sie dem Menschen weit überlegen. Es sind blitzschnell agierende Muskelpakete und bei einem Gewicht ab dreißig Kilogramm kann eine einzelne Person in der Umschlingung wenig entgegensetzen. Die Art hat denselben Ruf wie die Kaimane und ist gefürchtet. Er hatte insgesamt sechs Netzpythons im direkten Umgang, Tiere von über sechs Meter Länge. Alle, ohne Ausnahme, waren entspannt, umgänglich und brachten ihn niemals in Gefahr. Unbesorgt konnte er sie aus den Anlagen holen, in die Showkörbe verladen und um den Körper gewickelt tragen. Nur in den ersten Monaten, als Babys, waren sie ängstlich, duckten sich aber nicht wie andere Arten, sondern wehrten vermeintliche Bedrohungen mit Bissen ab. Angriff ist die beste Verteidigung. Da musste er durch und nahm es nie persönlich. Sehr schnell spüren die Tiere, dass nichts passiert, wenn sie aus dem Zuhause genommen und auf dem Arm gehalten werden und je älter und riesiger sie wurden, umso entspannter gaben sie sich. Es schien, als wären sie sich ihrer gewaltigen Kraft und Überlegenheit sehr wohl bewusst.

Selbst die ebenfalls als nervös geltenden Anakondas waren leicht händelbar. Die erste Zeit war es nicht einfach, sie aus dem Wasserbecken, ihrem Lieblingsort, zu fischen, denn gleich wie ruhig, sie bissen beide fast immer zu und das nicht nur einmal, sondern gerne hektisch noch einmal und noch einmal. Aber sie waren so klein und ihre Zähnchen auch, da gab es nur ein Kopfschütteln mit Lächeln und keine Verletzungen. Zudem: hatten sich die Zwerge vor Angst in seine Hand verbissen, dann konnte er sie soundso herausholen, mehr konnte nicht geschehen. Auch die zwei wurden älter, gewöhnten sich an den direkten Umgang und vergaßen das Beißen. Reptilien brauchen Zeit und der Pfleger Geduld und Respekt.

Die Tiere arbeiteten nicht täglich, sondern im Wechsel. War eine Schlange in der Endphase einer der regelmäßigen Häutungen, brauchte sie Ruhe und das galt ebenso für die tagelange Verdauung nach einer guten Mahlzeit. Dadurch kam niemals, wie oft Besucher dachten, eine sattgefütterte Schlange in die Show. Bedingt durch ihren Stoffwechsel fressen Reptilien in weiten Abständen. Große, erwachsene Tiere, wie die Netzpythons fasteten freiwillig oft mehrere Monate. Dann muss so ein langer Gigant aber wieder Energie tanken und bis zu fünf Hühner werden hintereinander verschlungen. Mit einem derart gefüllten, prallen Bauch rollt sich die Schlange dann an einem ruhigen Platz zusammen und kümmert sich bis zu zehn Tage mit Schlafen und Gelassenheit um die Verdauung der reichhaltigen Federmahlzeit. Oft steht danach ein Hautwechsel an, denn die Schlange wächst auch, anders als ihre Haut. So bildet sich unter der alten, zu eng gewordenen Haut, innerhalb von etwa vierzehn Tagen eine neue und größere. Schließlich streift die Schlange die alte Haut wie einen Strumpf als Natternhemd ab und glänzt in alter, neuer Pracht. Eine Schlange kann nicht schwitzen, sie ist nicht glitschig und nur feucht wenn sie eben dem Badebecken entstiegen ist, der herrliche Glanz entsteht allein durch die Brechung des Lichtes auf dem Schuppenkleid. Er liebte das Gefühl des weichen, geschmeidigen Körpers auf nackter Haut.

Sehr schnell kannten die Riesenschlangen den Ablauf bei den Shows. Und sie wussten genau: einmal in den Korb geht's zur Arbeit, da wird man dann aus dem Behältnis geholt, *aber*: je schneller man wieder in den ausgepolsterten Korb mit den Wärmflaschen hineinkriecht, umso eher ist diese Albernheit durch. Alle Schlangen fanden stets alleine in die Körbe zurück, wobei sie es nicht so genau nahmen, ob es der eigene oder der einer Artgenossin ist und warteten dann geduldig auf die warme feuchte Luft im Tierwagen wenige Minuten später. Dort wiederum brauchte er nur die Terrarien und die Körbe zu öffnen und die Beinlosen krochen in das Zuhause mit den Kletterästen, Baumhöhlen und Badebecken. Niemand sollte Reptilien für dumme Tiere halten. Wie alle anderen Wesen stumpfen sie in einer künstlich erschaffenen Mickey-Mouse-Welt ab, beschützt, aber eng und ohne Herausforderungen. Sie verblöden unter der Monotonie, weil sie vom Lernprozess abgeriegelt werden. Natürlich macht dann eine plötzliche Veränderung ängstlich und aggressiv. Warum sollte es anders als beim Primaten Mensch sein?

Damals in Denia kamen zwei Alligatoren zu ihm, auch Babys, Winzlinge von vierzig Zentimeter, welche, als er seine Tiergruppe aufgab, drei Meter und achtzig Kilogramm erreicht hatten. Diese zwei waren seine Lieblinge, Tiere von ausgesprochen sympathischem Wesen. Gelassen, ruhig, sicher im Umgang. In den warmen Monaten lag er oft zum Sonnen in ihrem Freigehege. Dann suchten die zwei Bullen seine Nähe, legten sich neben ihn oder gerne auch mit der Brust auf ihn. Viele hielten ihn für verrückt, vielleicht war es auch, aber er besaß ebensolch Vertrauen zu den Beiden wie zu seiner Beobachtungsgabe. Genau wie Zweibeiner haben auch Tiere einmal schlechte Tage, darauf heißt es zu reagieren und entsprechend vorsichtig zu sein. Im Gegensatz zu den anderen Reptilien lernten die Alligatoren einige Kommandos unterscheiden und führten sie auch aus. Auf ihre Namen reagierten sie natürlich auf Krokodilart: sie kamen oft, aber nicht immer herbei, reckten dann aber wenigstens den Hals. Sie duldeten jede Berührung, auch das sanfte Öffnen des Rachens. Niemals brachten ihn die beiden Jungs in Bedrängnis, obwohl sie ihm körperlich schnell überlegen waren. Tragen konnte er sie recht bald nicht mehr, aber sie ließen sich durch Körpersprache und Kommandos lenken. Er hat bei späteren Schauvorführungen etliche Zweibeiner-Kinder erlebt, die waren, den Eltern sei Dank, weniger vernunftbegabt und umgänglich als seine Alligatoren.

Einmal nur brachte er sich selbst in eine heikle Situation. In der Ausstellungszeit, damals am Meer, da wollte Alligator Atahualpa nach der Öffnungzeit nicht den tiefen Pool verlassen und, wie für jede Nacht, in den Tier-Trailer zurückkehren. Er ließ ihm ja schon Zeit, alle anderen Reptilien waren längst im rollenden Zuhause, selbst der garstige Xanadou, der es selten lassen konnte, Probleme zu bereiten und auch Huasca neben ihm, der andere Alligator-Bulle war wie gehabt aus dem Wasser, aus dem Gehege, durch die Halle und ruhig über den Hof zum Tier-Trailer gelaufen. Dort zögerte er, weil Atahualpa nicht wie üblich folgte, bestieg aber nach Ermahnungen die Treppe und das Becken im Wagen. Da dreht er sich jedoch eilig um, schob den Kopf über den Beckenrand und äugte durch die offene Tür in die Halle. Aber Atahualpa dachte überhaupt nicht an Feierabend. Kein Locken, kein Reden nützte, er stellte sich stur und tauchte nach einem tiefen Atemzug ab, welcher verdeutlichte, was er von dem Kommando *An Land!* hält und wie lange er dort unter Wasser auszuhalten gedenkt. Also ging er auf die Anlage des Bockigen, auf dem Uferstreifen neben dem Becken entlang, bis hinten an die Wand, um von dort den Alligator zum Verlassen des Beckens zu animieren. Nicht das er Angst hatte, aber er wollte nicht wieder bis zu den Hüften im Badewasser stehen, also verlor er allmählich die Geduld und verschärfte den Ton. Atahualpa, gute zweieinhalb Meter Panzerkörper, war ganz gegen seinen Charakter auf Krawall gebürstet, sprang urplötzlich am Ufer hoch und drohte mit offenen Rachen. So ging das eine Weile: abtauchen, auftauchen, protestieren, drohen. Dann wurde es ihm zu bunt, er wollte weiter das Bad vermeiden und nun, mit einem dürren Bambus aus dem Topf der hohen Monstera neben ihm bewaffnet, seine Zähne zeigen. Die Pflanze verlor den Halt und wollte sich in den Alligatoren-Pool stürzen. Instinktiv sprang er ihr hilfreich zur Seite und da geschah es. Er rutschte an der Uferkante aus, sah noch wie die Monstera ins Wasser hechtete und folgte ihr mit zum Fliegen ausgebreiteten Armen ins Krokodilbecken. Das Wasser sprang ihm entgegen und Atahualpas Panzerkörper wurde detaillierter. Der Unhold schwamm ziemlich genau am Landepunkt, mit dem Kopf zu ihm, und so fiel er dann auch der Länge nach exakt auf den Rücken der unwilligen Echse. Wasser schlug über beiden zusammen. Er kostete mehrfach vom Krokodilbadewasser, erhielt als Zugabe einen Schwanzschlag vom entsetzten Alligator und bekam zeitgleich Boden unter Knie und Hände. Atahualpa war übel erschrocken über die Art, wie auf seine Drohung reagiert wurde - das sich der Zweibeiner in seinem Zorn einfach auf ihn stürzte. Er verließ fluchtartig den Pool, flitzte von der Anlage und, ohne sonst übliches Stoppen, so schnell es die kurzen Krokodilbeine erlaubten, kletterte er in Tier-

Trailer und Pool zu Huasca. Er war nicht weniger erschrocken und blieb erstarrt im Bassin zurück. Seine Partnerin hatte die Szene von der Besucherseite aus miterlebt, erst hinter Atahualpa den Tiertrailer geschlossen und kehrte dann eilig in die Halle zurück. Und da ihm offensichtlich nichts passiert war, konnte sie sich kaum wieder einkriegen vor Lachen über den tollkühnen Flug, den Tauchgang und den fassungslosen nassen Typen im Krokodilpool. Naja. Sein Lachen verharrte noch eine Weile unterm Zwerchfell, bis er dann trockene Klamotten trug und der Schrecken über so viel Dummheit davongeschlichen war.

Das rollende Zuhause der Reptilien waren speziell für sie gebaute Hänger von über zwölf Meter Länge. Oberlichter, Gas-Zentralheizung mit Bodenbeheizung für eine Grundwärme von mindestens 25°C, betrieben mit 220/12 V Pumpen und Sicherheitsbatterie, zusätzliche Wärmelampen und Wasserheizer, Warmwasserversorgung, UVA/UVB Strahler, Filteranlagen für die Krokodilpoole, die Schlangenterrarien mit Badebecken, Kletterbäumen, Sheltern und unterschiedlichen Ebenen. Ein ziemlicher Aufwand und trotz aller Mühen beengt für die Tiere. Er war sich dessen sehr wohl bewusst und versuchte es zu ändern, aber…

Die Zirkusbranche verlor den Zauber, ihr selbstgemachter Niedergang zwang auch ihn endgültig zur Aufgabe. Eine gute Entscheidung, denn mit dem Abstand kam auch das Bewusstsein dafür, dass exotische Tiere nichts in einem reisenden Unternehmen verloren haben. Gleich welche Bemühungen, es ist unmöglich ihnen dort ein artgerechtes Leben zu bieten. Was in den festen Einrichtungen bereits kaum oder nicht gelingt, kann in einem reisenden Unternehmen niemals realisiert werden. Einige Jahre kämpfte er damals um die Errichtung eines Reptilien-Parks, aber dann hatte er verloren und es blieb nur, sich um eine bestmögliche neue, dauerhafte Heimat für alle Tiere zu bemühen. Sie sollten nicht in kleinen Terrarien und ohne natürliche Sonne untergebracht werden. So blieben nur warme Gebiete wie die Canarias.

Die Sonne hat die Felsen erklommen, steht jetzt hoch am Himmel und die Wärme verläuft sich auf der Lichtung im Wildwuchs. Zeit abzufahren, vom Safari-Park im Dornröschenschlaf. Die vielen Erinnerungen, von denen er glaubte, sie würden befreien, bewirken das Gegenteil.

Er fährt zurück nach Denia. Abends am Meer stürmt ein ausgelassenes Rudel die Ruhe. Ein junges Paar mit fünf Hunden erobert den Strand und das bunte Gemisch tobt ausgelassen und laut mit Bällen im Meer und am Ufer. Alle sieben haben gehörigen Spaß, es ist eine Freude ihnen zuzusehen.

Am Morgen blickt er lange vom Strand über die Küste, zum Castillo und zu den Bergen. Die Hoffnung, die Reise würde aus einem Tief befreien, ist nicht aufgegangen. Der T4 biegt auf die Küstenstraße, passiert die gut bekannte kleine Tierarztpraxis und er überlegte kurz ob er halten soll. Aber, es war bereits beim letzten Besuch alles gesagt, also fährt er vorbei, so langsam es der Verkehr erlaubt, und sieht da hinter den Schaufenstern einen Mann mit einem Westie-Mädchen im Warteraum…

Dann ist Denia zu Ende und in dem Moment flammt die Kontrollleuchte der Lichtmaschine auf. Rotes Licht auf schwarzem Grund. Wieso? *Wieso jetzt? Wieso gerade hier?* Er hat einige Tausend Kilometer vor sich. Also ranfahren, Motor aus. Neustart, die Lampe bleibt aus. Er kontrolliert Keilriemen, startet, stoppt und noch einmal - die Lampe schweigt. Hatte er das nicht schon einmal, genauso? *Bei der Abfahrt von Tiffanys Pyramide?*. Das ist lange her und vieles seitdem geschehen. Die Situation verwirrt ihn. Wäre das Warnsignal irgendwo angegangen… Aber genau hier, hinter Denias Ortsschild! Er glaubt an ein Zeichen, deren genaue Bedeutung er nicht versteht.

Der T4 folgt der alten Küstenstraße durch kleine Ort, rastet hier, übernachtet dort, umschleicht große Städte und verabschiedet sich hinter Valencia vom Mittelmeer, Kurs Landesinnere, Kurs Pyrenäen. Die kleine rote Lampe ruht in tiefem Schlaf.

Die Pyrenäen sind Herausforderung für die Sinne. Er nimmt Routen weit ab irgendwelcher Hauptadern, Straßen, welche für Fahrzeuge ab 3,5 Tonnen und über 2,5 Meter Höhe gesperrt sind. So werden es dann auch unglaubliche Abschnitte, unzählige engste Tunnel und Serpentinen, steile Auf- und Abfahrten, schmale Viadukte, Holzbrücken über tiefe Schluchten und viele Rasten an Plätzen, wo die Brust sich weitet ob der grandiosen Welt. Die spanische Auffahrt führt durch vorrangig zerklüftete Massive, kahl und wild. Nur kleine Wintersportorte ruhen eingebettet in Wäldern. Weiter und weiter hinauf winden sich die Straßen ohne Absperrungen zu unendlich tiefen Schluchten und Felsspalten. Schließlich verkünden graue Steinhäuser, massiv und klobig wie Betonquader, das Erreichen der Passhöhe und die Grenze zwischen Spanien und Frankreich. Geduckt vor dem steten, zumeist eisigen Winden klammern sie sich auf nackten Fels, die Menschen haben sie längst alleine gelassen. Von nun an geht es stetig bergab und anders als vorher liegt der Fuß fast dauerhaft auf dem Bremspedal. Dichter Wald wohin man schaut und die Serpentinen fädeln sich durch enge Schluchten voller Grün, schlüpfen wie ein Elefant durchs Nadelöhr in winzige Löcher im Fels, schlingen sich um nicht einsehbare Felsen, jagen vorbei an Schründen, wo nicht nur über weite Strecken die niedrige Begrenzungsmauer aus Naturgestein weggebrochen ist, sondern ganze Straßenteile. Da fängt er zu grübeln an, ob die Straße überhaupt noch offiziell existiert. Autos begegnen ihm nämlich nicht. Allmählich schrumpfen die hohen Berge im Rückspiegel, Schluchten weiten sich, Bäche fallen nicht mehr über Kanten in Abgründe, sondern stolpern über Geröll durch Täler und Ansiedlungen. Oft sind das nur wenige Häuser, knapp in Sichtweite zum Nachbarn und an Hänge geschmiegt. Er fährt langsam, hält häufig, um all die Herrlichkeit für schlechte Tage zu konservieren. Die Täler zerfließen, die Barrikade zum Land mit der anderen Sonne liegt hinter ihm, die Landschaft bleibt waldreich und hügelig. Der T4 erreicht die Dordogne. Ein Ziel hat er noch.

Niemand weiß bisher warum so spät, was ihn aufgehalten haben mag, denn erst vor vierzigtausend Jahren erscheint *Homo sapiens,* aus dem Nahen Osten kommend, in Europa. Die Clans zogen durch die Mitte des Kontinentes und weiter bis an die Gestade des Atlantiks und des Mittelmeeres. Keiner kann sagen was damals geschah, aber die Alteinwohner, die Neandertaler, sie zogen sich zurück, bis zu ihrem Verlöschen auf Gibraltar. Der Neuzugang, nach einer Fundstelle auch Cro-Magnon-Mensch genannt, hinterlässt als Erinnerung an seine Anwesenheit von den Karpaten, über die Alpen und Frankreich bis nach Spanien zahlreiche Höhlen und spektakuläre Kunstwerke. Vor etwa fünfunddreißigtausend Jahren schnitzten geschickte Hände auf der Schwäbischen Alb eine Flöte aus dem Knochen eines Schwanes und zur gleichen Zeit zeichnete jemand in einer norditalienischen Höhle mit Ocker, Erzen und Kohle die ältesten bisher bekannten Felsbilder. Dreitausend Jahre später schuf in Schwaben ein Künstler aus dem Elfenbein eines Mammut einen detailreichen, wunderschönen Löwenmenschen. Und die Felsbilder wurden immer variantenreicher und ausdrucksstärker. Fumane, Chauvet, Altamira, Cussac, Puente Viesgo. Höhlen voller Kunst. Höhlen verlorener Träume.

Rund siebzehntausend Jahre alt ist die Bildergalerie in der Höhle von Lascaux. Ihre Wände bevölkert eine artenreiche Tierwelt. Im *Saal der Stiere* sind die grandiosen Tierdarstellungen mehr als zwanzig Meter lang und die Künstler spielten äußerst geschickt mit einer dreidimensionalen Wirkung ihrer Werke. Sie nutzten Vorsprünge, Mulden und Unebenheiten der Felswände, um die Tiere räumlich wirken zu lassen.

Er besucht Lascaux, ist völlig überwältigt von der grandiosen Kunst, trödelt immer der Führung hinterher, weil er sich nicht satt sehen kann an der Schönheit und muss immer wieder ermahnt werden, endlich zu folgen. Dann stellen ihm die Führer eine junge Frau zur Seite, welche ihn bei Bedarf freundlich, sanft, aber bestimmt weiterschiebt. Hinter ihnen folgt bereits die nächste Gruppe, Besichtigungen im Minutentakt, lange ausverkaufte Tickets. Da ist nicht viel Muße für langes Staunen und Genießen, aber all die anderen scheinen zufrieden, nur er mault rum. Zeit ist nur eine Illusion und alles Leben ist verbunden. Nicht anders empfindet er jetzt, erlebt Filmsequenzen aus einer vergangenen, fremden Welt im Kopf und trennt sich schwer von dem Hügel im dichten Wald.

Wenige Tage Frankreich, ein Durchgleiten in Belgien, dann steht er wieder an der Rosenpyramide. Alles Erlebte scheint fern, unwirklich, wie ein kurzer Traum. Er stellt sich Fragen an diesem Ort der Magie und weiß, dass niemand eine Antwort geben kann. Doch im Rauschen die hohen, alten Bäume kann er *ihre* Stimmen hören und als es leise zu regnen beginnt, spürt er, dass auch *sie* manchmal weinen.

Über der heißen Asche, den roten Glutnestern und den Rauchschwaden war in den schwarzen Wolken ein schmaler Spalt leuchtendes Blau sichtbar, jetzt ist der Himmel wieder verhangen, es gibt nicht viel Haltegriffe auf dieser Welt. Träume scheinen aufgebraucht. Wenn am Horizont das Höllenfeuer lockt, kann die Seele sich verlaufen.

Notiz

Ich fühle also
leider bin ich
aus „In stillen Nächten", Till Lindemann

Am besten du schminkst dein Gesicht
zu deiner bevorzugten Maske.
Mit den zusammen gekniffenen Lippen
und den tränenden Augen.
Mit deinem leeren Lächeln
und dem hungrigen Herzen.
Schmerz steigt in dir auf
über die zurück liegenden Wege.
Mit deinen zerrütteten Nerven,
wenn der geschaffene Panzer zerbricht.
Lauf, wenn du kannst!
Besser du verschläfst den ganzen Tag
und läufst in der Nacht.
Verberge deine dunklen Gefühle tief in dir.
Lauf! Lauf!
Lauf, wenn du noch kannst.
Roger Waters

Elysium

Er ist aufgewacht, hochgeschreckt. Irgendwer hat ihn hilfreich wachgerüttelt aus den chaotischen Traumfantasien, die Endlosschleife der Roller-Coaster-Tour durch sonnenwarme und eisige, finstere Hirnwindungen abrupt gestoppt. Benommen setzt er sich auf, was war Realität, was Illusion? Wo ist er überhaupt?

Warme Dunkelheit pflanzt Ruhe und Geborgenheit.

Draußen rüttelt eine unsichtbare Kraft an den Baumkronen, drückt an den Stämmen, beugt die Sträucher und wirft Wolkenwasser an die Fenster.

Er hat die Zeit verloren, seine Augen suchen das Oberlicht. Sie finden es an vertrauter Stelle. Knapp hebt es sich von der Umgebung ab, die Nacht liegt im Sterben. Gut, dann ist er dort, wo er sich schlafen legte. Die anderen Dimensionen scheinen fern.

Das aufflammende Streichholz schleudert einen Lichtblitz auf Altbekanntes, die Kerze bestätigt die Vermutung. Ihr warmes Leuchten sendet ein diffuses Gelb durch den Raum und ist angenehmer als künstliches Hell.

Sturzbäche fluten das Dachfenster, der Caravan wiegt im Takt der Unbilden.

Sein Shirt ist feucht, er muss es wechseln und sich mit kaltem Wasser erfrischen. Die

161

Gedanken hatten ihm einen anstrengenden Trip untergeschoben. Dann setzt er sich wieder aufs Bett, zum Aufbleiben gibt es keinen Grund, es ist zu früh und ein großzügiger Martini wird als Einschlafhilfe dienen. Vorsichtig erfüllt das Getränk die Erwartungen, zusammen mit dem leisen Flüstern der Boxen. *Wish you were here* schwebt durch den Raum und perlt den Gegensound zum wogenden Rauschen rings um den Caravan.

Er rollt das leere Glas auf den Boden, nimmt das Feuer von der Kerze und dreht sich auf die Seite. Ein Spiel will er noch spielen. Und es gewinnen.

Die Müdigkeit lässt frösteln, er zieht die Decke höher und das Kissen über den Kopf. Jenseits der Wände hetzt der Unsichtbare unverdrossen mit Groll über die feuchten Wiesen, um durch Anlaufen seine Kräfte zu mehren und den Widerstand der hohen Tannen zu zermürben. Es regnet stärker.

So kehrt der Schlaf zurück und die Fortsetzung der Träume und ich drifte davon.

Der Atem fließt ruhig.
Die Lippen formen ein Lächeln.
Im vorletzten Moment schließt er die Augen.
Im letzten Moment fühlt er den grellen Blitz.

Schwereloses Gleiten durch warmes Hell. Alle Last ist gewichen. Bilder von Stationen im Gewesen ziehen vorüber. Gesichter, Momente. Glasklar, gleich wie kurz die Begegnungen waren. Schönes bemisst sich nicht nach Dauer. Die Erinnerungen an Gelebtes schweben. Sie eilen nicht im Schnelldurchlauf, denn Zeit ist unbedeutend.

Langsam werden Bilder transparenter und das Licht dimmt.

Dann öffnen sich die Flügel einer Tür.

Sonnenstrahlen tauchen Palmen in gelbes und kupferrotes Gold. Einzelne Wedel wiegen in wolkenlosem Himmel und durch duftende Pinien glitzert das Türkis des Meeres, welches einen feinen Sandstrand berührt. Ein kleiner weißer Hund watet in den ruhig anlaufenden Wellen, entdeckt den Wanderer, mustert ihn und zögert kurz. Die bei ihm am Ufer kniende Frau wird aufmerksam und folgt den Blicken. Sie steht auf, befreit die Sommersprossen von einer Strähne, eine Muschel entgleitet ihrer Hand. Das weiße Hündchen läuft mit angelegten Ohren und gekrümmten Schwänzchen an ihr vorbei, hoch zur Düne, zu dem Mann unter den Pinien.

Oh, könntet ihr es sehen…

Monster's Ball, *Part 6*

In frostkalten Winternächten,
wenn der Wind das Antlitz mit scharfen Messern schneidet,
Odem in Eisesluft gerinnt und in den Lungen stockt,
das Blut im Adergeflecht zu gefrieren beginnt
und Träume vereisen…

Ungezählte Schlachten hatten getobt, am Tage auch, doch jene ohne Erbarmen stets in tiefer Nacht, im Schutz ihrer Dunkelheit.

Auf einem Sternenmeer reisend, streift der Mond sein Licht über Bäume und Unterholz am Waldesrand und taucht den Schauplatz in kaltes Stahlblau. Die Wiese verbirgt das Geheimnis unter einem friedlich im Windhauch wogenden und diffus schimmernden Schleier aus Nebel, zu seiner Mitte hin leuchtender, als würde er der umliegenden Landschaft unnötiges Licht absaugen und im Zentrum bündeln wie ein Crazy Diamond. Ganz nahe, ausgewichen in die schwarzen Schatten dichter Tannen und darum bedacht diesen Schutz nicht zu verlassen, als ob das schwache Hell sie töten könnte, sie, die scheinbar Unbesiegbaren, dort hatten sich beide zuerst stets gegenüber gestanden und genau gemustert, um Schwächen und Stärken des anderen zu finden. Und dann waren sie immer aufeinander losgegangen, mit jener unerbittlichen, aggressiven Gewalt, wie sie jede ihrer nächtlichen Schlachten austrugen. Ihr Adersaft rann dampfend am zuckenden Fleisch hinab, spritzte zuerst in zähen Tropfen auf das weiche Moos, um darauf im Tanz der Leiber als Regen das frische Grün zu bluten. Später, wenn der Atem knapp wurde, ließen sie voneinander ab und schritten rückwärts, mit gebeugten Körpern, langsam und lautlos auf Abstand, wenig nur, aber tiefer in der Schatten Tarnung. Dort lehnten sie keuchend an den toten Bäumen mit den kahlen, knorrigen Ästen, beobachteten den Gegner misstrauisch mit den gelben Augen, rot von Blut unterlaufen, leckten ihre tränenden Wunden und führten einen Disput.

Fast erscheint es wie gewohnt, auch heute stehen sie dort, das Monster und die Schwarze Fee, doch sie schweigen und ihr Atem gleitet lautlos. Einen Kampf gab es nicht, auch kein Reden und das Gefühl von Ewigkeit ist gewichen. Weiter und weiter driftete der Mond auf seinem Ozean über die bedrohliche Stille und Erstarrung, bis urplötzlich Schreie die Ruhe zerreißen und die beiden Ungestalten sich aufeinander stürzen. Das Monster schlägt der Schwarzen Fee die Krallen in den Rücken und die Reißzähne in den dürren Hals. Auch die Schwarze Fee umschlingt den Gegner, bohrt ihre Krallenfinger zwischen die Schuppen und treibt den Knochenschwanz in den Rücken des Monsters. Obgleich so verschieden an Gestalt und Sehnsucht, gehören sie doch zusammen und wie ein Leib sehen sie nun auch aus. Blutkaskaden strömen aus zerfetzten Leibern, schwemmen, gleich einem Born, das weiche Moos und fluten über

Wurzeln und Steine, über faulendes Holz und schleimende Schnecken in die Senke im Wiesengrund. Dort, behütet von dem pulsierenden Nebel, verfärbt es in dessen trübem Weiß und nährt den purpurnen See. Der Knochenschwanz der Schwarzen Fee ist durch den Unterleib des Monsters gebrochen und sie treibt ihn weiter in den eigenen ausgezehrten Lederkörper. Ihre langen Finger sind im Rücken des einstigen Feindes versunken, dessen Klauen haben sich mit ihren Innereien vereint. Das Monster hat den Schädel mit dem Ungesicht verschlungen und frisst sich in die Schwarze Fee vor. Im kühlen Tann, im Schatten des Mondlichtes verschmelzen beide stöhnend zu einem Dämon und die Hitze der schweißnassen nackten Körper, des Adersaftes und des Odems vereint sich zu einer wirbelnden Wolke, steigt als Spirale zwischen den Wipfeln der Bäume auf und verliert sich im Sternenmeer. Das tobende Fleischgemisch bricht hervor aus dem Waldesende, hinaus auf die Wiese und in den Purpursee. Blutwellen peitschen Gras und Moos, der Nebel schwindet, das Leuchten im Zentrum verebbt.

Ob all des Geschehens unter ihm fürchtet sich der Mond und selbst das kalte, stahlblaue Licht ist bemüht sich zu verstecken, graut und beugt sich vor all der Hässlichkeit. Dann ist es vorbei und die Metamorphose gebiert ein neues Geschöpf. Im Blutpfuhl kniet es lange in Demut, bis Nacht und Himmelsgewölbe wieder klarer strahlen und mit gewohnter Pracht berauschen. Den Kopf tief gesenkt, breitet es weit die schwarzen Schwingen aus. Die Federn entflammen, zünden Körper und Blutsee in lodernden Brand. Die Flammenhitze hebt glühende Asche empor zum funkelnden Firmament, wo sie sich zwischen den Sternen verliert. Alsbald ist das Feuer ausgezehrt, hat See und Körper gefressen.

Es ist nicht wie in den Nächten, als dereinst die Schlachten der Unbesiegbaren tobten. Und verwehen konnten sie nur mit ihm.

Ruhe und Vergessen legt sich über das Tannendickicht, über die toten Bäume mit den kahlen, knorrigen Ästen, über die Wiese am Waldesrand und zartes Gras flutet ihre Senke.

Konntet ihr innehalten und hinter der Sinne Illusionen blicken, auf den Halo des Unsichtbaren? Fühltet ihr die Kälte und die Wärme? Saht ihr das Glitzern, saht ihr die Lichter? Alles ist verbunden. Wann ein Leben im Hiersein zu einem Untoten wandelt oder ob es frei bleibt, hängt nicht von Jahren, sondern allein von der Einstellung ab. Spürt ihr wie bedeutungslos Zeit ist?

Atmet leise, formt die Hände vor dem Antlitz zu einer fragilen Schale und erinnert euch gelegentlich.

Seht nur, all die Galaxien.
Dort…

Unsere Leben gehören nicht uns allein.
Von der Wiege bis zur Bahre sind wir mit anderen verbunden,
in Vergangenheit und Gegenwart.
Und mit jedem Verbrechen und jedem Akt der Güte erschaffen wir die Zukunft.
Die Wirkung eines jeden Leben reicht weit über seine Grenzen hinaus
und wird andauern bis an das Ende aller Zeit.
Der Tod ist nur eine Tür,
wenn sie sich hinter uns schließt, wird sich eine andere öffnen.
Und wenn ich mir vorstellen wollte, ob es einen Himmel gibt und was er ist,
dann würde ich mir jene Tür vorstellen,
die sich öffnet und dahinter sind lange vermisste, geliebte Seelen und warten auf mich.

aus
"Cloud Atlas"

written for screen an directed by
Tom Tykwer and Lana & Andy Wachowski

Anhang

Kapitel-Intros

o **Wish you were here**
Roger Waters, Album „Wish you were here", Pink Floyd 1975

o **Welten**
Georg Danzer „Ihr habt die Macht (noch habt ihr sie)"
Album „Jetzt oder nie" 1982

o **Aufbruch**
Christina Stürmer „Was wirklich bleibt", Album „Gestern. Heute." 2015

o **Transit**
Die Toten Hosen „Alles wird vorüber gehen"
Album „Zurück ins Glück" 2004

o **Flussufer**
Mono Inc. „After the War", Album "After the War" 2012

o **Besuch**
Christina Stürmer „Weißt du wohin wir gehen?"
Album „Soll das wirklich alles sein" 2004

o **Andalucia**
Georg Danzer „Andalucia", Album „Sex im Internet" 1997

o **Krieger**
Mono Inc. „Alles was bleibt", Album „Nimmermehr" 2013

o **Eden**
Rammstein „Nebel", Album „Mutter" 2001

o **Hitze**
Die Toten Hosen „Paradies", Album „Opium fürs Volk" 1996

o **Träume**
Die Toten Hosen „Am Ende", Album „Zurück zum Glück" 2004

o **Collateral**
Rammstein „Engel", Album „Sehnsucht" 1997

o **Elysium**
Roger Waters „Run like Hell", Album "The Wall", Pink Floyd 1979

o **Cloud Atlas**
aus "Cloud Atlas" 2012
Cloud Atlas Production GmbH and X Filme Creativ Pool GmbH,
written for screen and directed by Tom Tykwer and Lana & Andy Wachowski

Anmerkungen

o **Sea Shepherd Conservation Society**

Captain Paul Watson gründete 1977 die SSCS, um sich konsequent für die Meeresbewohner einzusetzen und für die Einhaltung bestehender Gesetze zum Schutz des maritimen Lebensraumes zu sorgen. Die SSCS ist eine internationale Meeresschutzorganisation, deren Ziel es ist, die Ozeane für kommende Generationen zu erhalten, sie protestiert nicht, sondern geht aktiv gegen illegalen Walfang, Wilderei auf See, Ausrottung bedrohter Fischarten und die Zerstörung des maritimen Lebensraumes vor. Seit Winter 2002/03 stellen sich Schiffe der SSCS in der international anerkannten Walschutzzone südlich des 60. Breitengrades vor der Antarktis der japanischen Walfangflotte entgegen. Bei all ihren Kampagnen werden Verstöße gegen bestehende Naturschutzgesetze aufgedeckt, veröffentlicht und wenn nötig schreiten die Seehirten gegen illegale Aktionen vor Ort aktiv ein. Sie scheuen keine Auseinandersetzungen, ihre Klienten sind Wale, Delfine, Haie, Robben, alle Meeresbewohner, denen Gewalt angetan wird. Die SSCS ist die einzige Organisation, die es als ihre Mission versteht, die Einhaltung der internationalen Umweltschutzbestimmungen auch auf hoher See durchzusetzen und orientiert sich an den Grundsätzen der UN-Charta zum Schutz der Natur.
Info: *Sea Shepherd Conservation Society: Mandat, Mission, Taktik und Ziele*

Captain Paul Watson war Gründungsmitglied von Greenpeace. 1975 positionierten er und Robert Hunter sich als erste Aktivisten mit einem Schlauchboot zwischen sowjetische Harpunen und Wale. Die Bilder gingen um die Welt. Nach Auseinandersetzungen mit kanadischen Robbenschlächtern kam es bei Greenpeace zum Streit über den Einsatz von "Gewalt". Watson trat aus und gründete seine SSCS. Das Zerwürfnis mit Greenpeace dauert bis heute an. Greenpeace blieb reine Protestorganisation, bezog bei den illegalen japanischen Walfangaktionen einen stillen Beobachtungsposten, filmte und kommentierte, verweigerte aber jede Bitte seitens Sea Shepherd um Freigabe der Koordinaten der Walfang-Flotte oder um Hilfe bei den Aktionen zur Verhinderung der Jagd. Die bekannten Bilder von todesmutigen Aktivisten in Schlauchbooten zeigen ausschließlich Aktivisten der SSCS, Greenpeace beteiligte sich niemals.

o   **Staatszirkus der DDR**

Vorgeschichte

Den Frieden 1945 im Osten Deutschlands erlebten, neben zahlreichen mittleren und kleinen Unternehmen, drei Großzirkusse mit mehr oder weniger schweren Verlusten.

Zirkus Barlay, 1935 von Harry Barlay (Reinhold Kwasnik) gegründet

Zirkus Busch, 1910 von Jacob Busch gegründet, geführt von dessen Pflegesohn Fritz van der Heydt (Johann Heidt)

Zirkus Aeros, 1942 von Cliff Aeros gegründet

Nur wenige Wochen nach Kriegsende nahmen die drei Unternehmen einen provisorischen Spielbetrieb unter freiem Himmel auf. Aeros öffnete bereits Weihnachten 1945 einen hölzernen Festbau auf dem Gelände des zerstörten Krystallpalastes in Leipzig, ab 1949 ging sein Reiseunternehmen auf Tournee. Barlay eröffnete neben dem Reisebetrieb Weihnachten 1948 zusätzlich einen hölzernen Festbau in der Berliner Friedrichstraße (heute Standort Friedrichstadtpalast). Busch startete 1946 mit neuem Chapiteau seine erste Nachkriegs-Tournee.

Neubeginn

Im Mai 1950 wurde Zirkus Barlay, nach H. Barlay`s Verlassen des sowjetischen Sektors, dem Magistrat von Berlin unterstellt.

Im Dezember 1951 wurde Zirkus Busch, nach dem plötzlichen Tod von F.v.d.Heidt (Jacob Busch verstarb 1943) zuerst kommunales Unternehmen der Stadt Magdeburg, ab 1956 dann direkt dem Ministerium für Kultur Berlin unterstellt.

Im Februar 1952 wurde Zirkus Aeros, nach dem plötzlichen Tod von C. Aeros kommunales Unternehmen der Stadt Leipzig.

Geschichte des Staatszirkus

1960 wurde der VEB Zentral-Zirkus Berlin mit Zirkus Barlay und Zirkus Busch gegründet, 1961 kam Zirkus Aeros dazu. 1963 - 1965 entstand in Berlin-Hoppegarten das größte und modernste Winterquartier eines Zirkus in Europa, mit Stallkomplexen, Probemanegen, Werkstätten, Unterstellhallen, Wohnheimen und Kantine.

Aus Barlay wurde 1962 Zirkus Olympia und 1968 Zirkus Berolina. Er wurde der modernste Reisezirkus der DDR.

1980 wurde aus dem VEB (Volkseigener Betrieb) Zentral-Zirkus Berlin der Staatszirkus der DDR.

Berolina hatte ein Chapiteau für 1.900, Busch und Aeros für 2.600-3.000 Plätze.

Die drei Zirkusse bereisten in Saison-Tourneen (bis zu 10 Monate) regelmäßig die ČSSR und die Sowjetunion (bis nach Asien), unregelmäßiger Polen, Ungarn, Rumänien und Bulgarien, der komplette Zirkus Berolina 1983 Griechenland. Neben den Tourneen gab es zahlreiche Ensemblegastspiele in Zirkusbauten der gesamten Sowjetunion, in der BRD, den Niederlanden, der Schweiz, in Frankreich, Österreich, Griechenland und Japan. Einzeldressuren reisten durch Japan, durch mehrere Länder Südamerikas und mehrjährige Tourneen führten durch die USA (zwei Jahre E. & Chr. Samel, Gemischte Raubtiergruppe, sechs Jahre U. Böttcher & M. Horn mit ihren Eisbären). Engagements einzelner Artisten und Dressuren wurden in insgesamt 39 Länder der Erde vermittelt, davon 28 im „nichtsozialistischen Wirtschaftsgebiet".

Von 1960 bis 1989 wurden die Eigenproduktionen der drei Unternehmen von 60.416.879 Zuschauern besucht.

Der Staatszirkus der DDR hatte in der Gesamtbelegschaft mit knapp 10% Mitgliedern in der SED (Sozialistische Einheitspartei Deutschland), davon nur 5% in den drei Reiseunternehmen (der überwiegende Teil somit in der Generaldirektion Berlin), eine außergewöhnliche, extrem niedrige Quote. Eine Betriebsgruppe des in der DDR obligatorischen kommunistischen Jugendverbandes (FDJ) existierte nicht.

Verlöschen

1990 wurde der Staatszirkus der Treuhand zugewiesen und in vier Einzel-GmbH t Aeros, Busch, Berolina und Winterquartier aufgespalten. Bereits im August 1990 stellte Busch den Spielbetrieb ein. 1991 wurden die Unternehmen wieder in der neu gegründeten Berliner Circus Union GmbH zusammengelegt. 1992 verfügte die Treuhand die Auflösung des Zirkus Aeros, der (in Kooperation) reisende Busch-Berolina wurde für 1 DM verkauft und für die Berliner Circus Union GmbH die Liquidation eröffnet. Chr. Samel erwarb 1992 das Namensrecht für Aeros und ging mit dem gepachteten Material des Zirkus Aeros und ehemaligen Staatszirkusleuten auf Tournee. 1997 musste sie aufgeben, das Namensrecht kaufte dann Zirkus Arena (G. Frank). Zirkus Busch-Roland kaufte das Warenzeichen Busch. 1993 musste die Treuhand den hochverschuldeten Busch-Berolina von der pleitegegangenen Selekta Zirkus Entertainment GmbH Essen rückführen, die Liquidation wurde eröffnet. 1999 kaufte B. Spindler das Warenzeichen Berolina. Tiere und Material verramschten, für die Bundesanstalt für vereinigungsbedingte Sonderaufgaben tätige, Liquidatoren zu Spottpreisen. Der laut vorgetragene Grundsatz einer selbsternannten Sachverständigen für Tierproblematik, kein Tier werde an einen Zirkus abgegeben, verlief sich schnell im diffusen Nebel ihrer engsten Kontakte zu Berliner Zoo und Politik. Gewachsene Tiergruppen wurden getrennt und mit finanziellen Anreizen für die Übernehmenden versehen. Eisbären landeten gar im mexikanischen Circus Suarez Bros. und wurden zwei Jahre später bei dessen Gastspiel in Puerto Rico von den US-Behörden wegen der katastrophalen Haltung beschlagnahmt.

1999 wurde das Winterquartier-Gelände verkauft.

2000 erfolgte Totalabriss und Schleifung, die Liquidation war abgeschlossen.

Quellen:
D. Winkler „Zirkus in der DDR", Edition Schwarzdruck
D. Winkler „Wie beerdigt man einen Zirkus?", BoD Norderstedt
B. Liese „Auf 2000 Rädern durchs Land", BoD Norderstedt
B. Liese & D. Winkler „Es kamen 60 Millionen", BoD Norderstedt

Shawn Ayahuasca Vega

Galaxien und Labyrinthe, *Part 1*

Die Geschichte von Tiffany
Von der abenteuerlichen Lebensreise einer kleinen Hündin

Ein 2Beiner verliebt sich in das stille Hundekind vom Brüsseler Tiermarkt und so zieht es in die Fremde und in ein neues Zuhause, umtost vom bunten Alltag eines Zirkus. Er nennt die Kleine „Tiffany" und beide werden unzertrennlich. Zaghaft erwacht in der Zwergin die Terrier-Natur, hartnäckig geschickt stellt sie sich den Widrigkeiten der plötzlich so großen Welt und die leuchtenden Augen zeugen von Freude und unendlichen Hunger auf das Hiersein. Tiffany wird Abenteuerin und lernt Hundegangs, 4Beiner-Freunde, Märchenwälder, Meeresstrände und Palmen während ihrer Drift durch Europa kennen. Es sind wahre Geschichten vom steten Reisen und Entdecken, vom Aufwachsen und Altwerden mit Krokodilen und Riesenschlangen, von aufregenden, hautnahen, oft skurrilen Begegnungen mit Elefanten, Flusspferden, Land– und Seelöwen, ausgebüxten Bären, durchgeknallten Affen und ihrem Top-Ärgernis Tiger. Als Winzling tappst Tiffany neugierig alleine ins Rampenlicht des Great Belgium Circus, mustert von der Mitte und beim Pistenlauf die Besucher und erobert alle Herzen. Sie tritt nie in einer Show auf, weiß aber als intelligente Terrierin aus emsig erlernten Kunststücken clever Kapital zu schlagen und ist bald ausgebuffte Privatartistin. Die Magie des Zirkus zieht Tiffany in ihren Bann, nie vergisst sie diesen Zauber der Jugendjahre. Fast zwanzig Jahre reiste die Titelheldin durch ihr außergewöhnliches Leben und der Autor berichtet von jener Zeit mit Tagen voller Wunder, erzählt Lustiges und Bewegendes, auch vom schweren Abschied und seinem Erstaunen, dass seine Weggefährtin in Spanien in der Erinnerung lebt. Episoden streifen die starken Veränderungen in der rollenden Welt, berichten vom Verglühen des Staatszirkus der DDR und vom Kämpfen, Verlieren, Wiederaufstehen und den Sorgen danach.   * Mit Farbfoto-Galerie *

Neuauflage 2016
überarbeitet und erweitert

ISBN 9783837073133
bei BoD Norderstedt
Paperback, 212 Seiten, auch als E-Book

bei Buecher.de, allen Online-Buch-Shops,
Amazon und in jeder Buchhandlung

Shawn Ayahuasca Vega

Galaxien und Labyrinthe, *Part 2*

Mit dem Staatszirkus der DDR durch Europa
Unterwegs mit Elefanten

Die Geschichten erzählen vom quirligen Alltag im Staatszirkus der DDR und dem lockeren Reisen kreuz und quer unter dem Eisernen Vorhang hindurch. Sie erinnern an eine vergangene Zeitebene und an einen Farbtupfer im übermächtigen Grau.

Hauptakteure jedoch sind die Elefanten Punsha, Pia, Oly, Thara, Daisy, Jana und Shura, mit welchen der Autor jahrelang eng lebte und arbeitete. Viele Episoden drehen sich um ihre Leben, ihre Eigenwilligkeiten, Freundschaften, Abenteuer und persönlichen Katastrophen. Sie verdeutlichen das ungewöhnliche Wesen dieser faszinierenden Tiere, ihre Geschicklichkeit, die Stärke ihrer Emotionen und die Kraft ihrer Körper, ohne sie aber zu verniedlichen und als harmlose, stets freundliche Comicfiguren darzustellen.

Eingeflochten sind Fakten zu dem Unternehmen von Weltruf, dessen Mitarbeiter ihre Berufung lebten und die Freiheit von gesellschaftlichen Zwängen liebten. Lange vermochte der den Zirkus umrahmende stabile Zaun das Böse abzuwehren, doch dem würdefressenden Regime des Kapitals war er nicht gewachsen. So bleiben mit der Geschichte des Staatszirkus auch zwei Staaten verbunden, die nicht mit dessen Art und Kunst umgehen konnten. Dem einen, der alten DDR, war das eigensinnige Völkchen mit seiner Weltsicht und Exotik nicht ganz geheuer. Dem neuen, dem Selbstherrlichen, war der Staatszirkus unnützer Ballast und er ließ ihn gründlich von seinen Vollstreckern schleifen.

Weitere Kapitel u. a. : Von den Ursprüngen und der Gründung des VEB Zentral-Zirkus Berlin/Staatszirkus der DDR bis zu seiner totalen Auflösung durch die Bundesanstalt für vereinigungsbedingte Sonderaufgaben - Die Tourneen der drei Unternehmen - Die Lebensdaten aller im Staatszirkus der DDR gehaltenen Elefanten - Vom Elefant-Sein - Zirkus-Elefanten heute - Die technische Basis des Zirkus AEROS - Die Programmbesetzungen bei den Tourneen der einzelnen Kapitel - Umfangreiche Foto-Galerie vom Zirkus AEROS, von Ensemblegastspielen und den Elefanten, 1978 - 1984

Auflage 2016
ISBN 9783743102729

bei BoD Norderstedt
Paperback, 236 Seiten, auch als E-Book
bei Buecher.de, allen Online-Buch-Shops,
Amazon und in jeder Buchhandlung